T0355901

LADY MACBETH

AVA REID

LADY MACBETH

Traducción de Carla Bataller Estruch

☾ UMBRIEL

Argentina • Chile • Colombia • España
Estados Unidos • México • Perú • Uruguay

Título original: *Lady Macbeth*
Editor original: Del Rey, un sello de Random House, una división de Penguin
Random House LLC, New York, USA
Traducción: Carla Bataller Estruch

1.ª edición: noviembre 2024

© 2024 *by* Ava Reid
Publicado en virtud de un acuerdo con Sterling Lord Literistic
y MB Agencia Literaria
All Rights Reserved
© de la traducción 2024 *by* Carla Bataller Estruch
© 2024 *by* Urano World Spain, S.A.U.
Plaza de los Reyes Magos, 8, piso 1.º C y D – 28007 Madrid
www.umbrieleditores.com

ISBN: 978-84-10085-29-9
E-ISBN: 978-84-10365-42-1
Depósito legal: M-20.026-2024

Fotocomposición: Urano World Spain, S.A.U.
Impreso por Romanyà Valls, S.A. – Verdaguer, 1 – 08786 Capellades (Barcelona)

Impreso en España – *Printed in Spain*

Para Sarah, Tricia y Sam.

Ella se gira para contemplarse un momento en el espejo,
casi sin percatarse de la partida de su amante.
Su mente le permite un pensamiento a medio formar:
«Bueno, se acabó y me alegro de ello».
—La tierra baldía, T. S. Eliot.

Bella como un hada era ella.
Por el manto la sujeta él
y a su castillo rápidamente se la lleva,
emocionado por haber encontrado a una dama
de una belleza tan incomparable.

Ansío hablarles más
sobre la dama que él amaba.
El señor aceptó el consejo de un barón,
y por ello a la dama encarceló
en una torre de mármol gris; retorcido
su destino, los días mal, las noches peor.

Ningún hombre ni mujer se adentra allí,
nadie osa atravesar el muro.
Un viejo cura con el cabello blanco
guarda la llave de la puerta y la escalera.

Una mujer de costumbres ligeras
resistiría cualquier ruego,
pues no desea que nadie presencie
el arte que ella maneja.
—«Guigemar», María de Francia.

DRAMATIS PERSONAE

Roscille, Rosele, Rosalie, Roscilla, la señora.

Hawise, una doncella.

Alan Varvek, Barbatuerta, duque de Breizh.

Godofredo I, Mantogrís, conde de Anjou.

Teobaldo I, el Tramposo, conde de Blois, Chartres y Chasteaudun.

Hastein, caudillo escandinavo.

Macbeth, Macbethad, Macbheatha, el señor, barón de Glammis.

Banquho, barón de Lochquhaber.

Fléance, hijo de Banquho.

Duncane, rey de Escocia.

Les Lavandières, brujas.

Canciller, el sumo sacerdote de Escocia, un druida.

Lisander, Landevale, Launfale, Lanval, hijo mayor del rey Duncane, príncipe de Cumberland.

Evander, Iomhar, Ivor, hijo pequeño del rey Duncane.

Æthelstan, *rex Anglorum,* rey de los ingleses.

Senga, una doncella.

Sirvientes, mensajeros, criados, soldados.

GLOSARIO

ALBA, Escocia.

ANJOU, provincia de Francia (adjetivo: angevino).

BLOIS, condado de Francia.

BREIZH, la Bretaña bretona (adjetivo: brezhon).

BRETAIGNE, la Bretaña britana.

BREZHONEG, el idioma bretón.

CAWDER, un territorio escocés.

CHARTRES, provincia de Francia gobernada por la Casa de Blois.

CHASTEAUDUN, provincia de Francia gobernada por la Casa de Blois.

GLAMMIS, un territorio escocés.

LOIRA, un río en la Bretaña francesa.

MORAY, lugar desde donde reina el rey Duncane.

NAONED, Nantes, la capital de la Bretaña francesa.

NOTA SOBRE LOS NOMBRES

En el marco confuso de la Escocia del siglo XI, el idioma era un ente complejo, cambiante y maleable. En el mundo de la Bretaña inglesa medieval no existía la misma rigidez que la convención actual suele inculcar en el idioma inglés. Todo podía cambiar en un santiamén (o asesinato mediante). Las instituciones eran precarias; los títulos y derechos se disputaban. Los distintos nombres para cada personaje reflejan las diferentes lenguas que se hablaban en la época, aunque en la actualidad muchas de ellas están muertas o moribundas. He decidido no ceñirme a la idea de que una cultura o un idioma controlaban por completo el mundo, a pesar de que así la narración sería más directa y sencilla.

ACTO I

EL BARÓN DE GLAMMIS

I

—¿**M**i señora?

Alza la vista y mira por la ventana del carruaje; ha caído la noche con una oscuridad rauda y completa. Aguarda a ver cómo se dirigirán a ella.

Durante los primeros días de su viaje, a través de los retorcidos árboles húmedos de color verde oscuro de Breizh, fue lady Roscille, el nombre asignado a ella siempre y cuando estuviera en su patria, hasta el ahogante mar gris. Lo cruzaron sin peligro, puesto que su padre, Barbatuerta, había derrotado a los norteños que en el pasado amenazaron el canal. Las olas que acariciaban el casco del barco eran pequeñas y prietas, como pergaminos enrollados.

Y luego llegaron a las costas de Bretaigne, un pequeño lugar bárbaro, una isla escarpada que, en los mapas, parece un trozo podrido de carne mordisqueado. Para el carruaje consiguieron una nueva conductora que habla un sajón extraño. Y entonces, su nombre, en un vago sajón: ¿lady Rosele?

Bretaigne. Al principio hubo árboles y luego los árboles habían raleado hasta dar paso a la maleza y las zarzas; el cielo era de un vasto enfermizo, tan gris como el mar, con nubes hambrientas garabateadas sobre él como el humo de fuegos lejanos. Los caballos tienen dificultades con la inclinación de la carretera. Oye, sin ver, las piedras que se sueltan debajo de sus cascos. Oye el largo y suave susurro del viento y es así como sabe que solo hay hierba, hierba y piedras, sin árboles donde el viento se quede atrapado, sin ramas ni hojas que rompan el sonido.

Es así como sabe que han llegado a Glammis.

—¿Lady Roscilla? —insiste de nuevo su doncella con suavidad.

Helos allí, los *skos*. No, los escoceses. Tendrá que hablar el idioma del pueblo de su marido. El que ahora es su pueblo.

—¿Sí?

Incluso por debajo del velo de Hawise, Roscille reconoce su ceño tembloroso.

—No habéis dicho ni una palabra durante horas.

—No tengo nada que decir.

Sin embargo, eso no es completamente cierto; el silencio de Roscille guarda un propósito. La noche le impide distinguir nada por la ventana, pero todavía puede escuchar, aunque lo que oye sobre todo es la ausencia de sonidos. Ni el gorjeo de los pájaros ni el zumbido de los insectos; tampoco oye animales moviéndose por la broza ni correteando sobre las raíces; no hay leñadores talando robles, ni arroyos fluyendo sobre lechos de piedra ni las gotas de la lluvia de la noche anterior cayendo de las hojas.

No hay sonidos de vida y, ciertamente, no son los sonidos de Breizh, los que ha conocido durante toda su vida. Hawise y su ceño son las únicas cosas que le resultan familiares allí.

—El duque aguardará una carta vuestra cuando lleguemos. Una vez hayan terminado los procedimientos —dice Hawise, sin entrar en detalles. Tiene media docena de nombres para su señora, en la misma cantidad de idiomas, pero de algún modo no ha encontrado la palabra para «boda».

A Roscille le resulta gracioso que Hawise no pueda decir la palabra cuando, en este momento, finge ser una novia. Le pareció un plan absurdo cuando lo oyó por primera vez y ahora le parece más absurdo todavía: ella se disfrazaría de doncella y Hawise de novia. Roscille va vestida con colores apagados y bloques de lana rígida, con el pelo recogido debajo de una cofia. Al otro lado del carruaje, perlas rodean las muñecas y la garganta de Hawise. Sus mangas son bocas descomunales que caen hasta el suelo. La cola es tan blanca y gruesa que parece que ha nevado dentro del vehículo. Un velo, casi opaco, cubre el cabello de Hawise, que es del tono pálido equivocado.

Tienen la misma edad, pero Hawise posee la fornida constitución de las mujeres escandinavas: es todo hombros. Los disfraces no engañarán a nadie; incluso sus sombras delatarían su treta. Es un ejercicio de poder arbitrario de su futuro marido, para ver si el duque le seguirá la corriente con sus exigencias caprichosas. Sin embargo, Roscille se ha planteado que el motivo pueda ser más siniestro: a lo mejor el barón de Glammis teme que existan traidores en sus propias tierras.

Igual que Roscille es un regalo al barón de Glammis por su alianza, Hawise fue un regalo para el padre de Roscille, el duque, por no enviar sus barcos cuando podría haberlos enviado. Por permitir que los norteños se retiraran del canal en paz, Hastein, el caudillo escandinavo, le ofreció al duque una de sus múltiples hijas inútiles.

El padre de Roscille es mucho más caritativo que los zafios piratas que conforman el pueblo de Hawise. En la corte de Barbatuerta, incluso las hijas bastardas como Roscille pueden llegar a ser damas si el duque considera que le son de utilidad.

Pero tal y como descubrió hace poco, Roscille no le es útil a su padre porque puede hablar su brezhoneg nativo, angevino con fluidez y un escandinavo muy bueno, gracias a Hawise, y ahora escocés también, por necesidad, aunque las palabras le raspan el fondo de la garganta. No le es útil porque puede recordar el rostro de todos y cada uno de los nobles que pasan por la corte de Barbatuerta y el nombre de todas y cada una de las parteras, sirvientes, suplicantes, hijos bastardos y soldados, al igual que detalles sobre ellos,

los fragmentos duros y afilados de deseo que destellan en su interior como cuarzo en la entrada de una cueva, así que, cuando el duque dice: «He oído rumores de espionaje en Naoned, ¿cómo podría descubrir su origen?», Roscille puede responder: «Hay un caballerizo que habla un angevino sospechoso, sin acento. En cada fiesta se escabulle detrás del granero con una de las chicas que trabaja en la cocina». Y entonces el duque puede mandar a unos hombres a que esperen detrás del granero para apresar a la chica de las cocinas y azotarle los muslos desnudos, que acabarán convertidos en jirones enrojecidos, hasta que el espía/caballerizo angevino confiese.

No. Roscille lo entiende ahora. Le es útil por el mismo motivo que los esfuerzos del duque para disfrazarla están condenados al fracaso: Roscille es hermosa. La suya no es una hermosura ordinaria; las prostitutas y las sirvientas a menudo son hermosas, pero nadie va corriendo a declararlas damas y vestirlas con encaje nupcial. Según algunas personas en la corte de Barbatuerta, Roscille posee una belleza sobrenatural agraciada con el toque de la muerte, unos ojos ponzoñosos y el beso de una bruja. «¿Está seguro, lord Varvek, mi noble duque, torcida sea su barba, que la muchacha no es angevina? Dicen que en la Casa de Anjou todos son descendientes de la sangre de Melusina, la mujer-serpiente».

Mantogrís, señor de Anjou, tenía una decena de hijos y el doble de bastardos; parecía que siempre conseguían colarse en la corte de Barbatuerta con sus cabellos pálidos y tan lustrosos como zorros con el pelaje húmedo. Su padre no habría sentido timidez alguna a la hora de admitir que había tenido una amante angevina, aunque quizá la acusación de que su linaje hubiera producido una criatura tan aberrante como Roscille habría irritado a Mantogrís. Pero el duque no dijo nada, y así fue como comenzaron los rumores.

El blanco de su cabello no es natural, es como luz de luna drenada. Su piel... ¿La has visto? No posee nada de color. Tiene tanta sangre como una trucha. Y sus ojos… Con un simple vistazo consigue que los hombres mortales pierdan el juicio.

Un noble que estaba de visita oyó dichos rumores y se negó a mirarla a los ojos. La presencia de Roscille en la mesa del banquete causó tanta inquietud que echó a perder una alianza comercial. Más tarde, ese mismo noble (al que llaman «el Tramposo») llevó la historia a Chasteaudun e hizo que todo Blois y Chartres eludieran cualquier relación futura con Barbatuerta y su corte de astutas doncellas feéricas. Y así fue como le pusieron a Roscille un velo de gasa, tul y encaje, para que los hombres de todo el mundo estuvieran protegidos de sus ojos enloquecedores.

Ahí fue cuando su padre se percató de que, en realidad, era buena idea tener una historia propia, una que hilase todos esos miedos incontrolables y abundantes. «A lo mejor sí que te maldijo una bruja», dijo con el mismo tono de voz que usaba para proclamar el reparto de los botines de guerra.

He aquí el relato del duque, convertido en verdad, puesto que nadie supera su sabiduría. Su pobre e inocente amante se desangró en la cama tras el parto, con la extrañamente silenciosa niña en brazos. La bruja entró por la ventana y salió de nuevo por ella volando, envuelta en sombras, humo y el chasquido del trueno. *Sus carcajadas resonaron en todos los corredores del castillo… ¡y el hedor a cenizas persistió durante semanas!*

El duque lo contó delante de un público compuesto por los nobles de Francia, quienes ya habían oído los rumores y habían rechazado acuerdos e intercambios por ellos. Mientras hablaba, algunos de los cortesanos de Naoned empezaron a asentir con aire lúgubre. *Sí, sí, ahora me acuerdo.*

Cuando los nobles y cortesanos se marcharon y se quedó a solas con su padre, Roscille, que aún no había cumplido los trece años, se atrevió a formular una pregunta.

¿Por qué me maldijo la bruja?

Barbatuerta tenía ante sí su tablero favorito, con su retícula negra y blanca opaca por el uso. Dispuso las fichas mientras hablaba. «Damas», se llaman; «mujeres».

Una bruja no necesita ninguna invitación, solo un modo de colarse por la cerradura.

Nadie sabe con exactitud qué aspecto tiene una bruja (y por eso todo el mundo conoce su aspecto) y, pese a ello, todos coinciden en que la suya parece el tipo de maldición que echaría una bruja: la manzana brillante con el corazón podrido. *Su hija será la doncella más hermosa, lord Varvek, pero un simple vistazo a sus ojos y los hombres mortales perderán el juicio.* Roscille comprendió que esa explicación le ofrecía mejores perspectivas que la alternativa. Mejor que la haya maldecido una hechicera que ser una; mejor ser la semilla de una bruja que bruja por derecho propio.

Pero...

—¿Ahora qué eres, Roscille la de las mil preguntas? —Barbatuerta agitó una mano—. Márchate y considérate afortunada de que fuera el Tramposo quien se echó a temblar como la pata de un perro al verte y no ese idiota parisino con todos sus vasallos guerreros a quienes no puede ni controlar.

El idiota parisino procedió entonces a guerrear con la mitad de los otros ducados y luego lo excomulgaron dos veces. Así fue como Roscille aprendió que cualquier hombre se puede autoproclamar como «el Grande» aunque el único logro de su vida sea derramar una cantidad dramática de sangre.

Su padre le enseñó a abandonar el hábito de plantear preguntas, porque una pregunta se puede responder sin honradez. Hasta el mozo de cuadra más torpe sabe decir una mentira convincente si esa es la diferencia entre la punta de un látigo o no. La verdad se halla en los susurros, en las miradas de soslayo, en las mandíbulas prietas y los puños cerrados. ¿Para qué sirve una mentira cuando nadie escucha? Y nadie en la corte de Barbatuerta sospechaba que

Roscille era capaz de escuchar, de fijarse, sobre todo con el velo que le ocultaba los ojos.

Roscille la de los ojos velados. La llaman así en Breizh y más allá. Es un epíteto mucho más benévolo del que cabría esperar al ser una muchacha marcada por la brujería. Sin embargo, ahora no lleva el velo, no con Hawise. Se ha proclamado que las mujeres no sufren la misma locura que su mirada provoca en los hombres.

Por ello, el matrimonio se concertó con la condición de que Roscille llegara en un único carruaje, con su sirvienta por toda compañía. Lo dirige una mujer que maneja las riendas con torpeza, pues le han enseñado a conducir solo para ese propósito concreto. Incluso los caballos son yeguas con la capa plateada.

Roscille se percata de que ha pasado un rato largo desde que Hawise ha hablado; la doncella aún aguarda una respuesta.

—Puedes escribir y decirle al duque lo que más le plazca oír —dice.

En el pasado habría escrito esa carta de su puño y letra y habría dado vueltas por la habitación para reflexionar sobre la mejor forma de describir todos los detalles sobre los deseos del barón de Glammis y sobre los tesoros que ha dejado desprotegidos, listos para que los sentidos de Roscille los saqueen. *Así es como habla cuando cree que nadie lo escucha. Así es como aparta la mirada cuando cree que nadie lo observa.*

Pero esa carta iría dirigida a un hombre que ya no existe. El Barbatuerta que la envió allá lejos es un hombre que Roscille no conoce. Pese a todo, sabe las cosas que complacerán a ese otro hombre, puesto que son las mismas que complacerían a cualquier hombre. El duque querrá saber si su extraña hija, bastarda y maldita, es una yegua de cría obediente y una esclava de placer dócil. Roscille comprende que ambos son aspectos fundamentales del matrimonio como mujer casada: ábrete de piernas para tu señor marido y da a luz a un niño que mezclará la sangre de Alba con la sangre de Breizh. Una alianza matrimonial solo es un enlace temporal, débilmente tejido, pero si

Roscille es lo bastante buena aguantará hasta que llegue un hijo varón que una al unicornio con el armiño.

El unicornio es el emblema orgulloso de los *skos*; todos los clanes salvajes se han unido al fin, aunque a regañadientes, bajo un único emblema. Y dicen que lord Varvek es tan astuto como una comadreja y él, que nunca deja pasar la oportunidad de destacar un epíteto favorable, puso a la criatura de dientes afilados en su escudo de armas.

Antes, Roscille habría reclamado el epíteto de su padre para sí misma, un rasgo que heredó de su sangre (¿acaso la hija de un armiño no lo es también?). Ahora se pregunta... ¿la comadreja es inteligente de verdad o solo cuenta con sus afilados dientes?

El carruaje traquetea y gira con dificultad en una serie de recodos estrechos que suben por una colina. Los caballos jadean con fuerza. El viento sopla recto, suave e ininterrumpido, como producido por unos fuelles. Y entonces, de un modo impactante y súbito, Roscille oye el latido afanoso del mar.

Naoned, su ciudad natal, se halla tierra dentro en el Loira; hasta el viaje a Bretaigne, nunca había visto el océano. Pero el de allí no es igual que el canal gris malhumorado. El agua es negra y musculosa, y en los puntos donde la luna se refleja en la cresta de las olas se distingue una textura como el vientre de una serpiente. El agua posee la constancia que le falta al viento: las olas rompen sobre las rocas una y otra y otra vez con el mismo ritmo que un corazón palpitante.

Las bendiciones de la civilización se expanden en espiral desde la sede papal en Roma, esa joya reluciente en el centro de todo. Pero la luz de la Santa Sede se atenúa con la distancia: lejos de Roma, una oscuridad desnuda, primitiva, permea el mundo. El castillo de Glammis se alza imponente desde el acantilado, vulgar e inhóspito. Hay un único parapeto largo en paralelo al borde del precipicio, con lo que todo el muro forma una caída recta y vertical hasta el agua de abajo. Lo que al principio Roscille cree que son cruces resultan ser en realidad aspilleras. No hay esculturas en la barbacana ni en las almenas, ni tampoco grabados para proteger al castillo del pálido Ankou, el espíritu de la Muerte que conduce su chirriante vagón de cadáveres; todos los municipios y casas en Breizh deben tener esos adornos o Ankou se pasará por allí. Aunque es posible que en Glammis exista otra cosa que mantenga a la Muerte a raya.

Detente, piensa Roscille. La palabra cae en su mente como una piedra. *Por favor, no sigas. Da la vuelta y déjame marchar.*

El carruaje sigue avanzando entre traqueteos.

La barbacana se abre ruidosamente hacia el patio, donde hay un hombre de pie, solo uno. Viste una capa cuadrada de color gris y una túnica corta, botas altas de cuero y una falda escocesa. Roscille nunca ha visto a un hombre con falda. Unos calcetines de lana impiden que se le enfríen las rodillas.

Al principio piensa que su señor marido ha ido a recibirla, pero a medida que el carruaje se acerca y se detiene, ve enseguida que no es el caso. Si algo sabe sobre el barón de Glammis es que es grande, todo lo grande que un hombre mortal puede razonablemente ser. La constitución del hombre en el patio no se puede considerar pequeña en absoluto, pero tampoco alcanza la estatura montañosa que le comentaron. Este es un hombre común, con el cabello del mismo color que la paja de un tejado, amarillo con franjas de sol.

Hawise desmonta primero del carruaje y luego Roscille. El hombre no le ofrece la mano para ayudarla, un acto terriblemente maleducado según los estándares de la corte de Barbatuerta, de Mantogrís y de cualquier ducado o condado gobernado por la Casa de los Capeto. Roscille tropieza un poco, y eso que ni siquiera se ha puesto el traje nupcial.

—Lady Roscilla —dice el hombre—. Os damos una cálida bienvenida.

Los muros del patio bien podrían estar hechos de papel por lo poco que impiden la entrada del viento. Roscille no ha pasado tanto frío en su vida. Incluso Hawise, con su sangre escandinava, tiembla debajo del velo.

—Gracias —dice en escocés—. Esta es mi doncella, Hawise.

El hombre arruga el ceño. O le parece que lo hace, al menos. Hay tantas arrugas en su rostro (Roscille no sabe si son marcas de la batalla o de la edad) que casi no puede distinguir su expresión. Los ojos del hombre se posan un momento en Hawise y luego de nuevo en Roscille, aunque no la mira directamente a la cara. Ha oído las historias.

—Soy lord Banquho, barón de Lochquhaber y la mano derecha de vuestro marido. Acompañadme. Os llevaré a vuestra habitación.

Dirige el carruaje hacia los establos y luego a Roscille y Hawise hacia el castillo. Atraviesan pasillos sinuosos en penumbra. Faltan muchas antorchas y solo quedan las marcas negras de quemaduras para indicar dónde estaban en el pasado. La abrupta ausencia de luz hace que sus sombras se retuerzan y tiemblen en las paredes. El aullido del viento se ha acallado, aunque del suelo procede un extraño sonido áspero, como el casco de un barco que raspa contra una playa de guijarros.

—¿Eso es el agua? —pregunta Roscille—. ¿El mar?

—Lo oiréis desde cada rincón del castillo —responde lord Banquho sin girarse—. Al cabo de un tiempo, dejaréis de oírlo.

Piensa que quizá se vuelva loca antes de que su cerebro aprenda a omitirlo. Eso la asusta más que cualquier infamia que pueda sufrir (y que *sufrirá*) su cuerpo; es el miedo a que reduzcan su mente, a que la conviertan en pulpa como las uvas aplastadas para el vino.

Ni siquiera el frío abandono de su padre le impide echar mano de sus viejos hábitos. Para tranquilizarse, recurre a ellos ahora. Observa.

Lord Banquho es un guerrero; de eso no cabe duda. Incluso al caminar mantiene un brazo doblado para rozar de forma ocasional la empuñadura de su espada envainada con el pulgar. Roscille sabe que la desenvainaría en menos de un latido.

Eso no es nuevo; Roscille ha vivido entre soldados, aunque los hombres del duque tenían la decencia de no llevar armas con mujeres presentes. Se fija en que el prendedor con el que se sujeta la capa es pequeño y redondo, hecho de un metal común, no de plata. Es un objeto que se oxidará con rapidez, sobre todo en ese ambiente tan salobre.

Banquho se detiene delante de una puerta de madera. Tiene una retícula de hierro.

—Vuestra habitación, lady Roscilla —anuncia. Pronuncia con fuerza la ce y la convierte en una de esas consonantes escocesas que son como un rebuzno.

Roscille asiente, pero, antes de poder contestar, Banquho saca una llave de hierro de su cinturón y abre la puerta. Se le encoge el estómago vacío. Es una mala señal que su dormitorio tenga una cerradura que solo se abre desde fuera. Ni siquiera se atreve a soñar con que le den una llave para ella.

La habitación consiste en un armario, un candelabro con tres velas y una cama. Hay un enorme pellejo sobre el suelo, oscuro y grueso, con la cabeza todavía unida. Un oso. La muerte le ha vaciado los ojos para convertirlos en dos pozas que contienen la luz de las antorchas. El labio negro se arruga en una mueca inmortal de dolor. Roscille nunca había visto un oso, ni vivo ni muerto; solo ha contemplado las imágenes que decoran los sellos de algunas casas y los estandartes de guerra. En Breizh ya los habían cazado hasta extinguirlos, pero, cómo no, todavía rondan por estas tierras. Se inclina para examinar los dientes curvos y amarillentos del oso; cada uno mide lo mismo que su dedo.

Banquho enciende las velas para iluminar la habitación y la fría piedra en un brillo ceroso.

—El banquete ya está dispuesto. El señor aguarda.

Roscille se endereza de nuevo. Nota las piernas flácidas, como caldo gelatinoso.

—Sí. Mis disculpas. Ahora me vestiré.

Espera, durante el espacio de un aliento, para ver si Banquho se marcha. Los escoceses tienen extrañas creencias acerca de las mujeres. Se rumorea que aún practican el *jus primae noctis*, el *droit du seigneur*, el derecho de un señor a compartir a su esposa entre sus hombres, igual que hace con el botín de sus conquistas. Esos rumores la han perseguido con tanta intensidad que, incluso después de aceptar que la iban a casar, no durmió durante días, no comió durante más días y ni siquiera bebió hasta que se le agrietaron y empalidecieron los labios y Hawise tuvo que obligarla a tragar vino aguado.

Roscille ha oído que un rey escocés, Durstus, dejó desamparada a su fiel esposa Agasia. Con eso consiguió que sus hombres la forzaran y abusaran del modo más infame y vil que existe. Roscille tenía doce años cuando oyó la historia y supo lo que significaba.

Pero Banquho se da la vuelta sin producir ningún sonido y atraviesa la puerta. Roscille se queda a solas de nuevo con Hawise y casi se derrumba en la alfombra de oso.

Siente un poco de alivio, como un haz de luz que atraviesa la piedra rota. La cama es lo bastante grande para compartirla con Hawise, pero no más. No lo suficiente para acomodar al señor.

Las dos se desvisten en silencio. La desnudez, incluso en privado entre mujeres, es algo poco habitual, ordinario. Los cuerpos deben protegerse como el oro. El destello de un tobillo desnudo es como dejar caer un colgante para que todo el mundo lo vea repiquetear contra el suelo y sepa que tú posees esa riqueza y, seguramente, más. ¿Qué otras cosas escondes en tus reservas, encima de tu pecho? ¿Cuán fáciles de robar serán? No puedes culpar a un hombre por arrebatarte algo con lo que le has tentado, como quien ofrece carne a un perro.

Como doncella, como botín de guerra, como muchacha sin ningún estatus, las reservas de Hawise son fáciles de saquear. Y, pese a todo, su cercanía con Roscille la ha mantenido protegida, a salvo de los cortesanos borrachos y de sus manos perspicaces. Es tan virginal como una monja. No tardará en ser la única virgen de las dos.

Hawise tiene una constitución escandinava: hombros anchos, pechos pequeños, caderas estrechas con las que le costará tener hijos. Las dos jóvenes son como un estudio sobre opuestos. Los pechos de Roscille son tan grandes que necesita vendárselos por debajo del vestido con el escote cuadrado (¿por qué iba a tentar a un hombre con un atisbo del tesoro?). Por lo demás, su cuerpo sigue siendo juvenil, esbelto, y eso crea un contraste antinatural. Por encima de la cintura tiene la forma de una mujer, pero por debajo es tan fina como una serpiente, una criatura estilizada y hecha para serpentear. Se pregunta qué pensara el barón de Glammis al respecto.

No hay espejo en el dormitorio, solo un cubo de agua que le enseña a Roscille su reflejo agotado y ondulante. El velo es tan absurdo como se había imaginado. Sus extremidades han quedado momificadas en lino y encaje blanco. Las mangas pesan por las perlas. El vestido se arrastra tras ella como tela mojada. Le cuesta andar.

—Lady Rosalie —dice Hawise en angevino, pues es la lengua que menos conocerán los escoceses. De repente, estira el brazo y le aprieta la mano—. Sois la mujer más inteligente que he conocido, la más valiente…

—Lo dices como si hablaras junto a mi tumba —replica Roscille. Pero se aferra a la mano de Hawise.

—Solo quería deciros que… sobreviviréis a esto también.

«A esto también». Hawise no menciona lo otro, lo primero. No hace falta; las dos lo saben.

A través de la gruesa puerta, oye la voz de Banquho:

—Es hora, lady Roscilla.

Lo primero en lo que se fija acerca del salón de banquetes es en lo vacío que está. Hay seis mesas largas, pero ninguna está llena al máximo de capacidad; de hecho, las dos más alejadas del estrado no están ocupadas. Los sirvientes merodean cerca de las paredes, como ratones marrones, y llevan fuentes sin producir ningún sonido. El silencio también es extraño. En Naoned, los días de festín rebosan de ruido, con los bardos y sus canciones, los cortesanos y sus cuchicheos, los hombres que fardan de sus logros, las mujeres que se desmayan por su atención, el traqueteo de las damas, las pintas de cerveza al entrechocar. Se hacen brindis por las cosechas fructíferas y las guerras provechosas. Las mujeres lucen sus vestidos más resplandecientes y los hombres se peinan las barbas.

Lo único que oye Roscille ahora es el susurro de voces, casi tan bajo como el mar silenciado. Los hombres en las mesas acercan los rostros para que sus palabras no atraviesen el círculo prieto. Huele a cerveza, pero no alzan ninguna copa ni se produce ningún brindis. Los hombres visten la misma capa cuadrada y las mismas faldas, con armas a los costados. Guerreros, todos ellos, que desenvainarán las espadas con tanta facilidad como el respirar. No hay bardos ni partidas de damas y, con una inhalación de sorpresa, Roscille se percata de que tampoco hay mujeres.

Eso es lo más extraño de todo. En la corte del duque es esencial que haya esposas para chismorrear y dar a luz a los hijos, criadas para llenar los platos, cocineras para cocinar y hasta prostitutas para usarlas, aunque esas cosas se hacen con discreción. Durante su viaje hubo tanta oscuridad que Roscille no recuerda la última ciudad que atravesaron con el carruaje; no sabe a cuánta distancia viven los campesinos que cuidan de sus cabras y ovejas (esa tierra escarpada no es buena para cultivar ni lo bastante verde para sustentar al ganado vacuno). ¿Dónde encuentran placer los hombres de Glammis, dónde sacian sus apetitos?

Está tan impactada por este detalle que tarda en percatarse de que alejan a Hawise de ella.

—Un momento… —dice con la voz estrangulada, demasiado alto. Todos los hombres se giran para mirarla—. Por favor, Hawise es mi…

Pero Banquho no se da la vuelta ni vacila en su curso. Roscille observa cómo se lleva a Hawise por el codo y la hace pasar junto a las mesas; no puede ver a dónde van, porque en ese momento su señor marido se acerca a ella.

Sabe que es él de inmediato por su enormidad. Le tapa media visión. *Reith*, lo llaman; en escocés significa «rojo», ya sea por su cabello o por su destreza para derramar sangre. Lleva el pelo atado en una tira de cuero. Recuerda que los escoceses llevan el pelo largo. Es más joven de lo que se había imaginado, no hay plata en su barba.

También es apuesto, aunque no como los hombres de Breizh. Eso no lo había esperado, pero tampoco facilita nada; sus rasgos son bruscos, duros. Tiene las manos callosas y los hombros enormes como rocas. El vello de sus brazos es hirsuto y ralo, como la hierba en una colina. Da la sensación de que ha nacido de la mismísima región de Glammis, de ese terreno. Como si su madre fuera la tierra y su padre la lluvia que la riega.

—Mi señora esposa —dice con el tono áspero de los escoceses.

—Mi señor marido —responde ella. Su voz es como el viento entre los juncos, casi inaudible.

Va ataviada con el velo, por lo que es seguro que él la mire a los ojos. Incluso su mirada contiene peso y la nota pesada sobre ella.

Roscille decide que es prudente retraerse de él por el momento. Delante de sus hombres no tolerará nada que no sea una obediencia absoluta. Roscille se rodea el torso con los brazos y baja la mirada al suelo.

—Tu belleza no fue una proclamación falsa —murmura Macbeth—. Acércate. Vamos a empezar.

Los siguientes minutos se desarrollan en un silencio casi total. Se acercan al estrado, pero antes de que Roscille pueda subirse, dos de los hombres avanzan hacia ella. Llevan el mismo tartán que su señor, por lo que sospecha que son parientes suyos. La agarran por las axilas y Roscille se atraganta con su aliento al recordar la historia de Durstus y Agasia, la esposa a la que no amó y que fue violentada con brusquedad. Pero, mientras esos dos hombres la llevan en volandas, otro hombre, sin barba y con el pelo rubio desgreñado por la juventud, se arrodilla ante ella y le arranca las medias y los zapatos. Antes de poder hablar, le echa un cubo de agua fría sobre los pies desnudos.

Este también es un ritual en Breizh, en el que lavan los pies de la novia. Pero lo llevan a cabo mujeres mayores, viudas, y lo hacen con cuidado, agua caliente y jabón perfumado, mientras las doncellas revolotean alrededor de la novia como pájaros y le ofrecen consejos sobre sus deberes maritales. Roscille ahoga un grito a medida que el frío le sube por las venas. Los hombres no dedican ni un momento a su conmoción, a su disgusto. La depositan de nuevo en el estrado, descalza.

En ese momento se acerca un sacerdote; un druida, como los llaman aquí. A diferencia de los hombres religiosos en Breizh y en Francia, que lucen cabezas calvas como cuentas de rosario pulidas, el druida tiene una larga barba gris que roza el suelo. Se la recoge en distintos lugares con tiras de cuero, del mismo modo que una doncella se ataría el pelo con cintas. No lleva una Biblia; se sabe las palabras de memoria. Habla primero en latín, mientras los dientes de Roscille castañean con tanta fuerza que apenas puede oírlo, y hace la señal de la cruz sobre Macbeth y sobre ella.

Sus dientes dejan de castañear el tiempo suficiente para escuchar cuando habla en escocés.

—Y ahora procedemos a la unión de lord Macbeth, hijo de Findlay, Macbeth macFinlay, Macbethad mac Findlaích, el hombre pío, barón de Glammis, con lady Roscilla de Breizh —dice con seriedad y sus palabras llenan el salón silencioso.

Alguien saca un trozo de cuerda roja y la maniatan a su nuevo marido. La mano izquierda de él con la mano derecha de ella. Un escocés debe mantener libre la mano derecha, por si necesita desenvainar el arma. La empuñadura de la espada del barón sobresale por debajo de la capa.

—Lord y lady Macbeth —anuncia el druida.

Los dos se giran hacia el público de hombres. Se oyen unos cuantos gruñidos de aprobación, palmadas contra las mesas de madera. A Roscille se le han entumecido los pies. No encuentra a Hawise entre la multitud. ¿A dónde la ha llevado Banquho?

Macbeth se sienta y arrastra a Roscille como el caballo de juguete de un niño. Su mano parece enorme al lado de la suya, con los nudillos partidos, los callos amarillentos y gruesos. Se ha mordido las uñas hasta dejárselas en muñones; un hábito ansioso que revela una mente intranquila. Nada más en él delata esa debilidad.

Los hombres alzan las copas y ella los imita enseguida, con cierta torpeza. Es diestra y debe sostener la pesada copa con la izquierda. Los demás farfullan un brindis en escocés antiguo, que Roscille no entiende, pero que contiene la cadencia de una canción. Y entonces sirven ante ellos la comida humeante. Trozos de carne en un guiso oscuro. Cordero, no ternera (como sería la costumbre en Naoned). Acertó con las cabras y las ovejas.

Antes de que le permitan comer, deben pasar el quaich. Han llenado el cuenco de plata de dos asas con un líquido ambarino, esa bebida fuerte de los escoceses que, según se dice, quema la garganta como el fuego. Macbeth agarra un asa, Roscille la otra y, juntos, se llevan el quaich a los labios. La comisura de su boca roza la barba de él. Es una caricia rápida sobre su mejilla, como la picazón al correr entre zarzas. Apenas saborea el alcohol; no hay sabor, solo el dolor ardiente que deja a su paso.

Luego pasan el quaich por todo el salón de banquetes: primero a los guerreros de mayor edad y los más probados, luego a los más jóvenes, los que aún no han demostrado su valía. Algunos son incluso más jóvenes que Roscille, niños aún, y lamen con timidez del cuenco, como cachorrillos. Y, por último, el quaich llega a manos del chico rubio, que se sonroja con rabia cuando se lo lleva a la boca. Da mala suerte dar el último sorbo, ser quien lo termina por fin.

Roscille da bocados pequeños con la mano izquierda. Mientras come, observa. Todos los hombres llevan capas y faldas de lana, de color gris o verde grisáceo, con alguna que otra raja de rojo en el tartán. Algunas de las capas lucen cuellos de pelo: un zorro con la cola espesa y los ojos negros intactos; un armiño con su blanco invernal. Se fija en el broche prendido sobre el pecho de cada hombre. Al igual que el de Banquho, todos están hechos de metales comunes, hierro o similar. No hay oro, plata ni joyas incrustadas. De hecho, no ve nada más elegante que un brazalete de color ámbar en uno de los hombres y sus propias perlas. Hasta la empuñadura de la espada de Macbeth es de bronce templado y nada más.

Cien años antes, un rey, Reutha, mandó buscar artesanos y artificieros en el continente para que fueran a Escocia y enseñaran a los escoceses métodos de construcción, forja, confección y tinte. Macbeth es un barón y no debería vivir con tanta escasez. También es un guerrero, así que ¿dónde están sus botines?

Poco a poco, detrás de su mirada impasible, la mente de Roscille empieza a dar vueltas.

De repente, un criado sale de un pasillo oscuro y Roscille levanta los ojos. Alberga la esperanza de que estén trayéndole a Hawise de nuevo. Pero el hombre solo lleva una gran jaula de hierro y, en su interior, un pájaro blanco. Nunca ha visto uno igual en Breizh. No tiene el pico alargado de un ave acuática ni el cuello ligeramente iridiscente de una paloma. Es de un blanco puro, como las primeras nieves de la temporada, y cada pluma encaja a la perfección con la siguiente, hasta otorgarle un aspecto elegante, casi húmedo.

—¡Oh! —exclama, con una sorpresa sincera. Muchas de las mujeres nobles en la corte de Barbatuerta tienen pájaros como ese para que canten hermosas canciones. ¿Acaso su señor marido ha pensado en traer un poco de la civilidad de Naoned a Glammis? ¿Quiere complacer a su nueva esposa con un gesto que le recuerde a su hogar?—. Qué regalo tan generoso, mi señor…

Pero el criado no le entrega la jaula, sino que abre la puerta y el pájaro sale volando entre chillidos. Los hombres lo observan aletear por el techo, chocar contra el candelabro de hierro y rebotar de una pared de piedra a otra, como una abeja borracha de polen. Roscille está demasiado conmocionada para hablar.

Su marido aparta la mano de súbito. No desata el nudo, solo tira con la fuerza suficiente para romper la cuerda por completo y deja a Roscille con un sarpullido rojo en la muñeca y la palma. Le duele y ahoga un grito. Macbeth ha procurado un arco, sacado de algún rincón de detrás de la mesa, y está colocando una flecha. El pájaro aletea hasta que, de repente, deja de hacerlo.

El movimiento cesa al instante, presa del rictus repentino de la muerte. Cae en picado por el aire y aterriza en el suelo de piedra con tanta fuerza que se rompe todos los huesos frágiles, pero Roscille no oye esa ruptura por encima del ruido de los vítores y pisotones de los hombres. Uno agarra el pájaro y arranca la flecha del pecho. La puntería ha sido tan inmaculada que solo produce un chorro mínimo de sangre, como quien se saca una espina del pulgar.

El sacrificio de animales es una práctica bárbara, abolida con severidad por el papa, pero Roscille sabe que a los civilizadores romanos les costó bastante extinguir la tradición del sacrificio *humano* en esta Bretaigne. Antes de la cristiandad, los druidas practicaban ritos extraños. Introducían algunas de sus ofrendas dentro de una gran estatua de mimbre para prenderle fuego después; otras las sumergían a la fuerza en turberas, donde sus cuerpos se momificaban. A veces esos cuerpos emergen de sus tumbas centenarias con el mismo aspecto arrugado que los fetos arrancados prematuramente del útero, con la piel teñida de un negro carbón.

Cuando traen el pájaro al estrado, Roscille se percata de que, al fin y al cabo, sí es un regalo, aunque no el que se había imaginado en un principio. Es una muestra de la fuerza, la habilidad y la virtud de su marido, una promesa de que estará bien protegida, alimentada y honrada. No como Agasia.

Estira el brazo y toca el pecho del pájaro, que sigue caliente. Las plumas son tan suaves como pensaba. Se plantea arrancar una como símbolo, pero, por algún motivo, la idea la entristece. La sonrisa de Macbeth es resplandeciente. Debajo de su velo, Roscille intenta devolvérsela.

Cuando todas las copas se han vaciado, Roscille camina descalza hasta su habitación. El bajo del vestido sigue húmedo; el lino es tan grueso que tardará horas y horas en secarse. Su señor marido camina a su lado. Calza unas botas de cuero y sus pasos son tan pesados como un desprendimiento de rocas.

Alcanzan la puerta y Macbeth saca una llave de hierro del cinturón. Roscille quiere preguntarle cuántas llaves existen y quién las tiene y si ella conseguirá una (aunque ya sabe que no) y dónde está Hawise, *por favor*, y un millar de cosas más, pero debe ahorrar palabras y gastarlas con sabiduría, porque no sabe cuántas se le permitirá pronunciar.

Él entra primero en la habitación y ella lo sigue. Las velas aún están encendidas, aunque casi se han agotado las mechas y se han reducido hasta convertirse en puntas blancas rollizas como los dientes romos de una bestia. Macbeth mira alrededor, casi como si fuera la primera vez que ve la habitación, y luego su mirada fija a Roscille en el sitio. Mantiene los brazos perfectamente rectos a los costados, con los dedos curvados hacia dentro.

—Lord Varvek es un hombre honesto —dice él—. Hasta ahora, no me ha dado ningún motivo para pensar lo contrario. Eres hermosa, sí, no hay otra como tú en el mundo. —Se acerca a ella muy despacio, hasta pellizcar el velo blanco con el índice y el pulgar y frotarlo como si fuera un amuleto que quisiera pulir—. Pero ¿el resto será cierto? ¿Acaso tus ojos, desnudos, hacen perder el juicio a los hombres?

—El duque no mentiría a un aliado tan estimado y valioso.

Le parece que es lo más acertado. Sabe que Macbeth admira a Barbatuerta por haber derrotado a los norteños y expulsarlos de Breizh. En Alba, los norteños son los villanos más detestables. Cielo santo, incluso los escoceses han hecho las paces con Æthelstan y nadie creía que pudiera existir amor entre Escocia e Inglaterra y, mucho menos, una unión entre el león y el unicornio.

No, los escandinavos son los enemigos más viles de todos. Roscille se preocupa de nuevo por lo que le haya podido pasar a Hawise.

—Sería insensato mentirme —coincide Macbeth—. Y a tu padre se le conoce por su inteligencia excepcional.

Inteligente sí que es, sí, por usar a su hermosa hija bastarda con tal de conseguir una alianza valiosa. Después de años entrenándola para que fuera un armiño, hizo un truco de magia y la convirtió en un bonito pájaro. Y, pese a todo, durante meses, desde que el duque anunciara el compromiso, una pregunta había dado vueltas en su cabeza como un remolino: ¿puede la mente astuta de una comadreja existir dentro del cuerpo frágil y emplumado de un ave?

Macbeth mete la mano por debajo del velo y le acaricia el corpiño con un dedo. Las palabras salen de Roscille a borbotones, no como las había planeado, sino como un torrente desagradable de miedo:

—Sé que existe una costumbre en vuestra tierra. Una costumbre para la noche de bodas.

Macbeth arquea una ceja por la sorpresa. Aparta la mano.

—¿Qué costumbre es esa?

El aire atraviesa el estrecho sifón que forma la garganta de Roscille.

—Se dice que la novia tiene derecho a pedirle tres cosas a su marido antes de compartir el lecho.

Ese es su plan de huida de roedor que ha conseguido ocultar bajo el nerviosismo tembloroso de una muchacha. Se había preocupado por si tenía que fingir nerviosismo, pero en este instante los nervios parecen más reales que la sabiduría subyacente.

En la biblioteca del duque no hay muchos libros sobre Alba, pero cerca se hallaba una abadía y uno de los monjes procedía de Escocia y conocía su historia y sus ritos. El día en que su padre proclamó que la casaría, Roscille corrió a la abadía. Se rodeó con el conocimiento de ese monje y empezó a pulir el talismán de su propia estrategia.

Es algo a lo que se ha aferrado en las horas oscuras, como una niña pequeña a su muñeca de paja, cuando la abrumaban los pensamientos sobre la noche de bodas. Una parte de ella no creía que lo diría en voz alta, ni que lo intentaría; a lo mejor la castiga por intentarlo y será peor que antes. Pero debe intentarlo o también perderá la cabeza, esa cabeza que tantos años ha dedicado a afilar como una espada. Debe conservar algo suyo, aunque sea poco más que la creencia de que, de algún modo, ha detenido la violación que iba a ocurrir.

Pero Macbeth solo responde con ligereza:

—¿Y qué me pedirás, mi señora esposa?

A Roscille la asombra su placidez. Durante un momento se queda de piedra, a la espera de una réplica cruel, del cuchillo escondido en la manga. Pero no ve el resplandor de ninguna hoja. Traga saliva.

—Un collar —dice al fin—. De oro, con un rubí incrustado.

Eso no formaba parte de su plan inicial. Lo ha ideado hace tan solo unas horas, durante la cena, mientras observaba a su marido y sus hombres. Ninguno llevaba oro, ni plata ni gemas preciosas, y entendió el motivo al recordar los cuchicheos que oyó en la corte de Barbatuerta.

No hay metales preciosos que minar en Glammis. Es el territorio más remoto y árido de Escocia; sus únicas virtudes son su envidiable posición en el agua y las colinas inexpugnables que lo rodean. Todo el oro y las gemas de Alba se extraen en Cawder y, como Roscille lleva prestando atención mucho tiempo, sabe lo siguiente: que el barón de Glammis tiene muchos enemigos y el barón de Cawder es uno de ellos.

Macbeth no sospechará que conoce nada de esto. Un collar es una petición muy típica de una esposa a su marido, sobre todo cuando dicha esposa solo tiene diecisiete años y sobre todo cuando se ha criado en una corte conocida por su lánguida opulencia. Parecerá frívola, vanidosa e ingenua, no manipuladora.

Por supuesto, su marido tiene derecho a reírse de ella o incluso a golpearla por su frivolidad, vanidad e ingenuidad. Pero Roscille recuerda al pájaro blanco y, en este momento, está segura de que no hará ninguna de esas cosas. Macbeth se preocupa por el honor de su esposa, aunque solo sea por respetar su alianza con el duque. Ella no es ningún botín de guerra, no como Hawise.

Y el valor de Roscille reside en su rostro. Será menos hermosa con una mejilla amoratada y él será menos insigne ante los ojos de sus hombres por haber dañado con tanta brusquedad esa cosa que es solo valiosa por su belleza. Sería como cortarle las rodillas a un caballo y luego gritar: *Vaya, ¿por qué no corre?* Un acto bárbaro. O, peor, estúpido.

Macbeth retrocede un momento y su mirada viaja a otros confines. Ya no piensa en ella. Se está imaginando la campaña que librará contra Cawder por el oro y los rubíes de Roscille. Está pensando en la gloria que conseguirá, en todas las tierras que le cederán, en todas las riquezas que acumulará, en todos los elogios que se cantarán a su nombre. Y entonces, quizás, al final de todo coloque el collar alrededor de la garganta de Roscille, quien tendrá más valor para él porque será el símbolo reluciente que demuestre el poder de Macbeth. Porque, al fin y al cabo, tiene un corazón de guerrero.

—Un collar de oro —repite al fin—. Con un rubí.

Roscille asiente.

Macbeth guarda silencio un momento más. Roscille escucha el rugido del mar debajo del suelo. Finalmente, Macbeth la mira a los ojos a través del velo que la envuelve, y dice:

—Será un añadido inmenso a tu belleza, lady Roscilla.

Y entonces se da la vuelta y se marcha. Ocurre tan rápido que Roscille no puede respirar y se derrumba al fin en el suelo, sobre la manta de oso, apelmazada debajo del velo y el encaje nupcial. Se mete los pies fríos bajo el cuerpo y se aprieta una mano contra la boca para que nadie la oiga sollozar.

Tampoco piensa en el collar, ya no. Se imagina la espada del barón de Cawder abriendo la garganta de su marido y su sangre brotando, roja como un rubí, antes de que pueda proferir una exclamación de sorpresa.

2

Roscille se despierta con la telaraña del sueño aún sobre los ojos. Una segunda telaraña, por debajo de la primera, está constituida por su velo nupcial, que todavía no se ha quitado. Se durmió sobre la manta de oso y, en el lugar donde apoyó la cabeza, el pellejo quedó mojado. Frota ese punto y la humedad desaparece, se mezcla con el pelaje. El pelo de los osos se seca con rapidez.

Se pone de pie y tropieza. La habitación carece de ventanas, pero deduce que es por la mañana. Hay grietas en la pared de piedra por donde entran finos haces de luz. Acaricia con los dedos la piedra desmenuzada, no para comprobar la solidez de su nuevo hogar ni para ver la resistencia de su nueva cárcel, sino más bien para juzgar la edad de su nuevo dominio. Todo le resulta nuevo, aunque el mundo sea muy viejo. Este castillo ha visto a cien hombres que se denominaron lord, barón, mormaer, yarl o incluso rey. ¿Cuántas señoras la han precedido?

Roscille se está preguntando esto cuando la puerta se abre detrás de ella y se sobresalta. En el umbral hay un hombre con el pelo claro, no mucho mayor que ella. Tarda un momento en reconocerlo. Es el que le echó el agua en los pies la noche anterior, el que arrugó el ceño al dar el último sorbo del quaich.

Ahora que puede estudiarlo con más atención, ve que es el hijo de Banquho. Tiene el mismo rostro amplio, aunque más fresco por la juventud, y luce el mismo estampado de tartán.

—Lady Macbeth —dice.

Se le pone la piel de gallina. Su nuevo nombre es como un fantasma que, de repente, ha ocupado su cuerpo.

—Sí... Buenos días..., ¿heredero de Lochquhaber?

—Fléance. —Frunce el ceño—. ¿Tanto me parezco a mi padre?

—El duque tiene muchos bastardos —responde Roscille—. Vivir entre ellos implica desarrollar un talento para detectar rasgos y rostros con ciertos parecidos.

Son palabras bruscas y, no puede evitarlo, también destilan veneno hacia su padre. Ese veneno la alimenta de un modo enfermizo, como la fruta demasiado madura que sabe dulce en la lengua pero se convertirá en bilis en el estómago. Es una crueldad mezquina, sin ninguna estrategia que la ampare, pero no cree que ofenda a Fléance. Seguro que no alberga ningún amor por el duque.

Y, sin embargo, Fléance no relaja el ceño. A lo mejor no debería haber usado la palabra «talento». Que no se piensen que le gusta fardar de sus habilidades. No debería presumir de nada que no realce el orgullo de su marido.

—El amanecer ya ha pasado —dice el hijo de Banquho—. El barón quiere que su mujer se levante al mismo tiempo que él. Aunque no compartan habitación. —Se le sonrojan las orejas al decirlo. Roscille deduce que, en una corte sin mujeres, un hombre de su misma edad acabará siendo más remilgado—. Os ha convocado en el salón.

—Y allí me reuniré con él. ¿Puedes ir a buscar a Hawise, por favor? Es mi doncella.

—No puedo. La han despachado.

Su visión tiembla, se reduce, para luego ampliarse de nuevo hasta que acaba mareada.

—¿Por qué?

—En Alba no empleamos doncellas. Las mujeres deben ocuparse de sí mismas, atender sus necesidades. Es nuestra costumbre.

Tampoco usamos nodrizas, como se hace en Breizh. Permitir que un niño se amamante del pecho de otra... es repugnante. Cuando tengáis un hijo...

—Entiendo —lo interrumpe Roscille—. Me vestiré e iré con él.

Fléance asiente. Su ceño se relaja con vacilación. Por lo que ve, solo luce una cicatriz de batalla: la punta de su oreja sonrojada es unos centímetros más corta de lo que debería, mutilada como si algo, o alguien, la hubiera mordido. Los escoceses son capaces de hacerlo.

Pero la cicatriz no lo hace parecer más duro. De hecho, le otorga un aspecto más juvenil. No es el tipo de herida que sugiera un roce con la muerte, una espada demasiado cerca de la garganta, un hacha a centímetros de la cabeza. Es demasiado torpe. Parece un accidente en la batalla, no un golpe mortal esquivado con habilidad. Roscille entiende ahora su carácter sombrío y terco. Aún no ha demostrado su valía y no puede permitirse exhibir incertidumbre, aunque solo esté hablando con una mujer.

—Bien —dice. El alivio aparece en sus pálidos ojos grises—. Salid cuando estéis lista.

Roscille intenta ser práctica. Puede vestirse y lamentarse por Hawise al mismo tiempo. En vez de llorar, se arranca el velo nupcial de la cara y lo enrolla hasta hacerlo tan pequeño que cabe en un rincón del baúl. Intenta zafarse del vestido, pero un brazo se le enreda en la espalda y el otro acaba aplastado contra el pecho. Un pequeño sollozo se le escapa de entre los dientes; suena más como un gemido. No recuerda la última vez que se vistió o desvistió ella sola.

Se muerde la lengua para que Fléance no oiga los lloriqueos confusos que surgen de su boca. Le ha dicho que despacharon a Hawise, pero ¿a dónde? No la habrán enviado con Hastein y los otros norteños; su padre no aceptaría a una muchacha malcriada por el lujo de la corte de Barbatuerta, deshonrada por servir a una delicada dama de Breizh (y, encima, una chica marcada por la brujería). ¿La habrán enviado a Naoned? Allí no sobrevivirá. Solo su proximidad con Roscille ha salvado a Hawise de los maltratos que sufren otras criadas y doncellas, como quedarse embarazada por métodos bruscos y feos y luego recibir patadas con tanta fuerza en la barriga para que la molestia de un bebé desaparezca. Roscille lo ha presenciado antes, muchísimas veces; la misma historia se repite ante sus ojos con el ritmo constante del bordado.

Pero en Alba detestan a los escandinavos... ¿Y eso no sería más rápido y fácil, sin necesidad de gastar nada en un carruaje y un cochero y dos caballos y el barco del canal...? La imagen atraviesa la visión de Roscille como un pájaro forcejeando aturdido contra una ventana. Un empujón rápido y brusco, la boca de Hawise abierta en un círculo negro mientras cae sin fuerzas por la cara escarpada del acantilado. Su cuerpo crea una raja estrecha en el agua, una única línea de espuma, y desaparece.

Roscille vomita en la mano y luego se limpia la palma en la alfombra de oso. Basta. Basta. Se arranca el traje nupcial y suelta un suspiro tembloroso.

Finge que lo ha hecho cientos de veces. Elige el vestido gris más sencillo del baúl. Se ata por la espalda, sin botones, por lo que le resulta fácil ponérselo sola. Tiene mangas cortas y prietas y el pespunte en el corpiño la oprime tanto por las costillas que es como si no hubiera piel entremedias, solo el hilo abultado contra los huesos. Y luego el velo. Siempre el velo.

En Breizh, se espera que una mujer casada se cubra el cabello, pero Roscille no quiere ni intentar ponerse la complicada cofia y la toca ella sola, y menos sin un espejo. Además, no conoce las costumbres de Alba. Si las mujeres deben atender sus propias necesidades, seguro que no se espera de ellas que se vistan de un modo tan elaborado. No hay doncellas ni nodrizas. Ni tampoco prostitutas, por lo que ha visto. Aparta la tela blanca de la castidad conyugal y abre la puerta.

Si ha cometido algún error en su vestimenta, confía en que Fléance la corregirá. Pero no dice nada, solo asiente y la conduce por los pasillos estrechos hasta el salón donde celebraron el banquete la noche anterior. Hay ventanas bien altas en el techo, apiñadas en esquinas desiguales de piedra. La luz del sol las atraviesa de un modo irregular. Roscille oye de nuevo el murmullo del mar bajo los pies.

Han retirado cualquier rastro de elegancia del banquete nupcial, aunque tampoco es que hubiera mucha para empezar, y el salón permanece triste y gris. Hay cinco hombres alrededor de la mesa en el estrado; los reconoce de la noche anterior, pese a no saber sus nombres. Uno es Banquho. Macbeth se sienta a la cabeza de la mesa. No se ha percatado hasta este momento de que la silla parece pequeña para él. La capa cuelga por encima de los reposabrazos y la madera cruje contra el volumen de sus hombros.

—Lady Macbeth —anuncia Fléance. No hace una reverencia, como haría una persona en presencia del duque. Aquí no existen esos rituales tan rígidos.

—Bien —dice Macbeth—. Ven aquí, esposa.

Roscille obedece con las piernas insensibles. Al pasar junto a los hombres, los cataloga en su mente. Hay uno con una capa de comadreja pálida, otro con un zorro de invierno y otro con una cabra montesa lanuda. Todos son de distintos tonos de blanco, algunos con los bordes amarillentos por la edad, otros con el color a óxido de la sangre seca. En su mente los llama Comadreja, Zorro Invernal y Cabra Montesa.

Se sienta junto a su marido y apoya las manos en el regazo. Fléance ronda la puerta, pero no se sienta. No hay hueco para él, ni siquiera al lado de su padre. Banquho apenas mira a su hijo. Eso le revuelve de un modo extraño el estómago a Roscille.

—Estamos haciendo planes para el ataque contra Cawder —le informa Macbeth. Extiende los dedos encallecidos por el mapa. El pulgar roza la bandera roja que marca la residencia del barón de Cawder—. Será bastante sencillo. Mi ejército es más grande.

Va a hacerlo de verdad, invadirá Cawder. Mucha gente morirá. Soldados, sí, pero también los campesinos que habitan los poblados saqueados y quemados, incluso cabras y ovejas. Quienes sobrevivan no tendrán nada, tan solo cenizas y ganado mutilado. Y todo porque ella no quiere acostarse con su señor marido. Todo porque no quiere cumplir con el deber que miles y miles de mujeres han cumplido antes.

En Roma hubo un noble que metía a los esclavos lentos o molestos en una poza con anguilas; lampreas, para ser exactos. Era una muerte de horas, de dientes finos como agujas. Reprendieron al noble por hacerlo en presencia del emperador. Un esclavo se postró a los pies del emperador y suplicó una muerte distinta. ¡Menudo acto tan bárbaro! Asqueado, el emperador ordenó que mataran a las lampreas y cerraran la poza. Roscille se siente como el noble, y el esclavo, y las lampreas; todo a la vez. Lo único que sabe a ciencia cierta es que no es el emperador.

El novio de Belona, así llaman a Macbeth; Belona, una diosa romana de la guerra. No sabe envainar su espada, ni siquiera cuando acude al lecho. Empapará las sábanas de sangre del mismo modo que empapará la tierra en Cawder.

Roscille se consuela al pensar en que la mayoría de los muertos serán hombres. ¿Y cuántos tendrán esposas renuentes a las que no aman en sus hogares? ¿Cuántos habrán violado a jóvenes criadas o incluso a sus propias hijas? Pero una campaña no acabará con esos maltratos; el mundo siempre parirá más hombres y también más mujeres que poseer. Se necesita un poder sobrehumano para reestructurar el orden natural del mundo.

—Su castillo está rodeado de poblados mineros —dice Banquho y señala el mapa—. He oído que el barón exige unos diezmos exorbitantes. Se rendirán con facilidad ante un lord más misericordioso.

Eso depende de si Macbeth puede soportar o no que lo retraten como misericordioso. Su marido cierra y abre el puño.

—Tendremos que celebrar el rito de la primera sangre —dice—. Si no, no respetarán mi poder.

Roscille leyó acerca de ese rito en los libros del monje. Entre los clanes en guerra, existe la costumbre de matar al primer hombre que ven, mojar la espada en su sangre y probarla. Roscille reflexiona sobre ello: para que lo consideren misericordioso, primero deben verlo como poderoso. Una oveja no puede enseñar misericordia a un lobo.

—También debemos tener en cuenta esto —dice Comadreja. Se estira por encima de la mesa y toca la bandera que señala el castillo del rey—. Duncane.

Sus palabras sumen la habitación en silencio. Lo único que se oye es el mar, incansable, debajo de las piedras grises.

—Sí —responde Macbeth al cabo de un momento—. Si conquisto Cawder, se preguntará si planeo conquistar más.

Por supuesto. La sangre no sacia los apetitos, solo los despierta. Antes de darse cuenta, Roscille está hablando.

—Pues acusad al enemigo de lo que sospechen de vos. Falsificad una carta que mencione los planes de revuelta del barón de Cawder. —Los rostros de cinco hombres se giran hacia ella. El de Fléance también, desde la puerta. Sus miradas reflejan inquietud, conmoción. Las mujeres no deben hablar en los consejos de guerra. Pero a lo mejor se lo perdonan, porque Roscille es muy joven, una novia extranjera que no está acostumbrada a las costumbres de los escoceses—. Pensadlo. No solo os libraréis de su recelo, sino que pareceréis más leal a ojos de Duncane por haber extinguido la rebelión de Cawder antes de que empezase.

Cabra Montesa resopla, pero Macbeth alza una mano para silenciarlo.

—Mi esposa ha hecho una sugerencia astuta. Lo haremos… *Ella* lo hará. Duncane reconocerá mi letra, pero no la suya. Escribirá la carta ella misma.

Cabra Montesa se desliza en el asiento. Zorro Invernal aprieta los labios. La mirada de Comadreja se fija en ella; sus ojos son dos puntos letales. Pero el semblante de Banquho muestra un interés abierto. Puede permitírselo, dado que Macbeth lo aprecia más que al resto. No teme que la nueva esposa de su señor se entrometa entre los dos. Es la mano derecha de Macbeth.

—Prepararé a mis hombres —anuncia Banquho—. Los demás, haced lo mismo.

—Bien —dice Macbeth—. Poneos con ello. Ahora quiero hablar a solas con mi esposa.

Pero no habla con ella. Se levanta en silencio y le indica por señas que lo siga. Roscille mantiene la mirada sobre todo en el suelo, pero de vez en cuando la alza y lo mira de reojo. Una cicatriz le rodea la garganta, blanca y rígida, como un gusano en una manzana. No es un golpe torpe. Solo puede ser la muerte, derrotada.

La lleva por otro pasillo estrecho, en dirección opuesta a su dormitorio, y luego por unas escaleras ruinosas hasta otro corredor más estrecho aún. El sonido del mar se incrementa, y lo mismo ocurre con el sonido de sus pasos, como si el suelo se volviera más fino. Al final de ese pasillo hay una puerta. La reja de hierro se marchita con óxido.

—Un marido y una mujer no deberían tener secretos entre ellos —dice Macbeth—. Y deben proteger los secretos del otro.

Antes de que Roscille pueda pensar en una forma de responder, Macbeth saca una llave, atada a un cordón de cuero que lleva al cuello. La introduce en la cerradura. El mar ruge hacia ellos y luego guarda un silencio curioso. La madera chirría contra la piedra cuando abre la puerta.

Detrás, la oscuridad se alarga en todas direcciones. No es la oscuridad bárbara que presenció nada más llegar a Glammis, la frontera sombría de la civilización. Es una negrura antinatural, hasta el punto de que desconcertaría al mismísimo papa. El aire que sopla en su dirección es húmedo y frío y, aunque se escurre por la puerta a sus espaldas, se detiene muy de repente, como si la oscuridad fuera un muro que no puede atravesar.

Macbeth da un paso adelante y se oye un chapoteo. Agua, ha pisado agua. Roscille parpadea y parpadea, pero mirar la negrura inmutable hace que note los ojos pegajosos, como si tuviera sueño. ¿Debe seguirlo? El aire tiene un peso terrible, igual que la presión en el abismo más profundo del océano.

Y entonces: luz. Lechosa y vaga. Una única antorcha se prende en el centro de su visión. El reflejo de la llama recorre el agua oscura en rayos inteligentes y destellos rápidos. El agua posee el brillo iridiscente de una serpiente.

Su marido se halla en el centro de la habitación, que es en realidad una cueva con formaciones rocosas que sobresalen de los muros en ángulos extraños. Macbeth está tan inmóvil y en silencio como la piedra.

La corriente ondea a su alrededor. Tres corrientes distintas, que convergen y succionan el bajo de su tartán. Hay tres mujeres en el agua, a cierta distancia, con la espalda encorvada por la edad, el cabello ralo y plateado; cada una sostiene una prenda empapada en las manos. Cada una golpea el agua con la ropa, la escurre y luego la moja de nuevo. La sumerge, la saca y la sumerge de nuevo hasta formar un remolino prieto y hosco.

Roscille avanza entre trompicones y cae contra la pared resbaladiza por el musgo. Suelta un balido de miedo, de incredulidad, que su marido no parece oír. Luego se levanta y se santigua.

Pero el gesto parece una burla: invoca a la Santísima Trinidad, al Padre, al Hijo y al Espíritu Santo, mientras las tres mujeres avanzan hacia ella, con rostros blancos como el rayo. Están tan delgadas debajo de sus ropas mojadas que puede ver con claridad cada una de las vértebras en sus columnas. Llevan tan largos los cabellos que las puntas andrajosas rozan el agua.

—*Buidseach* —jadea Macbeth. La palabra es vapor frío en el aire. «Bruja».

Solo entonces Roscille ve los grilletes alrededor de sus muñecas huesudas y la larga cadena oxidada que las ata juntas. Cuando se mueven, la cadena se arrastra por el suelo de la cueva. Si se acercaran más, tensarían sus ataduras y el metal les cortaría la piel mojada, que parece a punto de caerse de los huesos como la podredumbre de un tronco.

—Macbeth —dice una de ellas. Sisea.

Las otras dos lo repiten.

—Macbeth.

—Macbeth.

Roscille había leído sobre esto en los libros del monje: Duncane escribió un tratado sobre brujería en Escocia. Las brujas existen, lo ha demostrado. Matan cerdos y echan hechizos con sus entrañas. Envían tormentas para que lleven a los marineros a sus tumbas acuáticas. Convierten a los hombres en ratones y a las mujeres en serpientes para que los devoren. Se pueden esconder en la piel de cualquier mujer, pero se las identifica por sus dientes afilados. O su cabello plateado.

En Breizh no existe un relato canónico como este. El duque no malgasta sus fuerzas en las criaturas del infierno, igual que tampoco las desperdicia en los asuntos del cielo. Solo se le puede convencer de que acuda a misa de vez en cuando. En Alba, el castigo por brujería es la muerte. ¿Cuál es el castigo por mantener prisioneras a unas brujas?

Macbeth recorre el agua con la antorcha.

—He venido a oír vuestra profecía. Decidme mi destino.

Las mujeres tienen los ojos de un blanco lechoso, con una ceguera mortal. Sus narices son meros bultos en el rostro. Cuando les da la luz, su piel parece chisporrotear como aceite caliente.

—¡Salve, Macbeth, barón de Glammis! —pronuncia con aspereza la primera.

Las otras dos dan palmadas de aprobación y las cadenas tintinean. Entrechocan las pieles húmedas y blandas.

—¡Salve, Macbeth, barón de Cawder! —grita la segunda.

Y entonces, las tres juntas:

—¡Salve, Macbeth! ¡Salve, Macbeth! ¡Salve, Macbeth!

Gritan y gritan, hasta que sus voces se amontonan unas encima de otras como pesadas gotas de lluvia en el río, agua encima de agua negra. Gritan hasta que las palabras se confunden y abren las bocas de labios finos en una alegría bacanal, como si esperasen que cayera vino del aire hasta sus gargantas.

A lo mejor Roscille también debería beber de él. Su plan, despiadado al principio, ahora se ha tornado blasfemo, vulgar, verdaderamente malvado y bendecido por las criaturas más impías que existen.

Macbeth se gira hacia ella, con el rostro resplandeciente a la luz de la antorcha.

—¿Ves? —dice—. Mi sed de sangre será recompensada. Partiremos hacia Cawder al amanecer.

3

El amanecer, en Glammis: un cielo gris con una línea finísima de luz acuosa en el horizonte. Los hombres están preparados para la guerra, han ensillado sus caballos y se han ataviado con los tartanes de batalla. Llevan las espadas envainadas en la cadera y han arrojado con un estrépito las lanzas en el carromato tirado por una mula. No hay arcos, esa es un arma para cobardes. Tan solo los pájaros y los ciervos pueden sufrir la ignominia de ser abatidos por flechas.

Su marido está ajustando la silla de montar y comprueba si está bien tensa. Barbatuerta nunca ensillaría su propio caballo, porque para eso están los escuderos. Roscille habría esperado que Fléance desempeñara ese papel, pero no distingue su rostro entre la multitud.

Roscille contiene el aliento y echa un vistazo por el patio, fijándose en los hombres que conforman la partida de guerra. Se pregunta cuál habrá matado a Hawise. Nunca lo sabrá. No importa. Cualquiera lo haría y repetiría. Aunque encontrase su cuerpo... ¿qué pasaría? Los muertos no pueden hablar.

Cabra Montesa, Zorro Invernal y Comadreja se hallan entre ellos, claro; cada uno está flanqueado por seis de sus mejores hombres. Murmuran; luego se quedan en silencio, miran a Roscille y murmuran un poco más. Aunque Macbeth no les ha dicho que su deseo de recibir una baratija ha sido el origen de esta guerra,

Roscille se sentó en el consejo de guerra y habló con seguridad. Con eso basta para empañar la gloria de la batalla.

Se gira y al fin lo ve. Fléance. No está ensillando su caballo ni cargando las lanzas, sino que permanece en el borde del patio, con el rostro oscurecido. Desde esa distancia no puede leer su semblante, aunque ve que Banquho se aproxima a su hijo y le susurra algo con rudeza al oído. Fléance levanta los hombros y aferra la empuñadura de su espada envainada.

Y entonces Banquho se aleja, solo, y se sienta a horcajadas sobre su caballo. Aparta con decisión la mirada de su hijo. Esa pequeña interacción malhumorada solo puede significar una cosa: dejan allí a Fléance. Roscille no puede evitar preguntarse cómo habrán llegado a esa decisión y si habrá sido Macbeth quien ha dado la orden. Se imagina el tono bajo, los dientes apretados. El deshonor cubre a Fléance como el verdín. Lo observa durante un segundo de más y le sorprende el sentimiento resbaladizo de privación que se cuela debajo de su piel.

Cuando todos los caballos tienen a su jinete encima, su marido se acerca. Le rodea la cara con una mano y juguetea con el borde del velo. Esa mano en su mejilla es como tela áspera que ha sido secada sobre las rocas de un río. Al pensar en lavar ropa se acuerda del sótano, de las brujas. Se estremece.

—Tendrás tus rubíes —dice él—. Y yo tendré lo que me pertenece.

Las palabras de las brujas resuenan en los profundos recovecos de su mente.

Macbeth, barón de Glammis.

Macbeth, barón de Cawder.

Y, entonces, la voz del druida se impone.

Lord Macbeth, hijo de Findlay, Macbeth macFinlay, Macbethad mac Findlaích, el hombre pío, barón de Glammis.

No la besa, pero sus labios están cerca. Aunque Roscille no cierra los ojos, no lo mira, se halla lejos de su cuerpo: es un pájaro forcejeando contra un muro sin ventanas, un jabalí con una lanza en el costado, un ciervo perseguido por el bosque. No es nada, tan solo un corazón rebosante de pánico.

Hasta que él la suelta, retrocede hacia su caballo y lo monta en un movimiento fluido. Su enorme cuerpo parece empequeñecer incluso al corcel. Esa inmensidad es obscena. Hace que algo tan ordinario como montar a caballo parezca salvaje. ¿Cuánto peso obliga a cargar al pobre animal?

El viento entra en el patio y luego se aplana, como el agua en un canal. La falda de Roscille vuela hacia atrás a medida que la barbacana se abre con un chirrido y la partida de guerra la atraviesa al trote. Forman una larga fila y el último jinete tarda mucho tiempo en desaparecer en la niebla. La barbacana se cierra de nuevo.

Roscille se pregunta cuántas mujeres han estado allí de pie para observar a sus maridos desaparecer. Se pregunta cuántas de ellas se imaginaron el golpe de espada que las convertiría en viudas. Se pregunta cuántas sonrieron ante la idea.

Sin darse cuenta, Fléance se ha situado a su lado.

—Dentro —dice, con tono brusco—. Ahora mismo.

El castillo está vacío, excepto por los criados; no hay ninguna espada envainada ni lanza a la vista. Los pasos de Fléance delante de ella son duros y apresurados.

La rabia de Fléance no la asusta. Desde su llegada a Glammis, se percata de que es la primera vez que no tiene miedo. De hecho, la rabia del muchacho la alimenta de un modo extraño. Es el mismo veneno dulce, la última fruta demasiado madura recogida de la viña vacía, esa que la mantendrá con vida y, al mismo tiempo, la matará despacio. Deja de andar.

Fléance se da la vuelta.

—¿Qué pasa, mi señora?

—¿Cuánto tiempo lleva este castillo en pie?

La pregunta es demasiado inocente para levantar alarmas. Él no verá los largos hilos que conectan sus palabras con la habitación en el sótano, el tratado de Duncan, los dientes afilados y el cabello plateado. Roscille es una joven de un país extranjero, y exhibe una curiosidad natural sobre cualquier elemento nuevo (o antiguo). Las cejas de Fléance bajan hasta sus pálidos ojos.

—Desde antes de las incursiones de los norteños. Y desde antes de las carreteras de los romanos. ¿En Breizh se dice que Nariz Chata construyó todas estas islas?

Nariz Chata es un rey escandinavo de hace muchos siglos. Clavó su espada en los terrenos más rocosos y amargos de Escocia, el lúgubre y feroz Glammis entre ellos. En Breizh se dice que los escoceses no podían construir nada con sus manos excepto los barriles de roble para el alcohol. Se dice que lamían el agua directamente del río, como perros. Pero Roscille niega con la cabeza.

—Vuestros druidas también son más antiguos que los norteños y los romanos.

—Por supuesto.

—Así que han visto los males nativos de la tierra.

La mirada de Fléance cambia. No le hará daño a Roscille, Macbeth lo mataría por ello, pero le hablará a su padre sobre las extrañas preguntas de la señora y luego, su padre, la mano derecha del señor, se lo dirá al lord.

¿O puede que no? Roscille recuerda la frialdad reflejada en el rostro de Banquho en el patio. Ha presenciado a suficientes padres descontentos e hijos decepcionantes para saber cuándo el hielo empieza a mostrar las grietas como venas negras.

—Sí —responde Fléance despacio—. Todas las tierras antiguas tienen males. Pero no viven en Glammis. El clan de Macbeth es lo bastante poderoso y pío para expurgarlos.

No lo sabe. ¿Por qué iba a saberlo? El sótano es el secreto de Macbeth, guardado como un tesoro. Puede dar un paso más. El suelo no cederá.

—Pero vuestro rey, Duncane —dice con una voz suave y cándida—, ha escrito un tratado sobre la brujería en Alba.

Al oír esto, el ceño de Fléance se oscurece. No le hará daño…, pero a lo mejor Roscille ha calculado mal su posición. Sigue siendo una novia extranjera, con los bordes quemados por el humo de la brujería, ataviada con los cuentos espectrales sobre sus ojos antinaturales, su nacimiento poco propicio. Los malos augurios están escritos en su piel como runas.

—El señor no cree en los rumores procedentes de Francia —declara Fléance—. Puede que sea el vasallo del rey, pero no siempre piensan igual.

Roscille casi se ríe de alivio. Fléance cree que solo le preocupa su prestigio, su valor.

—Eso es bueno. Pero puede que otros… sí crean en esos rumores.

—Es posible. Pero nunca compartirán en voz alta sus sospechas con el señor.

—Cierto, los hombres solo son honestos entre murmullos.

Fléance tuerce la boca en una expresión peculiar, como si quisiera reírse por su ingenio pero el impulso de hacerlo le hubiera dejado perplejo.

—Aquí estaréis a salvo —dice al fin—. En Glammis.

—Sé que estaré a salvo contigo. —Es un halago tosco, pero funciona. El semblante de Fléance se abre. Roscille lo sigue presionando con cuidado—. Sin embargo, según el rey Duncane, la brujería está vivita y coleando en Alba. ¿Sabes algo acerca de esto? ¿Has presenciado algún acto de brujería?

En Breizh las llaman les Lavandières. Rondan los bajíos y lavan la ropa de las almas muertas. Tienen los pies y los dedos palmeados. Verlas es un presagio funesto. Si te interpones entre ellas y el agua, morirás. Si te piden que les ayudes a lavar la ropa y te niegas, te ahogarán.

—Hay historias —dice Fléance—. Las brujas son mujeres, pero deformes. Pueden tener rasgos de animales, como una cola pelada o escamas en el abdomen. A lo mejor no pueden hablar, solo aullar como un perro o graznar como un cuervo. O en los laterales de la cara tienen ojos de pez, que no parpadean, o alas que se despliegan en la espalda. O los dientes afilados de un felino. Enfadar a una implica morir o recibir una maldición contra tu sangre. Los nietos de tus nietos conocerán de primera mano la maldad de la bruja.

No menciona el cabello plateado. A lo mejor está más segura con él de lo que se había imaginado.

—Una maldición —repite Roscille—. ¿Qué tipo de maldición hace que el rey tiemble debajo de su corona?

La luz de las antorchas se convulsiona en las paredes. El pasillo no tiene ventanas. Fléance entorna los ojos hasta que son meras rendijas.

—Existe una historia en toda Alba. Hace tiempo, un noble ofendió mucho a una criatura violenta. La bruja lanzó una maldición, no contra el noble, sino contra su hijo recién nacido. Cada noche, mientras el niño dormía, le crecía pelo y colmillos y se convertía en una criatura despiadada, asesina. Su sangre fluía hambrienta a la luz de la luna. Lo devoraba todo bajo el cielo oscuro. Solo la luz del amanecer lo devolvía a su forma natural.

Roscille quiere preguntar sobre la razón, pero ya la sabe. *Una bruja no necesita un motivo, solo una oportunidad.*

En vez de eso, dice:

—¿Qué hizo el noble con su hijo maldito?

Cree conocer la respuesta a esto también.

—Le atravesó el pecho cubierto de pelaje negro con una espada. Pero el arma se oxidó y cayó, y la herida se curó por sí sola. No se podía matar al niño por medios mortales. Por eso, cada noche lo ataba a su cama y cerraba los oídos para no escuchar el sonido de la bestia que babeaba, gritaba y se retorcía pese a sus ataduras.

Debajo del velo, el mundo parece reumático. Roscille parpadea sus ojos tocados por la muerte.

—Así que no lo vistieron con encaje nupcial ni lo casaron con un lord —dice.

—No.

—Al rey Duncane le molestará esta unión.

Macbeth puede tener autoridad para silenciar las voces de sus hombres, pero no el poder para dar forma a sus pensamientos. Ningún hombre ostenta ese poder. Los rumores sobre su cabello plateado y su mirada enloquecedora se arrastrarán en silencio por estos pasillos como la fría bruma. Puede que nunca pronuncien las palabras en voz alta, pero la mente es capaz de convertir el mar en un desierto y un páramo congelado en el prado más verde.

—Macbeth es primo lejano del rey —comenta Fléance—. Duncane confía en que mantenga controlada a su esposa, aunque abunden los rumores.

Por supuesto. Roscille también está encadenada a su lecho matrimonial.

Y es en este momento cuando se da cuenta, con un calor húmedo y repentino como de fiebre, de que ha cometido un error. Ahora es la esposa de Macbeth, su propiedad, y, si su marido muere en esa batalla, ella formará parte del botín de guerra que reclame su enemigo. Macbeth valora su alianza con el duque, pero esas promesas no valdrán nada para el barón de Cawder. Macbeth puede encadenar a las brujas, pero si el barón de Cawder se parece un poco a Duncane, les atravesará el corazón con su espada. Roscille no se ha salvado. Solo se ha dado una muerte distinta.

En ese estado febril, su mente regresa a Naoned. La depositan a los pies de su padre, arrodillada como una suplicante. Cuando alza la mirada, solo ve los artísticos rizos negros de su barba.

—Soy mucho más que una ficha en las damas —dice Roscille y le tiembla la voz—. Soy de la sangre del armiño, soy…

—Tú serás la criatura que yo decida —replica Barbatuerta—. Todo en Naoned me sirve a mí.

—Pero… —La voz se le marchita en la garganta. Baja la mirada al suelo, con aire lastimero—. ¿No me queréis?

Una pregunta estúpida. El duque no se digna a responder. Es como si le hubiera preguntado si quiere a su mano o a su boca.

Naoned se desvanece y el pasillo sinuoso de Glammis aparece de nuevo ante sus ojos. Hela aquí, creyéndose un animal astuto que puede eludir el destino que su padre le impuso con tanta frialdad, cuando lo cierto es que no ha hecho nada más que prometer el derramamiento de una gran cantidad de sangre, de entre sus piernas y de las gargantas de muchos hombres sin nombre ni rostro. Roscille la de los ojos velados, Roscille la de los planes insensatos, Roscille la gran necia.

Roscille se alegra con fiereza de que Fléance tenga miedo de mirarla a los ojos, porque así no ve el agua que se le acumula en las pestañas.

No puede deshacer lo que ya está hecho: su marido y su partida de guerra ya se hallan a millas de distancia. Y aun así… no todo está perdido. Si Macbeth cae ante la hoja de Cawder, si los hombres de Cawder llaman a las puertas de Glammis, a lo mejor todavía puede sobrevivir, siempre que tenga a un amigo dentro de esos muros, una espada que pueda alzarse para defenderla.

Roscille traga el aire viciado del castillo. Dos rápidas inhalaciones y su corazón saltarín empieza a tranquilizarse. A lo mejor aún puede salvarse. Podría vincularse a Fléance con un secreto. Con una deuda. Ya ha captado el brillo de sus deseos, esas piezas duras, afiladas, abiertas por la amargura y pulidas por el frío rechazo de su padre.

Muy despacio, Roscille levanta la mirada.

—Tengo que escribir una carta. ¿Me ayudarás?

En la habitación más grande del castillo, que sirve tanto de salón para los banquetes como de sala de guerra, Fléance le trae una pluma y un pergamino. Le dice el nombre del barón de Cawder, le muestra su símbolo. La punta de la pluma flota sobre la página, vacilante. Nunca ha falsificado una carta, nunca ha intentado escribir en otra letra que no sea la suya.

—¿Duncane reconocerá la letra de una mujer? —se pregunta en voz alta.

—No lo sospechará —le asegura Fléance—. La mayoría de las mujeres en Alba no sabe escribir.

Tendría que haberlo sabido. Las mujeres en Naoned solo leían la Biblia. Hawise no sabía leer ni escribir hasta que Roscille le enseñó. Nota un nudo en la garganta al pensar en ella. Con cierta dificultad, dice:

—¿Quiénes son los aliados de Cawder?

Fléance enumera a varios lores. Roscille elige el que tiene el nombre más fácil de escribir. Como no sabe escribir en escocés, Fléance se inclina sobre su hombro y coloca la mano sobre la suya para guiar la pluma. Nota que se estremece cuando toca su piel. El jaspeado azul de las venas de Roscille parece pintoresco comparado con la piel rojiza de Fléance; ella está fría y él caliente, ella parece exánime y él rebosa de vida. En cuanto terminan de escribir las palabras, Fléance se aparta a toda prisa; el rojo le colorea las mejillas.

Aunque haya tocado, por casualidad, a una mujer antes, nunca ha tocado a una criatura como Roscille (dicen que es exangüe como una trucha) y no cabe duda de que nunca ha tocado a la esposa de un lord. Roscille se pregunta si reconocerá el peligro de la situación. Fléance ya ha presenciado con cuánta facilidad sus dedos pueden tramar mentiras, ¿acaso sus labios no deberían ser capaces también de formular las mismas falsedades?

Para copiar la firma, debe colocar con cuidado un pergamino encima del otro y trazar el nombre del barón de Cawder. Fléance la observa desde lejos, la boca apretada en una fina línea. Roscille se fija de nuevo en la punta destrozada de su oreja, la cicatriz accidental y deshonrosa.

—El señor ha dejado mi vida en tus manos —dice.

Los ojos grises de Fléance relucen. Cuando habla, no puede ocultar su enojo.

—También fue decisión de mi padre. Dice que habrá otras guerras. Otras ocasiones para que mi espada pruebe la sangre.

—El campo de batalla no es el único sitio donde uno puede empapar la espada.

—Lady... —Fléance arruga el ceño.

—Roscilla. Por favor, llámame Roscilla.

—Lady Roscilla —dice al cabo de un momento. Su semblante transmite inquietud, pero también curiosidad—. ¿Qué estáis sugiriendo?

—Mi marido te ha hecho un flaco favor. Eso lo reconozco. Es un gran guerrero, aunque se ha precipitado a la hora de juzgarte.

Debe avanzar con la ligereza de un cervatillo sobre agua congelada. Debe aparentar incertidumbre, aunque no la sienta. No debe deshonrar a su marido con una palabra ni con una mirada.

Los ojos de Fléance aún recelan, pero le pesan por el deseo. Casi ha conseguido que saliera a la luz la lamprea que hay en su interior, ansiosa por succionar carne.

—Y tu padre —prosigue, bajando la voz— también se ha comportado con descortesía. No ha contribuido a que la valentía de su hijo crezca ni a que este consiga una victoria en el campo de batalla, y todo para incrementar su orgullo... Es un desaire de lo más grosero. —Los ojos de Fléance relucen con más intensidad. La lamprea se aproxima—. Pero puedes enmendar sus errores. Puedes iluminar sus fallos y mostrar tu fuerza.

El silencio se cuela entre los dos, frío y cristalino, como el ambiente a última hora de la tarde.

—¿Y cómo planeáis demostrarlo? —pregunta Fléance despacio.

Es la primera vez que Roscille sale del castillo de Glammis de día. El amanecer ha venido y se ha ido, y el sol se ha acomodado en el punto más elevado, envuelto en nubes lanudas. El viento mantiene el mismo ritmo destructor que el océano; aplasta la hierba verde y dorada contra el suelo y hace que el velo de Roscille se le pegue prieto contra la cara como una membrana.

Un pánico casi olvidado se remueve en su interior. Lo sintió la primera vez que Hawise le colocó el velo sobre los ojos. La forma en que oscurecía el mundo y embotaba su sentido más importante hizo que se sintiera como un animal que corcovea contra el yugo. Los animales de presa tienen los ojos en los laterales de la cabeza, con un punto ciego en lo que debería ser el centro de su visión. Roscille tardó un tiempo en ajustarse al mundo de ese modo, oscurecido y confuso, y a esos peligrosos puntos difusos. Glammis renueva ese antiguo miedo.

Pero hace avanzar al caballo para que siga la montura de Fléance por la ladera de la colina. Esos caballos están acostumbrados al terreno. Sus pasos son seguros, no se les quedan guijarros enganchados en los cascos, no tropiezan con las rocas calentadas por el sol que sobresalen peligrosas entre las matas de hierba crecida.

Desde esa distancia, con el castillo a su espalda, Roscille puede por fin entender la ventaja de Macbeth, el motivo por el que Barbatuerta pensó que valía la pena enviar a una hija hasta allí.

Cada conjunto de árboles, cada cabaña con el tejado de paja, cada espiral de humo: todo queda expuesto ante ella como las bandejas en la mesa del banquete. Millas y millas y millas. Ningún enemigo puede sacar la espada sin dar al menos una hora de aviso a su marido. El castillo la ha mantenido presa de un miedo constreñido, cual tritón que se retuerce en el hueco de la mano, pero ahora ve que Glammis es el lugar más seguro en el que nunca ha estado.

—Esos pueblos —dice, señalando con el brazo hacia los puntos de casas de abajo—, ¿todos le pagan tributo a Macbeth?

Tiene que alzar la voz para que la oiga por encima del viento. Fléance asiente.

—Sí, todos son Findlaích, si no por sangre, entonces por lealtad. Es el clan —añade, como si Roscille no recordara el estatus de su propio marido. *Ella* forma parte del clan Findlaích.

—Seguro que existe cierto descontento entre ellos.

Todo hombre fuerte tiene enemigos. Aunque sea el muchacho que trabaja en la cocina y al que azotaron por derramar la sopa. Aunque sea un granjero obligado a alojar soldados que devoran toda su comida y luego se llevan a su mujer a la cama. A lo mejor es un sobrino o un primo al que pasaron por alto cuando se concedieron honores. O un aliado a quien no se le ha dado su parte del botín. O un molinero arruinado que sufre por el diezmo exorbitante de su señor. Alguien. Quien sea.

Fléance entorna los ojos, pensativo.

—Hay un hombre…

—Bien. Con eso basta.

La mayoría de los hombres no es que necesiten un motivo. Tan solo una oportunidad.

Fléance la conduce a una arboleda retorcida por el viento, rala y extraña. Pero existe entre los árboles un lugar oculto, donde la hierba es suave, como si los troncos deteriorados por el clima lo hubieran protegido. También hay una poza, curiosamente viva y clara, aunque Roscille no distingue la fuente que la alimenta.

Ve su reflejo en el agua, un destello voluble. Cabello pálido, largo y suelto, con más blanco que dorado. Un mentón afilado que reduce su rostro redondo. Sus ojos son tan negros como los de un cisne, bien separados, con pupila e iris apenas distinguibles el uno del otro. Ojos inquietantes, no puede negarlo. Por menos se han originado supersticiones. Aparta la mirada.

—Dile al señor que te rogué que me enseñaras mi nuevo hogar —dice Roscille y baja deslizándose del caballo—. Pero apenas nos habíamos alejado de la vista del castillo cuando llegaron los hombres enmascarados.

—¿Cuántos?

Fléance desmonta con un golpe fuerte.

Roscille se detiene a pensarlo.

—Tres —dice al fin. Tres no son tantos como para que resulte poco creíble, pero sí suficientes para encomiar la valentía y la habilidad del muchacho. Tres también es un número propicio, según la fe cristiana, aunque eso carezca de valor en Glammis.

El recuerdo de les Lavandières salta en su mente, junto con el blanco impactante de sus cuerpos demacrados en la oscuridad. Se le cierra el estómago.

—¿El señor no pedirá ver los cadáveres? ¿O algo de sangre?

—No, no hace falta que los mates —responde Roscille despacio. Esa es la parte más complicada del plan—. Dirás que los hiciste huir. Contaremos con nuestra propia sangre para demostrar la ardua pelea. La cercanía a la muerte.

Cuando empieza a entenderlo, Fléance frunce más el ceño.

—Tendré que asestarme a mí mismo un golpe casi mortal.

Roscille recuerda la herida de Macbeth, la cicatriz larga y filamentosa que adorna su garganta. No sabe cómo sobrevivió. En otro hombre, habría sido una muerte segura.

Se acuerda de nuevo de les Lavandières. «Mi sed de sangre será recompensada». Consagraron esa misión hacia Cawder, lo armaron con una profecía favorable. ¿Habrán hecho lo mismo antes? ¿Su magia podría superar el mero augurio, quizás a modo de protección en la batalla, similar a una égida que cubra este territorio como la nieve recién caída? ¿Acaso son esas criaturas profanas las que mantienen a la Muerte a raya en Glammis?

—Sí —dice Roscille al fin—. O… lo haré yo por ti.

Fléance no responde y Roscille nota una presión en el pecho, el temor de que se niegue. No lo hace, sino que pregunta:

—¿Por qué? ¿Por qué me vais a ayudar con esto?

—Soy la señora de Glammis. ¿Acaso no es beneficioso para mí que se reconozca, reparta y premie la fuerza de sus hombres?

Nota el rostro caliente, pero sus mejillas, exangües, no lo demuestran. Fléance la observa durante un rato largo sin parpadear. Y entonces, sin decir nada, con solo el sonido del metal contra el cuero, saca la espada de la vaina.

Querrá tener una cicatriz que luzca con orgullo. Nada tan prominente como la de su marido (no puede superar a su señor, por supuesto) y nada que no lo ponga en un riesgo de muerte real. Nada que no se cure con tiempo o que lo deje menos capaz en el campo de batalla. Roscille se está planteando dónde, y cómo, cuando Fléance le entrega la espada.

Y entonces se baja el jubón y tira de la tela para exponer la clavícula. Roscille ve la pequeña hendidura, justo debajo de la garganta, hacia la que debe apuntar. La piel se tensa fina sobre el músculo, con poca grasa que ralentice el progreso de la hoja. Dolerá. Mucho.

—Aquí —le indica Fléance. Roscille siente que la sangre se le torna hielo en el cuerpo—. Tendréis que apretar más de lo que pensáis.

La bilis le sube por la garganta. No quiere hacerlo. Siempre ha apreciado su estrategia, el movimiento frío de las piezas sobre un tablón de damas. Nunca ha sido una carnicera. Pero necesita ese secreto, la alianza que generará. Las lampreas se retuercen, hambrientas. No piensa negarles el festín.

—Un momento —dice de repente—. Mi... Yo también debo tener una prueba de la escaramuza.

Fléance arruga el ceño.

—¿A qué os referís?

Hay una lanza en una de las alforjas de los caballos. La agarra. Es ligera, la madera tan suave como una cuenta de rosario. La tenue luz se refleja en la punta plateada. Sin embargo, Roscille no le ofrece a Fléance la parte afilada, sino que se la entrega por la madera.

Se señala la sien, justo en el borde de la ceja. Un golpe con la madera de la lanza y aparecerá un círculo perfecto, un único moratón que demostrará la valentía de Fléance y el valor de Roscille (porque ¿qué valoran más los hombres sino las cosas que otros hombres ansían arrebatarles?) y el vínculo silencioso que, por muy frágil que sea, la protegerá. A lo mejor Fléance no es la lamprea. A lo mejor es el noble, henchido de orgullo con su escaso poder hasta que acaba degradado por el desdén superior del emperador.

—A la vez —dice Roscille.

Fléance duda. Ella no. Ve el chorro de sangre, que salpica su vestido de rojo. Sale en borbotones tan rápidos que moja la hierba a sus pies, pero Roscille no contempla durante mucho tiempo el horror, porque Fléance profiere un gruñido furioso, esa ira básica al ser herido de un modo tan repentino y despiadado, y le atiza la sien duramente con la madera.

Su visión se torna blanca. El calor le recorre el cráneo y sigue un camino recto de una sien a otra, como si el dolor fuera una flecha que corta con destreza el músculo y la carne. Y entonces solo queda la oscuridad difusa repleta de estrellas.

El atardecer, en Glammis: una luz púrpura se expande por el patrón irregular de nubes. Una miasma grisácea, amoratada, como el humo de un caldero. Roscille le da la espalda al viento, para que su velo no la ahogue ni ciegue.

Fléance se halla a su lado, con una mano apoyada en la empuñadura de la espada. La barbacana se abre y la partida de guerra inunda el patio; hombres groseros y desaliñados que fardan sobre su victoria, con los tartanes rotos, las barbas aún manchadas de sangre. Es la sangre de muchos: algunos soldados, otros no, cualquiera lo bastante desafortunado para acabar en el camino del ejército de Macbeth. Toda sangre derramada es por orden de Roscille. Se mira las manos, como si también estuvieran manchadas. Pero son blancas, frías como siempre, lo que, de algún modo, resulta incluso más repugnante. Alza la mirada de nuevo y busca a su marido entre los hombres que han regresado.

Macbeth atraviesa la multitud, casi el doble de grande que el hombre más grande. Su cabello está apelmazado con sangre seca, pero lo primero en lo que Roscille se fija es en que no luce ninguna cicatriz nueva. Con ello anuncia con claridad que el barón de Cawder está muerto y que no protestó demasiado durante su final. Macbeth ni siquiera tuvo que imaginarse su propia muerte, su ausencia en el mundo. Como si fuera algo que la mayoría de los hombres pudiera imaginar.

Desmonta con un golpe que parece partir la tierra. Lleva las piernas al descubierto entre la bota y el borde del tartán. Roscille ve que también tiene las rodillas ensangrentadas con una sangre densa y oscura, procedente de las profundidades del cuerpo. Conoce la diferencia entre la fina sangre de un rojo intenso que sale con facilidad a la superficie, que se consigue con pincharse con cualquier cosa, y la sangre que fluye negra y espesa cerca del corazón.

La sonrisa de Macbeth es todo dientes. Se acerca a ella y algo reluce entre sus grandes dedos.

Y entonces... la sonrisa desaparece. La luz alegre de sus ojos se apaga. La victoria lánguida y engreída de sus pasos se torna rígida con la tensión de los músculos. Agarra la cara de Roscille con brusquedad y la gira a un lado para examinar el moratón de su sien. Palpita fresco, de un violeta estridente, incluso debajo del velo.

—¿Quién ha sido?

Pues claro que reconoce de inmediato que el moratón es obra de una lanza. Él mismo ha infligido heridas idénticas a incontables mujeres antes que ella, las que le escupen mientras quema sus casas y roba la carne de sus despensas. Sin soltarle la cara, Macbeth se gira hacia Fléance.

—Mi señor... —empieza a decir el muchacho.

Pero Macbeth también ve su cicatriz. Roscille golpeó con astucia y acertó: la marca no se puede ocultar por completo debajo del cuello del jubón. Serpentea hacia arriba, junto a un lado de la garganta, y sigue siendo espantosa por la sangre vieja y las torpes puntadas oscuras que Roscille cosió entre temblores mientras la aguja atravesaba cartílago y grasa.

—Hay traidores en Glammis —gruñe Macbeth—. Lo sabía... Ahora tengo pruebas. Decidme. ¿Quién ha atacado de un modo tan indecible a mi esposa?

Fléance empieza a hablar, a explicarlo, y Macbeth escucha, aunque mientras tanto abre la otra mano y muestra el collar con la cadena gruesa y pesada. Lo desenrolla de un modo lento y deliberado. Roscille no dice nada; aún le arde el pómulo de la presión infatigable de su pulgar.

Un rubí reluce en el centro del collar. Cuando Macbeth se lo abrocha en la garganta, nota el metal caliente, de tanto tiempo que lo ha llevado en la mano. Macbeth la suelta al fin y se aparta un paso para apreciarla. Pero el orgullo que debería sentir al vestir a su hermosa mujer con objetos preciosos queda empañado por el feo moratón de su rostro. Suelta una exclamación muda de repulsa.

—Decidme —repite—. ¿Quién ha sido? Lo mataré. Mataré a sus hijos. Acabaré con su linaje con la punta de mi espada.

—Los hombres iban enmascarados —dice Fléance—. No pude ver…

Macbeth se yergue en toda su envergadura obscena y horripilante.

—¿No te asestaron un golpe casi mortal?

—Así fue —responde Fléance, dubitativo.

Roscille ve que Banquho observa la escena por encima del hombro de su señor. Recorre a su hijo con la mirada y la fija en la herida de la garganta que Fléance luce abiertamente. El orgullo parpadea en sus ojos. Veloz, pero inconfundible.

—A lo mejor los traidores no hablarán —dice Macbeth—. No importa. Se pueden llevar a cabo ciertos ritos. Tu sangre hablará por ellos.

ACTO II

EL BARÓN DE CAWDER

4

El canciller es el santísimo druida supremo y llega desde Moray, donde el rey mantiene la corte. No se puede dejar en manos de cualquier sacerdote esos asuntos tan graves y esos rituales tan macabros.

No lo traen ante Roscille, ni se lo presentan, pero lo ve desde el parapeto cuando accede al patio. El canciller monta a caballo, flanqueado por tres soldados con los colores de Duncane. Viste una túnica más elegante que un vestido nupcial y su barba gris está trenzada con cintas de oro. Es en este momento cuando Roscille empieza a notar que el suelo se aleja de sus pies. Se siente como si cayera por la cara escarpada del acantilado, hacia las profundidades en las que seguramente yazca el cadáver de Hawise, donde las anguilas estarán succionando la carne muerta de sus huesos.

Al canciller le han imbuido la autoridad real de Duncane y la autoridad sagrada del papa y la autoridad celestial del mismísimo Dios, y cualquiera de ellas bastaría para adivinar la traición secreta de Roscille. Las tres juntas no solo la descubrirán, sino que también la castigarán, y tanto es así que su frágil alianza con Fléance no la salvará. Asimismo, Fléance será juzgado.

Banquho y Macbeth están dando la bienvenida al canciller, pero desde tan lejos no oye sus palabras. Roscille intenta escuchar pese a todo, por eso se sobresalta cuando, de repente, Fléance aparece a su lado.

—No debéis acercaros al salón cuando el druida esté dentro —dice. Tan cerca de su oído, su voz suena áspera—. Haced lo que sea necesario para manteneros alejada de él.

—Lo sé —susurra Roscille. Le tiemblan los dedos.

—Ha venido a hacer una cruentación.

—Lo sé.

Para realizar una cruentación, un cura debe situarse sobre un cuerpo muerto y pronunciar unos ritos sagrados y secretos. Y entonces, con el asesino presente, la herida muerta del cuerpo empezará a sangrar de nuevo, a burbujear gotas cálidas y oscuras. En la corte de Barbatuerta, esto son supersticiones primitivas, tanto que él no las toleraba. Quince días antes, Roscille no habría temido ese ritual. Pero lleva el tiempo suficiente en Glammis para saber que las reglas de la naturaleza son distintas aquí. Unas brujas sacuden sus cadenas en una cárcel bajo sus pies. El mundo es mucho más salvaje de lo que creía. La herida de Fléance destaca en su garganta, tan negra como un árbol quemado.

Roscille siente que se ahoga en su propio velo. Quiere arrancárselo, tragar el aire frío sin obstrucciones. Pero no puede, no cuando Fléance está a su lado. Así que respira de forma entrecortada y dolorosa.

—No sabía que se podía hacer una cruentación en personas vivas —dice al final, aunque sea por decir algo, porque Fléance la mira con un ceño de preocupación entre las cejas.

—Sí —responde con voz tensa—. Y si el canciller pronuncia las palabras ante vos, mi herida nos delatará. Por eso debéis manteneros alejada. Cueste lo que cueste.

Roscille asiente. Su corazón es una criatura salvaje que palpita con furia. Recorre con los ojos la cicatriz de Fléance.

—Y tu padre, ¿está complacido? —pregunta a través del nudo de su garganta.

—Lo está. No se disculpó por haberme dejado aquí, pero jura que, a la próxima, estaré en el campo de batalla a su lado.

Le tiembla la comisura de la boca, como si quisiera sonreír. Vuelve a parecer un muchacho, casi más por la cicatriz, porque es tan horrible que contrasta con fuerza con su rostro liso de mejillas regordetas. Roscille se pregunta si ese es el mismo aspecto con el que se presentó ante su padre, cuando se arrodilló delante él y le suplicó un destino diferente. Una sensación de asco se retuerce en su vientre, como una lamprea en el agua.

Mantenerse alejada es más fácil de lo que se había imaginado. Cuando Banquho viene a buscarla y le explica lo que pasará (las palabras místicas del canciller, la sangre espantosa), Roscille pone cara de espanto y finge que va a desfallecer. «No, por favor, no soportaría presenciarlo», dice.

Banquho frunce el ceño cuando la agarra y sus duros dedos sujetan con fuerza su cuerpo escurridizo. Está pensando: *He aquí una novia de diecisiete años, nueva en estas tierras, consentida por su padre, que se ha criado rodeada de lujo. El mayor horror que ha presenciado jamás es el pinchazo de una aguja.* Nada de esto es cierto, aparte de su edad y de que es nueva en Glammis, pero es una buena mentirosa y Banquho un oyente dispuesto a creerle. Él tampoco la quiere allí, a esa esposa débil y extranjera de su señor que exuda brujería.

Y, así, Roscille no conoce al canciller, pero ve la interminable fila de aldeanos que hacen entrar en el salón. Granjeros con los dientes rotos y las encías negras, pastores con los hombros encorvados que se apoyan con pesadez en sus garrotes, molineros tan viejos que les falta la mayor parte del pelo. Los acompañan sus hijos y nietos, con versiones más jóvenes de sus rostros. Las caras están quemadas por el clima, parecen cuero viejo. Entornan los ojos, húmedos y rebosantes de miedo.

Roscille apoya la espalda en la pared exterior de la sala y la piedra le roba el calor del cuerpo. Oye palabras ahogadas e ininteligibles procedentes del otro lado. Palabras de enojo que surgen de la boca de su marido. Y entonces las súplicas agudas y llenas de pánico de los campesinos. De repente, las piernas dejan de sostenerla. Se desliza y cae al suelo, con las rodillas contra el pecho.

Las posibilidades se retuercen en su mente como gusanos en carne podrida. A lo mejor, cuando el canciller pronuncie las palabras delante de uno de los campesinos (pongamos que es uno de los pastores encorvados y decrépitos), la sangre de Fléance empezará a fluir, no por ningún poder divino, sino porque los puntos de Roscille fueron torpes, porque Fléance ha usado demasiado los músculos antes de que sanaran, por ningún motivo en particular o por cualquier motivo. Macbeth ha dicho que matará al hombre y a sus hijos y a sus nietos. Acabará con su linaje, lo cortará de un modo brusco y amargo, como si fuera el corpiño de una mujer que protesta.

He aquí otra historia: en el mundo antiguo, hubo una guerra entre los griegos y sus exóticos enemigos del este. El exótico príncipe mató a la amante de un soldado griego. El soldado griego se vengó del príncipe. Y luego otro de sus enemigos del este mató al soldado griego. Luego el hijo del soldado griego mató al asesino de su padre. Pero no solo a él, sino también a sus seis hijos. Golpeó la cabeza de un bebé contra los muros del castillo hasta romperle el cráneo y pulverizar el cerebro aún en formación. Lo hizo para que los hijos de su enemigo del este nunca pudieran crecer y vengarse.

La venganza no es una copa de madera que se vacía, sino un cáliz con joyas incrustadas que derrama su contenido sin cesar. Roscille mete la cabeza entre las rodillas. Tiene miedo de vomitar en el suelo. Se ha esforzado mucho para escapar de la violencia de su marido, pero solo ha conseguido desviarla para que llene otro recipiente.

Extrañamente, las palabras de su padre regresan a ella en el pasillo vacío. «Serás la criatura que yo decida». La envió a Glammis como novia, un cuerpo inerte dentro de un vestido blanco. Pero, disfrazado debajo del velo, es posible que introdujera a un armiño. Una criatura astuta... o no. Tal vez solo sea un animal con dientes afilados y crueles.

Con vacilación, Roscille se levanta el velo y, con él, retira el mundo real. La piedra gris del pasillo sin ventanas desaparece para deslizarse con facilidad en el recuerdo, como si fuera un pez en una corriente de agua.

Ocurrió así: Roscille tiene trece años. Las historias sobre ella son solo rumores, humo pálido en los bordes de su visión. Aparte de eso, es hermosa; el duque tiene grandes esperanzas de que conseguirá con ella un matrimonio propicio para forjar una alianza valiosa. Roscille a veces se imagina casada con un atractivo príncipe angevino, pero esas fantasías son lejanas, difusas. En esa época solo piensa en cierto mozo de cuadra, uno con los ojos azules como cristal cortado y una sonrisa furtiva para ella. Empieza a rondar los establos con la esperanza de ver dicha sonrisa. Los músculos de la espalda del mozo son fuertes y, cuando el sudor le pega la túnica al cuerpo, muestra todos los surcos viriles.

Los mozos de cuadra no se casan con damas nobles, por supuesto, y las damas nobles, a diferencia de los hombres nobles, no pueden disfrutar de aventuras despreocupadas en los pajares con sus sirvientes. Para entonces, a Roscille le han enseñado que no mire a un hombre a los ojos, que mantenga la cabeza gacha, solo por si acaso. Los susurros aún no se han solidificado en verdad. Las reglas no son rígidas. No hay ningún velo blanco para imponerlas.

Así que, un día, Roscille va a los establos y le agarra la mano al mozo. Alza la cabeza. Lo mira a los ojos.

Dicen que algunos recuerdos son tan terribles que la mente humana no puede soportarlos, y de ahí que estén repletos de agujeros negros, para que las partes infelices no corten una y otra vez como trozos rotos de cerámica, afilados por todos lados. A Roscille le gustaría poder recordar ese momento en fragmentos soportables. Pero lo recuerda todo. La forma en que los ojos del mozo se oscurecen. La forma en que empieza a incrementar la fuerza y atrae su cuerpo contra el de él, hasta que sus labios quedan a un susurro de tocarse.

Y entonces oye una voz que no procede de ninguno de los dos: la protesta. Las manos del mozo la sueltan. Alguien lo aparta de un tirón y el jefe de cuadra le da una bofetada. Roscille oye el crujido de su fina nariz al romperse, que se tuerce a un lado y salpica sangre.

Roscille grita.

Llevan al mozo, encadenado, ante Barbatuerta. El duque escucha la historia y se frota su larga y retorcida barba con dedos ensortijados. Roscille se encoge en un rincón de la sala, con la vista fija en el suelo. Sus terribles ojos le escuecen por las lágrimas.

Su padre pronuncia la orden en voz tan baja que ella no la oye. Solo capta el grito estrangulado y el chapoteo de algo húmedo sobre la piedra. Para cuando alza la mirada, lo han limpiado todo: han sacado el cuerpo del mozo, el caballerizo ha regresado a los establos y la daga de su padre está enfundada de nuevo.

El duque se acerca a ella. Unas doncellas ya están frotando el suelo manchado de rojo.

—Lo siento —susurra Roscille. Tiene demasiado miedo de encontrarse con su mirada.

Su padre extiende una mano hacia ella. Es la única vez que recuerda haberla visto manchada de sangre. Barbatuerta no se ensucia las manos con cosas triviales. La violencia lúgubre y cotidiana siempre se puede encargar a otra persona de rango más bajo y débil. Fue su padre quien le enseñó que la violencia es como una moneda. Si la usas con facilidad, la gente te considerará imprudente e irresponsable. Si la guardas y solo la empleas en momentos vitales, la gente te considerará astuto como un armiño. Por eso Roscille cree que su padre es el hombre más inteligente del mundo.

—No te disculpes por nada —dice el duque—. El chico está muerto. Y tú has aprendido sola una lección más importante de lo que te podría haber enseñado yo. A veces no decir nada es tan elocuente como derramar sangre.

Roscille acepta la mano de su padre y se levanta. Le tiemblan las rodillas. Su mirada no se aparta del suelo.

Poco después ocurre la visita del Tramposo y le ponen el velo. Después de eso, le entregan a Hawise como doncella: un escudo, aunque frágil, contra los apetitos voraces de los hombres. Pero esa historia no es un secreto. Esa historia la conoce su padre y el jefe caballerizo y Hawise y, de forma indirecta, la mayoría de miembros de la corte de Barbatuerta. La historia es una buena lección, una buena advertencia.

El secreto es el siguiente: Roscille quería las manos del mozo en sus manos y sus labios en sus labios. La lujuria fue lo que se apoderó de él, no la locura. Fue el deseo de Roscille el que se introdujo en la sangre del muchacho como el veneno de una púa. Lo deseaba e hizo que él la deseara también. Ese es el peligro de sus ojos. Que pueden forzar a los hombres a hacer lo que ella desee.

Si se conociera la verdad, no le habrían dado un velo, un traje nupcial y un matrimonio con un señor de tierras lejanas. Le habrían dado una soga o una espada o una hoguera. Causar una locura lujuriosa es una cosa (cualquier mujer hermosa posee ese poder, si desea aprovecharlo; si no lo desea, también se lo puede considerar como poder), pero moldear a un hombre según su voluntad es otra distinta. Barbatuerta no podría haberla salvado si se hubiera conocido la verdad. Nada podría haberla salvado. Y por eso la han mandado aquí, a los confines más sombríos y lúgubres de la humanidad, para que el mundo esté a salvo de ella.

Roscille se pone el velo de nuevo, que revolotea con el largo suspiro que suelta. Luego se levanta y se aleja de la sala para no oír a su marido enojado ni a los campesinos suplicando por sus vidas.

Está tumbada de costado en la cama, sin ver nada. Bueno... está observando el muro de piedra vacío. Es imposible no ver nada. Pero, detrás de sus ojos, de sus ojos tocados por la muerte, se reproducen las mismas escenas una y otra vez. Los labios del mozo de cuadra, casi a punto de tocar los suyos. La mano manchada de sangre de su padre. El pastor que entra cojeando en el salón, con su hijo y su nieto al lado. Su marido, que le agarra con rudeza la cara para examinarla como una baratija que quiere comprar.

La puerta se abre y Roscille se levanta de golpe. Macbeth entra. Que ella vea, no hay sangre en él ni ese olor a cobre emana de su cuerpo. Pero sus ojos son dos rendijas llenas de enfado.

Se acerca a ella y Roscille no puede evitar encogerse. Quizá sea lo mejor. A todos los hombres les gusta cuando las mujeres tiemblan.

—¿Los has encontrado? —pregunta con un hilillo de voz trémulo mientras su marido se cierne sobre ella. Es tan gigantesco que casi resulta ridículo, como si un dios hubiera decidido jugar a los contrastes.

Uno de sus primeros pensamientos fue que su marido era más atractivo de lo que esperaba para ser un hombre que le doblaba la edad, pero duro, con los bordes escarpados, como los acantilados de Glammis. Es como si hubiera crecido a partir de las rocas. Roscille vuelve a pensarlo ahora. Bien podría haber un pilar de piedra entre la puerta y ella.

—La herida de Fléance no ha sangrado —dice—. Ni él ha reconocido a ninguno de los hombres que hemos traído.

Roscille traga saliva.

—Es difícil. Iban enmascarados. Y todo ocurrió muy deprisa.

—Por supuesto. —Macbeth tarda mucho rato en hablar. La recorre con la mirada. No teme mirarla directamente a los ojos, a través del velo. Luego añade—: Tu trofeo te quedaría mejor si la cadena estuviera más prieta.

Roscille se lleva la mano a la garganta, al collar. Antes de que pueda protestar, Macbeth se sitúa detrás de ella, le aparta el cabello, le desabrocha el collar y luego se lo ajusta otra vez. Lo ha cerrado tan prieto que le roza con cada movimiento, incluso al respirar. Así nunca olvidará que lo lleva puesto.

—Gracias —dice con voz ronca cuando él se aparta de nuevo—. Me siento bendecida por tener a un marido que me honra de esta forma.

—Sí, te honro a ti y a las antiguas costumbres de Glammis.

Antiguas. Roscille recuerda a las tres lavanderas. Se le ocurre que quizá Macbeth *deba* honrar esas viejas tradiciones, que está atado a les Lavandières del mismo modo que ellas están encadenadas a su sótano. A lo mejor, si no se ciñera a las costumbres antiguas de la tierra, su poder se debilitaría y ya no serían capaces de protegerlo o anunciar sus profecías.

Esta idea la torna más valiente.

—Habéis cumplido con el primero de mis deseos y con gran celeridad.

La habitación se sume de repente en el silencio. Y entonces, para asombro de Roscille, Macbeth se sienta en la cama a su lado.

El corazón le palpita con pánico. Pero Macbeth tan solo apoya una mano en el borde de su vestido, como para fijarla con suavidad en el sitio. Pensativo, no posa la mirada en ella.

—Lady Roscilla —dice—, ¿sabes lo que significa ser un hombre pío?

Eso es lo que significa «Macbeth». El pío. No es un patronímico, como creyó al principio. No es el nombre de su padre, heredado por sangre y nacimiento. Es un nombre que se ha ganado con sus actos.

En Breizh, ser pío significa ser devoto, aceptar las directrices del papa, hacer pasar a un sacerdote a tus aposentos para que te dé consejo. Lord Varvek no es un hombre pío ni finge serlo. Prefiere ser el armiño, no el león. Disfruta de las historias que se cuentan sobre su naturaleza astuta.

Macbeth no es un hombre pío. Tiene brujas para que lo aconsejen. Se ha casado con una mujer extranjera, la semilla de una bruja. Pero quizás en Glammis «pío» signifique algo más.

—Solo soy una mujer —contesta Roscille—. Mi mente no está hecha para reflexionar sobre tales asuntos.

Macbeth no le da la razón, pero tampoco se lo discute.

—En Alba, ser un hombre pío significa honrar los juramentos que has hecho a tu clan. Soy el barón de Glammis, el jefe del clan Findlaích. Es mi deber proteger a mi gente y buscar siempre que progresen. Pero ¿qué debo hacer cuando mi clan no me honra a su vez?

Roscille parpadea. ¿Le está pidiendo consejo? No, no puede ser. Macbeth está hablándole al aire y ella es una oyente accidental. O eso es lo que piensa, hasta que Macbeth se gira hacia ella con el semblante serio.

—Debéis buscar a aquellos que os honren *de verdad* —dice ella con vacilación—. Y mantenerlos cerca.

—Sí —contesta Macbeth. Enrosca los dedos en la tela de su vestido—. Entonces debería mantenerte a ti cerca… Mi esposa astuta, mi esposa leal, que guarda mis secretos y honra sus juramentos.

Parece un cumplido, pero es una amenaza. Solo seguirá siendo su esposa si hace esas cosas, si es astuta, leal, le guarda los secretos y se arrodilla ante él siempre. Y si no es su esposa, entonces pasará a ser Hawise y se pudrirá en el fondo del océano.

Roscille asiente.

—Bien —dice Macbeth. Cuando se levanta, su cabeza casi roza el techo—. Los esfuerzos del canciller en la cruentación han fracasado por ahora y a Fléance le falla la memoria. Buscaré consejo en otra parte. No tengo otra opción. Debo saber dónde crece la traición y arrancarla de raíz. —Sentada en el borde de la cama, Roscille guarda silencio—. Ven.

Y se levanta.

Roscille conoce bien el camino al sótano, incluso después de tan solo una visita. Podría recorrer esos pasillos estrechos y sinuosos en la oscuridad. Solo debe escuchar el sonido del océano que se aproxima, que se torna más intenso con cada paso, como si rozara el suelo que la separa del mar, igual que la fina membrana entre la vida y la muerte, la tierra y el inframundo, como creían los romanos.

En Breizh, existe una historia sobre una ciudad sumergida, Ys, que resurgirá algún día de entre las aguas. La primera persona que vea el campanario de la iglesia u oiga las campanas se convertirá en monarca. Y entonces el agua engullirá París e Ys ocupará su lugar. Esta historia sobrepasa la jurisdicción del papa y ha superado los esfuerzos civilizadores de la cristiandad.

De todos los cuentos antiguos, este es el que Roscille ha oído más, pues apela al deseo más básico del hombre: sus enemigos serán destruidos y él podrá gobernar el nuevo orden del mundo. Es una historia muy igualitaria, apreciada tanto por campesinos como por nobles. Cualquier hombre con la capacidad de ver tiene la oportunidad de convertirse en rey.

Mientras camina, Roscille acaricia la pared con la mano para sentir la piedra. Se pregunta si es tan antigua como afirma Fléance. Su vestido se arrastra por el suelo y produce otro sonido susurrante, ligeramente descompasado de las olas bajo sus pies. Macbeth camina sin mirar atrás. Y, con cada movimiento, el collar le roza el sarpullido rojo de la garganta.

Macbeth dobla la última esquina y aparece la puerta carcomida. Introduce la llave en el cerrojo. Antes de girarla, Roscille se atreve a hacerle una pregunta.

—¿Siempre os dicen profecías?

Macbeth se da la vuelta, sorprendido pero no molesto.

—Unas veces son profecías. Otras, consejos. Pero se puede decir que todo consejo es una profecía. Una advertencia de lo que ocurrirá si actúas o si no actúas.

A lo mejor su marido es más sabio y no tan bruto como lo había juzgado.

—¿También le hablaban a vuestro padre?

Y entonces el semblante de Macbeth se cierra. Roscille se ha aventurado demasiado lejos.

—No tienes permitido saber tanto, lady Roscilla. Este poder solo es para el barón de Glammis.

Aun así, ha respondido a su pregunta. Su padre también fue barón de Glammis, al igual que su abuelo. Lo descubrió en Naoned, antes de casarse. En Alba, ese fenómeno es poco habitual, y lo mismo ocurre en Breizh. Los títulos son escurridizos. A veces se le cae de las manos a un padre antes de que pueda entregárselo a su hijo. Un legado nunca está garantizado. Ha habido generaciones enteras extinguidas en una única batalla. Las coronas y los castillos se trafican, se funden en la forja, se reducen a cenizas.

Hay poder en haber mantenido el título durante la vida de tres hombres. Pero también peligro. El tiempo no fortalece, sino que debilita.

Macbeth abre la puerta y el frío aire salado agita la falda de Roscille. El velo se le pega a la boca. Tose y atraviesa el umbral hacia la oscuridad imperfecta y distorsionada de la cueva. La antorcha en el centro sigue encendida y crea unos extraños dibujos en el techo. No, dibujos no, no es nada que se pueda cartografiar o de lo que se pueda extraer alguna lógica. Es algo vago. Eso es lo único que se le permite saber.

Las cadenas entonan su canto inconstante, como campanas. Surgen de la oscuridad, pálidas y repentinas como rayos. En el resplandor cetrino, la piel blanca de las brujas se torna de un color nauseabundo e iridiscente, húmedo y enfermizo. Es el color plateado de la carne que ha empezado a pudrirse. En esta ocasión, Roscille no se santigua, aunque le sale hacerlo por instinto.

Macbeth se adentra en el agua. En las manos de las brujas, la tela está tan mojada que es translúcida y deja entrever los nudos de sus manos. Una y otra vez, golpean la ropa en el agua, la alzan, la escurren. La dejan caer de nuevo. No parecen haberse percatado de la presencia de Macbeth hasta que este agarra la antorcha y ellas alzan esos ojos lechosos que no ven.

—Macbeth —dice la del centro. Tiene los dientes de la boca rotos, pero afilados.

—Macbeth.

—Macbeth.

Él las saluda a las tres.

—*Buidseach. Buidseach. Buidseach.* La profecía se ha cumplido. El barón de Cawder ha muerto. Yo poseo ahora su título.

—Entonces el barón de Cawder vive —dice la de la izquierda. Su voz áspera transmite cierto tono sardónico, como si le hiciera gracia la broma. Es la primera vez que Roscille piensa en ellas como humanas, aunque de un modo distante. Como si tuvieran sus propios propósitos y no actuaran como meras extensiones de la voluntad de su marido.

—Sí —confirma Macbeth. La palabra se enrosca en su boca en una fría espiral—. Pero hay traidores en Glammis. Alguien de mi propio clan trabaja en mi contra.

La luz de la antorcha reluce en los ojos de las brujas como peces plateados que atraviesan el agua turbia y solo se dejan ver en destellos rápidos y brillantes.

—Busca la traición —murmura una.

—Lo estoy haciendo —dice Macbeth—. Pero, por el momento, he fracasado. ¿Qué consejo me dais?

Las brujas intercambian murmullos ininteligibles. Roscille se pregunta si sabrán que está allí. Nunca han dado señales de verla. ¿Acaso su presencia no significa nada, ni siquiera un cambio en la corriente de ese aire rancio?

—Consejo no —dice al fin la del centro—. Profecía de nuevo. ¿Os gustaría oírla?

El rostro de Macbeth está húmedo, la fría condensación se acumula en su barba.

—Siempre.

—Salve, Macbeth —dice la de la izquierda—, barón de Glammis.

—Salve, Macbeth —dice la de la derecha—, barón de Cawder.

Se produce una pausa. El agua gotea en medio del silencio.

—Salve, Macbeth —dice la del centro. Alza la cabeza hacia el techo, hacia las rocas que sobresalen y atraviesan el aire como dagas, hacia el agua que cae como la arena a través del agujero de un reloj de arena—. Futuro rey.

Y entonces se ponen a golpear el agua y a gritar con una alegría desenfrenada y monstruosa, mientras una piedra se solidifica en la garganta de Roscille y le cae en el estómago. Macbeth se gira hacia ella con un semblante incrédulo que enseguida da paso al placer.

—¡Salve, Macbeth!

—¡Salve, Macbeth!

—¡Salve, Macbeth!

—Lo has oído —dice Macbeth con un asombro jadeante—. *Futuro rey*. Una vez pronunciada, la profecía no se puede deshacer.

Se acerca a ella vadeando el agua. Las brujas gritan a su espalda con tanta intensidad que a Roscille le parece imposible que no las oigan fuera de esa sala ni que sus gritos no resuenen por los pasillos. El sonido y la furia advierten de la carnicería que está por llegar.

Macbeth casi se resbala en los escalones y extiende un brazo para sujetarse. Roscille no sabe qué la impele a hacerlo, pero se estira hacia él y lo agarra del brazo para estabilizarlo. La sonrisa en el rostro de su marido es casi inocente. Sin embargo, dicha inocencia parece desquiciada en la oscuridad, con el aullido de las brujas y esas palabras que contaminan y ensucian el aire.

—¿Lo entiendes? —pregunta Macbeth cuando se ha enderezado. Sujeta las dos muñecas de Roscille con una mano y la arrastra hasta acercar sus rostros.

El corazón le revolotea en el pecho.

—Solo soy una mujer…

—No —dice él. La agarra con tanta fuerza que le dejará marca—. Eres lady Macbeth. Futura reina.

5

Roscille desliza la mano entre los barrotes de la jaula y los perros se apiñan hacia ella; ladran, olisquean y le lamen la palma con sus lenguas rugosas. Una decena de bocas se mueven con fuerza, correosas por la saliva. Las lenguas color rosa cuelgan entre los dientes amarillentos.

Siempre le han gustado los animales. No se ponen nerviosos ante su presencia, a diferencia de los hombres. Y son simples. Amorales. Solo les preocupa su propia supervivencia y los placeres más vanos, aunque impliquen sufrimiento, como romper el cuello de un conejo con sus potentes fauces o hacer que un rival enseñe el vientre y lloriquee.

Roscille se consuela pensando en que ella hace lo mismo: sobrevivir. La saliva de los perros le humedece los dedos. Estarán saboreando en su piel el aceite de la comida de esa mañana. Pero cuanto más se dice que no es una persona terrible, menos se lo cree. Un perro siempre es terrible para el ciervo que ha arrinconado o para el zorro que ha seguido hasta un árbol. Aparta la mano.

Al menos el flujo constante de campesinos hacia el castillo ha cesado. La profecía ha acaparado la mente de su marido, ha empequeñecido su miedo a ser traicionado. Pero la sangre que no se ha vertido pronto será compensada; Roscille lo sabe bien.

Futuro rey. Los perros lloriquean y empujan los hocicos contra los barrotes.

Como si sus pensamientos lo hubieran invocado, Macbeth entra en la perrera. Las puertas de madera estaban entreabiertas, lo suficiente para que Roscille se deslizara de costado, pero él no se detiene a abrirlas más con las manos, sino que deja que su enorme pecho abultado las empuje. La luz entra en un único haz y crea rayas en el suelo.

Roscille, agachada hasta entonces, se levanta.

—Mi señor.

Macbeth no pregunta qué hace su esposa arrodillada entre los perros.

—Mi señora. Fléance me ha dicho que tienes la carta.

Una sensación fría se extiende por su estómago.

—Sí. Aquí tenéis. —Roscille rebusca entre los pliegues de su falda y saca el pergamino sellado. Lo ha llevado encima desde que estampó la cera. Se lo entrega a Macbeth y añade—: Fléance me ayudó a escribirla.

Otro hilo que los une.

Los dedos de Macbeth arrugan el pergamino.

—Deberías aprender a escribir en escocés, ahora es tu idioma. Haré que uno de los druidas venga a enseñarte.

—Gracias, mi señor.

—No me las des. Es tu deber.

Futura reina. Se le forma un nudo en la garganta que roza contra la cadena dorada. Su mirada sigue la carta mientras su marido se la guarda en el bolsillo del abrigo y desaparece. Creyó que había creado un talismán de protección, algo con lo que contener el derramamiento de sangre en el campo de batalla o en las sábanas de su lecho matrimonial. Pero solo ha creado un instrumento de violencia.

Aun así, no podría haberlo sabido. El mundo era distinto antes de que las brujas pronunciaran su profecía. Ahora cada mirada que intercambien Macbeth y el rey arderá con fuego, desprenderá veneno.

Las lampreas dan vueltas y más vueltas en la pequeña poza.

—No… no he hecho mi segunda petición —suelta Roscille entre tartamudeos.

Macbeth arquea las cejas. Por un momento, teme haber juzgado mal su posición; à lo mejor Macbeth no respeta esa antigua tradición como ella pensaba. O a lo mejor la profecía le ha imbuido tanta arrogancia que ya no le importan sus grilletes.

Pero tan solo responde:

—Pues hazla ahora.

Eso sigue siendo arrogancia. Se piensa que no hay nada que él no tenga. Lo que pida Roscille a continuación no será ningún obstáculo, tan solo una forma de mejorar su rango, de demostrar su fuerza. Roscille lo sabe. Ha tenido muchas horas para reflexionar, para elegir sus palabras. Su petición es una manzana y el primer mordisco dulce no revelará el corazón podrido.

—Tenéis unas criaturas hermosas y exóticas en Alba que yo jamás he visto. Me encantaría tener una manta, hecha con las pieles de seis animales blancos distintos.

La segunda petición es la sucesora natural de la primera. En la superficie, muestra sus inocentes diecisiete años, los placeres duraderos de la corte de Barbatuerta. Y, sin embargo, también muestra un cambio en ella que complacerá a Macbeth. Quiere una capa hecha con la tierra de Escocia. Quiere vestir su cuerpo con las bellezas naturales de su nuevo hogar. Si antes era una dama de Breizh, con un pie aún en las aguas gélidas del Loira, ahora ha empezado a cruzar para apoyar con firmeza el otro pie en los terrenos rocosos de Glammis.

Y también le demostrará lo siguiente: que está impaciente por tener a su marido en la cama. Esa petición parecerá más sencilla que la primera, como si su resistencia femenina estuviera socavada. Seis pellejos blancos es una única partida de caza, una incursión tempestuosa en el bosque y el campo, donde las lanzas refulgirán, las mejillas se sonrojarán. Eso se puede conseguir en una tarde.

O eso creerá Macbeth. Su marido sonríe, satisfecho por todas las cosas que Roscille ha hecho para complacerlo.

—Muy bien. Una capa de piel blanca. Complementará tu color de un modo magnífico.

Alza la mano hacia su mejilla. Hoy lleva guantes y el cuero es suave como un pétalo. Habrán matado a un becerro para hacer un cuero tan suave.

—Gracias —dice Roscille.

La mano de Macbeth baja deslizándose por su cara y dice:

—Tu padre me dijo que sentías cierto apego por los animales.

La piel de Roscille palpita de calor, una presión que podría convertirse en pánico. ¿Por qué el duque le transmitió ese dato insignificante? ¿Por qué pensó que a Macbeth le interesaría oírlo? Solo puede pensar en el día en el establo. La sangre reluciente en las manos de su padre; la muerte invisible del muchacho. ¿Le ha contado esa historia a Macbeth? ¿Cuánto sabe su marido?

El silencio de Roscille se alarga tanto que Macbeth entorna los ojos.

—¿Acaso Barbatuerta se equivocó?

—No —consigue decir—. No iba errado.

En presencia de Macbeth, los perros se han callado y lloriquean en los rincones de la perrera. Recordarán la sensación de su bota contra sus panzas, los latigazos en los muslos. Roscille lo siente por ellos.

—Bueno —dice Macbeth y mueve los hombros—. Vístete con tu atuendo más elegante. El rey viene a visitarnos.

El rey viene de visita y el castillo se prepara para su llegada al igual que un soldado prepara su cuerpo para la batalla. Viene el rey y Roscille no puede hacer nada, tan solo ponerse su vestido más hermoso y los zapatos más suaves. Dedica mucho tiempo a pensar en si cubrirse o no el cabello. En Glammis no es tradición, tal y como ha descubierto en los últimos días. Pero Duncane es muy devoto. Es lo que en Breizh se consideraría un hombre pío. Mantiene al canciller vestido con hábitos tejidos en oro y lo invita a su sala de estrategia para escuchar sus consejos y asegurarse de que toda guerra que labre sea justa. Le complacería saber que Roscille respeta la modestia propia de una mujer cristiana, aunque teme que su marido se enoje si elige las preferencias del rey por encima de las suyas.

Futura reina. Roscille abre el baúl a los pies de la cama y saca el vestido azul grisáceo. Está diseñado según la moda de la corte de Barbatuerta, pero no ha tenido tiempo para coserse otros vestidos a partir de las costumbres de Glammis. Ni siquiera sabe cómo sería esa indumentaria. No hay más mujeres aquí.

Vestirse sin Hawise sigue siendo difícil. Al final, decide dejarse el cabello suelto y sin cubrir, pero se pone el velo nupcial, que es más pesado. Seguro que Duncane querrá otra capa de protección contra su mirada tocada por la muerte. Él sí conoce las historias. Persigue la brujería como un perro.

Todavía la inquieta la pregunta de Macbeth en la perrera. Durante todo este tiempo, pensaba que no había nadie inteligente en Glammis; Roscille se creía el único armiño entre jabalíes gruñones. Ahora empieza a pensar que su marido trama sus propias artimañas, disimuladas detrás de un exterior salvaje. Y no hay nada más peligroso que una criatura que finge ser una cosa distinta y es en realidad otra criatura diferente.

En esta ocasión, el velo nupcial es un peso reconfortante. No quiere ver a esos hombres, a ninguno de ellos. Siente que ya no puede fiarse de sus ojos. Hay otro mundo que se expande frío debajo del que siempre ha conocido. Agua oscura y palabras más oscuras aún. Augurios de sangre. Las piedras de la civilización se han construido sobre una locura descarnada, perversa.

Roscille no saluda al rey en el patio; se queda en la sala principal del castillo, con Fléance, mientras Duncane y sus acompañantes recorren los pasillos sinuosos. La cicatriz de Fléance ha adquirido un tono blanco azulado, pero sigue siendo protuberante y tan fea que cualquiera que lo mire se maravillará por la vida que casi le fue arrebatada. Una mentira, por supuesto, pero ¿qué importa? La mayoría de los hombres solo se preocupan por sus propios engaños, títulos, honores y coronas, que imponen al mundo.

—El canciller no hará más cruentaciones —murmura Fléance—. Estamos a salvo.

Roscille abre la boca para responder, pero entonces el arco del pasillo principal se llena de cuerpos. Su marido es el primero, y también el más grande con diferencia. Banquho lo acompaña, su mano derecha. Luego entra un puñado de soldados, vestidos curiosamente de un modo muy distinto a los escoceses, sin tartán y con el cabello y las barbas cortas.

Y entonces entra Duncane. Con una estatura tan diminuta y gibosa, Roscille casi lo pasa por alto en medio de sus hombres. Va con los hombros encorvados y parece lo bastante mayor para ser abuelo o bisabuelo. La barba es corta, irregular y de un gris plomizo. Cuando se acerca a una antorcha, Roscille percibe las marcas de viruela en sus mejillas, las ampollas rojas en su nariz, el brillo reumático de sus ojos escaldados por el viento. Se detiene un momento para toser. Dos de sus hombres lo ayudan a subir al estrado, donde se hunde de inmediato en la silla de Macbeth.

An t-llgarach, así lo llaman los escoceses. El desperdicio. No existe un nombre para su enfermedad y tampoco ninguna causa. Se rumorea que poseía el vigor propio de un hombre mucho más joven hasta que un día se derrumbó, como una plaga enviada por

Dios. Pero ese no puede ser un castigo divino, sino sencillamente un accidente cruel de la naturaleza. Duncane es un sirviente leal y un soldado poderoso de Dios. Pese a todo, Roscille no se puede imaginar al hombre que tiene ante sí escribiendo el feroz tratado que ha leído.

En estos momentos existe en nuestro territorio una temible proliferación de brujas, o hechiceras, que me ha impelido a publicar el siguiente tratado. Mi intención con él es demostrar tan solo dos hechos: el primero, que esas artes diabólicas han existido y existen. Y el segundo, exponer el juicio exacto y el castigo severo que se merecen.

A Roscille le sigue maravillando que Macbeth se haya podido casar con una criatura como ella y que sea tan temerario como para mostrarla abiertamente ante un rey que detesta a las brujas con cada gota de sangre enfermiza de su cuerpo.

Macbeth sabe que no debe reaccionar cuando el rey se sienta en su silla. Tan solo dice:

—Mi esposa, lady Roscilla.

Duncane alza su mirada legañosa hacia ella. Cuando habla, lo hace con una claridad desmentida por su estado débil y por la piel muerta que se le acumula en las comisuras de la boca.

—No sé por qué siempre tienes que casarte con mujeres tan problemáticas. Pero confío en que mantengas a tu nueva esposa tan dócil como la primera.

¿Nueva? La mente de Roscille tropieza con sus palabras. ¿Es la segunda esposa de Macbeth? Nadie se lo ha dicho. ¿Se lo contaron siquiera a su padre? ¿Y qué pasó (debe saberlo, *tiene* que saberlo) con la primera señora de Glammis, la otra lady Macbeth?

—Roscilla es tan dócil como un cordero.

El corazón le late con fuerza por la revelación. Debe de haber un motivo por el que le hayan ocultado ese dato tan vital. A lo mejor la primera lady Macbeth murió por una enfermedad; a lo mejor su marido sigue llorándola y no quiere hablar de ella.

Pero Roscille no confía en esos pensamientos tan banales. No cuando su marido mantiene un segundo mundo oculto debajo de ese castillo, con brujas encadenadas a quienes obliga a pronunciar sus profecías. Es tan escurridizo como la cara gélida de un acantilado. Y tiene muchas capas, como las bandas estriadas de la erosión, con los tonos verdes, blancos y óxidos del mar. Cada vez que cree conocerlo, el nivel del agua baja y aparece otro color.

En silencio y en privado, Roscille se deja llevar por el pánico hasta que dos hombres más entran en el salón.

Son tan diferentes como las estaciones de invierno y verano. Uno es de baja estatura, más robusto, con barba y cabello cobrizos. Su rostro rubicundo es agradable, como si hubiera emprendido un vigoroso trayecto hasta allí a caballo en vez de en un carruaje protegido. Su andar es firme y enérgico. Sube al estrado, se sienta junto al rey y cruje la mandíbula en un bostezo. Solo puede ser un príncipe.

—Mi señor —dice y dirige un gesto de la cabeza hacia Macbeth—. Y mi señora. Gracias por recibirnos.

—Mi hijo, Evander —dice Duncane.

Evander, la variante en latín de un nombre escocés común. Iomhar, Ivor; podría haber elegido cualquiera de los dos, pero el rey se decantó por el latín. No es un dato insignificante.

El segundo hombre también es un príncipe. El rey tiene dos hijos. Pero ese hombre no camina con la diligencia de un príncipe ni se sienta junto a su padre, sino que permanece de pie en el borde del estrado, oscuro frente a la claridad de su hermano, cetrino frente al rubor soleado del otro príncipe.

—Mi hijo mayor —dice el rey—. Lisander, príncipe de Cumberland.

Lisander también es un nombre extraño para un escocés. Su madre (muerta ya, fallecida al dar a luz), prima lejana de Æthelstan, fue muy piadosa. Æthelstan se hace llamar ahora *rex Anglorum*, rey de los ingleses, y tiene la dispensa del papa para hacerlo. A lo mejor los nombres son para satisfacer al pueblo de su madre muerta. En angevino sería Landevale; en nórdico, Launfale. En brezhoneg, Lanval.

Es muy atractivo. Alto, pero no voluminoso. Cuando se mueve, sus extremidades revelan una elegancia tan sorprendente que le recuerda a un capal-uisce, el caballo acuático que adopta la forma de un hombre y seduce a las doncellas para que lo sigan y pueda ahogarlas (piensa que, si la mujer-serpiente Melusina tuviera pareja, sería una criatura como esa). El cabello del príncipe es oscuro y brilla como el mar bajo la luz de la luna. Sus rasgos son finos, casi delicados, de un modo atípico en los hombres.

Es una belleza que sería bien apreciada en Breizh, en Anjou o incluso en París; una belleza que haría temblar las rodillas de las muchachas que trabajan en la cocina, hasta hacerlas tropezar y caer solo para interponerse en el camino de su mirada. Pero en Alba, Roscille sabe que debe ser objeto de menosprecios y recelos, incluso de codicia. *¿Qué tipo de hombre tiene veinte años y no luce ninguna cicatriz de guerra?* Uno a quien le han concedido una corona del mismo modo que se le da un juguete a un niño. Uno a quien le pueden arrebatar la corona con la misma facilidad.

Es cierto, el príncipe no tiene cicatrices que Roscille pueda ver. Le resulta extraño contemplar una piel tan inmaculada después de haber pasado semanas viendo a su marido y a sus hombres, todos ellos desaliñados y groseros y cubiertos de viejas heridas. El príncipe tiene el rostro lampiño, pálido y sin marcas, a excepción de unos círculos oscuros y profundos debajo de los ojos. Parece muy, muy cansado.

—Mi señor. —Lisander le dirige un gesto con la cabeza a Macbeth. Y luego se gira hacia ella—. Lady Roscille. Es cierto lo que dicen. Sois tan hermosa que a la mismísima luna le avergüenza surcar los cielos.

Roscille. Su nombre en brezhoneg. Esas sílabas tan familiares llevaban tiempo sin acariciarle los oídos. Si los cortesanos del duque pudieran verla ahora, verían que sí es capaz de sonrojarse.

—No sabía que el príncipe de Cumberland era un poeta —dice con el rostro ardiendo.

—Apenas soy príncipe, y menos poeta.

La sala se sume en un silencio incómodo. La sucesión de Duncane es un asunto por resolver, aunque se desconoce el motivo. Lisander es el mayor; según las leyes de cualquier reino, su cabeza debería ser la siguiente en lucir la corona. No obstante, Duncane aún no lo ha proclamado como su heredero.

¿Estará enfermo como su padre?, se pregunta Roscille. Pero no, no puede ser. Duncane habría pasado con rapidez de un hijo enfermo al siguiente. Incluso podría haber nombrado a uno bastardo, si el primer hijo legítimo estuviera debilitado. Los escoceses lo entenderían, no hay compasión para un caballo lisiado ni para una gallina que no pone huevos. Podría haber proclamado a Evander y eludir todas las preguntas, pero no ha sido así, por lo que, a pesar de su rostro cetrino y cansado, el príncipe de Cumberland no puede tener mala salud.

Banquho carraspea y pone fin al silencio inquietante.

—Mis señores. Espero que el viaje no haya sido demasiado arduo.

—No tanto, no —contesta Evander—. Nos detuvimos a descansar en el torreón de Macduff. Está a un día de distancia.

Roscille no pasa por alto la forma en que Macbeth se tensa al oír el nombre. Se pregunta si existe alguna riña privada entre él y ese otro señor o si solo se envara ante cualquier hombre que se acerque al rey.

—Los aposentos están preparados —informa Banquho—. Espero que esta noche también sea apacible.

Evander empieza a dar las gracias a los huéspedes, habla sobre cazar ciervos, los banquetes y, por supuesto, sobre las ceremonias para nombrar a su marido de forma oficial barón de Cawder. Lisander permanece callado e inmóvil. El abismo entre ambos hermanos parece más vasto que nunca. Debería ser el hijo mayor quien organizara todo aquello, quien llevara a cabo las formalidades. ¿Qué extrañas circunstancias han ocurrido para invertir sus papeles de un modo tan extremo?

Desde debajo del velo, Roscille observa a Lisander. Cree hacerlo con disimulo, pero salta a la vista que no es el caso: la mirada del príncipe vuela hacia ella, como si pudiera sentirla. Sus ojos son tan verdes como la cola de una serpiente y, aunque hundidos en su rostro ceniciento, emanan el curioso brillo de una gema preciosa.

Es entonces cuando su marido rebusca en el bolsillo de su manto y saca la carta. Su carta. A Roscille se le enfría la sangre. Macbeth entrega el pergamino al rey, que alza una mano temblorosa con dedos llenos de anillos de oro como forúnculos. Pasa un rato largo antes de que esos finos dedos consigan aferrar al fin la carta. La mira, parpadeando, e intenta deshacerse de la humedad de sus ojos, pero no lo logra.

—Padre —dice Lisander. Se adelanta y, sin decir nada más, el rey le entrega la carta. El collar parece estrecharse alrededor de la garganta de Roscille. Lisander rompe el sello y despliega el papel.

—Lo descubrimos entre las posesiones del barón de Cawder —dice Macbeth—. Durante mucho tiempo, la traición se ha expandido como podredumbre en Cawder. Creo que esto es prueba de ello.

Los ojos de Lisander recorren la página. Roscille nota las mejillas cálidas. Bien podría estar examinándola con el mismo escrutinio, ya que siente el calor de su mirada como si la observara a ella en vez de al papel. Fléance guio su mano, pero a lo mejor hay algo en su letra que los delatará. A lo mejor hay algo inconteniblemente femenino en su forma de escribir. O puede que sea porque los sentidos de Lisander no están tan apagados como los de su padre. Ninguna enfermedad en el cuerpo deja intacta la mente.

Duncane lleva años viviendo esa existencia póstuma, al menos desde el nacimiento de sus hijos. En su frente luce la marca de un trépano: el punto donde un druida le atravesó el cráneo para que los espíritus malvados salieran. No ha funcionado y ahora lucirá esa mácula humillante para siempre, hasta su larga y miserable muerte. No es honorable morir por enfermedad.

Lisander levanta la vista al fin.

—La persona que la ha escrito muestra descontento por vuestro gobierno —dice—. Pero solo en términos vagos... No existe ningún plan en firme para derrocar a la Casa de Dunkeld.

Roscille se sonroja con más furia. Escribió a propósito la carta de forma vaga, porque temía que los detalles fueran su perdición. Pero ahora Macbeth dirige su mirada hacia ella, solo por un instante. El mismo miedo de la noche de bodas se instala en su cuerpo, frío y familiar, como agua que inunda sus afluentes habituales.

Duncane mira hacia un punto lejano; no observa nada concreto, solo el aire plagado de polvo. Dice:

—Mejor matar a la serpiente mientras siga en el cascarón.

Una sonrisa lenta y complacida ocupa el rostro de Macbeth.

—Sabía que había cumplido con vuestra voluntad. Si la serpiente persiste en Cawder, le romperé la columna y los dientes.

El rey asiente. Duele presenciar el gesto, su cabeza se bambolea con precariedad sobre el cuello flaco.

—En efecto, esa es mi voluntad —confirma con voz áspera.

Banquetes, ceremonias. Pero nada de cacerías, por el momento. Roscille no puede evitar preguntarse cuándo piensa Macbeth completar su segunda petición. Se dice que no lo hará hasta la partida de Duncane. Está demasiado ocupado.

Se hallan sentados en el salón, que han reacondicionado para acomodar la presencia del rey. En el estrado hay una mesa más larga, con espacio suficiente para Duncane y sus hijos, Macbeth y Roscille y, por último, Banquho en un extremo. Duncane se ha situado en el centro, pero no de verdad. Son pares, por lo que no existe un centro auténtico o... Bueno, el centro estaría entre Macbeth y Duncane. En este instante, el centro es un espacio en blanco, vacío por completo a excepción de sus alientos y del aire.

Roscille toma bocados decorosos de su estofado, una tarea difícil de desempeñar desde debajo del tul grueso del velo. No se lo ha quitado, apenas lo ha levantado; tiene miedo de hacerlo delante de Duncane. Aun así, el velo le permite mirar lo que le plazca sin llamar la atención. Mira hacia Lisander, que apenas toca la comida. Él la ha estado observando antes (Roscille sabe que no se lo ha imaginado), pero su mirada no la busca ahora.

Piensa en esos moratones oscuros bajo sus ojos. ¿Qué mantiene al príncipe de Cumberland despierto por la noche? ¿Lee mucho y es piadoso como su nombre sugiere y dedica horas a estudiar filosofía hasta que las velas se extinguen? Podría ser. ¿Acaso se entretiene, como hacen muchos hombres, con mujeres, ya sean sirvientas o esclavas de placer? Eso le cuesta más imaginárselo. Seguro que no complacería a su padre, Duncane, el hombre pío. Y, por algún motivo, la idea tampoco la complace a ella. Un sentimiento serpenteante, verde oscuro, se enrosca en sus entrañas.

Es mitad inglés... ¿Acaso es el león de Æthelstan, noble y preeminente? ¿O es el unicornio de la sangre de su padre, místico y puro? ¿El valiente ciervo de Irlanda o el dragón escamado de Gales? Todas esas criaturas libres y salvajes marcadas con las virtudes de los hombres. Por cómo la mirada de Lisander atraviesa limpiamente la sala, Roscille se pregunta si es el armiño de Breizh, astuto, un maestro del disfraz. Detrás de sus ojos reluce algo que ella no puede distinguir. Lo observa hasta que la mirada de

Lisander se posa en ella, *por fin*, y luego gira la cabeza con un cosquilleo en la piel.

La investidura de Macbeth con el nuevo título implica lo siguiente: su marido debe arrodillarse ante el rey. El rey hace la señal de la cruz con sus dedos temblorosos cubiertos de joyas. La corona, un sencillo aro de hierro, apenas oculta la marca de la trepanación en su frente. El contraste entre esa corona simple y los anillos gruesos y brillantes es doloroso, incluso de lejos. Roscille se enterará más tarde de que esos anillos cumplen una función, no son una mera decoración: impiden que los dedos temblorosos del rey se le salgan de las cavidades. Debilidad disfrazada de fuerza.

—Barón de Cawder, levántate —dice.

Y, cuando Macbeth lo hace, su inmensidad empequeñece al rey. Proyecta un brillo absurdo sobre el ritual y lo torna perverso. Un lobo arrodillado ante una oveja. Macbeth se sienta y el banquete sigue, prácticamente en silencio. Roscille se gira de nuevo hacia Lisander. El príncipe de Cumberland que se atrevió a hablarle en brezhoneg.

No hay ningún motivo para que conozca su idioma y, aun así, lo hace. Se imagina a Lisander hablándolo de nuevo; no solo lo que diría, sino la forma que adquiriría su boca al pronunciarlo, el movimiento de la lengua a través de los labios, el rápido destello blanco de los dientes. Quiere sumergirse en las aguas claras de los diptongos y vocales del brezhoneg, limpiarse la suciedad de Escocia. Para hacerlo, tendría que despojarse de toda la ropa, el velo, el collar de rubí, y revelar sus carnes al aire. Pensar en ello mientras observa al príncipe de Cumberland hace que se le caliente el rostro. Tiene que apartar la mirada.

Cuando el banquete termina y los criados se llevan las fuentes, Evander habla con Banquho para organizar la cacería del día siguiente (entre los dos han ingerido mucho vino y hablan muy alto, hasta que las sílabas raspan el techo). Los dos chambelanes del rey lo ayudan a bajar del estrado; durante ese tiempo, han mantenido las espadas envainadas a sus costados. El rey no va armado. Nadie se creería que posee la fuerza suficiente para sostener una espada.

—¿Los aposentos os son satisfactorios? —pregunta Macbeth. Duncane parpadea.

—Los míos sí. Pero para mi hijo mejor una habitación sin ventanas.

Señala a Lisander, que no dice nada para confirmar ni negar esta afirmación. ¿Una habitación sin ventanas? Esta extraña petición enmudece tanto a Roscille como a su marido. Todas las explicaciones que su mente le proporciona se le antojan vanas y triviales: que no puede dormir con el sonido del viento tan cerca, que el aire salado lo marea, que tiene miedo a las alturas y no quiere ver lo pronunciados que son los acantilados sobre los que se sitúa el castillo de Glammis. El semblante de Lisander no revela nada.

Al cabo de un momento, Macbeth dice:

—Entonces una habitación que dé al patio. Los criados le enseñarán el camino.

Se marchan: el rey, sus chambelanes, Lisander, Evander, Fléance y Banquho. El salón se vacía de todo ocupante, incluso de los huidizos sirvientes. Roscille y su marido se quedan a solas. El aire está impregnado de grasa con los olores del festín, espeso por el tufo a vino y a sudor varonil. Se ajusta el collar en la garganta; el sarpullido se expande por debajo del oro.

Cuando los pasos de los otros hombres han desaparecido, Macbeth se gira hacia ella.

—Casi me has deshonrado —dice—. Con esa carta.

Su voz suena dura y tenue. La rabia aparece en las líneas de su rostro, las líneas que le recuerdan a Roscille que le dobla la edad, que tuvo una esposa antes que ella (*¿cómo, quién?*). El pulso le flaquea.

—Lo siento, mi señor. No sabía... no quería...

—El príncipe de Cumberland es demasiado inteligente —la interrumpe Macbeth—. Cabe la posibilidad de que haya adivinado la artimaña. Y todo porque tu mano falló. Seguí tu consejo de acusar a Cawder de traición.

A Roscille le impacta oír que lo admite, que actuó según sus instrucciones. Que eso ha sido cosa suya. Toma aire para intentar tranquilizarse.

—Siento haberos fallado —dice con suavidad—. Mi señor, decidme qué puedo hacer para solucionarlo, por favor.

Apenas ha terminado de hablar cuando Macbeth la agarra por el brazo y la arrastra hacia él. Roscille cierra los ojos y agacha la cabeza. Se muerde el labio con un quejido.

La va a golpear. Lo ha visto hacer centenares de veces a otras mujeres, ya fuera a manos de sus maridos, de sus padres o de sus hermanos, o bien de sus amantes o sus señores. Uno de los cortesanos del duque le enseñó a Hawise el dorso de su mano y, durante una semana, un moratón violeta le palpitó en la mejilla. Cada vez que Roscille lo veía, la inundaba una rabia enfermiza y encadenada. A ella nunca la han golpeado, porque es una dama noble, una hija y una esposa hasta entonces obediente. Ha sido lo bastante tonta para creer que el duque nunca permitiría un ataque tan grave contra su persona. Pero el padre que creía conocer se ha marchitado hasta desaparecer de esta tierra. Es, como mucho, un fantasma, no lo bastante sólido para interponerse entre la mano de Macbeth y la mejilla de Roscille.

Sin embargo, su marido no asesta el golpe, sino que le arranca el velo de la cara. Roscille se queda tan impactada que no puede evitar gritar, un sonido corto y estrangulado. Antes de que pueda moverse o hablar de verdad, la mano ancha y callosa de Macbeth se cierra sobre sus ojos. La ciega por completo. El mundo es negro y está inundado de tenues estrellas.

El otro brazo de Macbeth la rodea por la cintura y la aprieta contra su pecho para acercarle la boca al oído. Su voz le humedece la nuca.

—Sé lo que eres —dice con voz áspera—. Dicen que estás marcada por la brujería, que eres hija de bruja, pero no. Eres mucho más que una doncella con mala suerte y la maldición de una belleza sobrenatural. Tus artimañas superan los ardides de la hija bastarda de un duque. Sé cómo es la brujería. Puedo oler tu poder como el humo de una pira. Es un aroma fresco, ardiente. Tú no hechizas por accidente. Tú compeles.

—Por favor. —Un creciente sollozo ahoga la palabra—. No poseo poder alguno.

—No me mientas —ruge él—. Eres mi esposa.

La mente de Roscille cae por las grietas del suelo y va a la deriva en las aguas profundas.

—Nunca os haría daño, mi señor, lo juro. Por favor. No soy una traidora ni una espía…

Una carcajada repentina, saliva contra su mejilla.

—¿Hacerme daño? No creo que seas espía ni traidora. Si lo fueras, Barbatuerta te habría disfrazado mejor.

—Él nunca… —Las lágrimas le escuecen en los ojos—. Mi padre nunca traicionaría a un aliado ni negociaría una falsa paz.

Pero eso no lo sabe. Su padre se ha convertido en alguien desconocido para ella. *Tú serás la criatura que yo decida.* Pero, cegada de este modo, no puede verse las manos ni saber si están manchadas de sangre. Se toca la punta de los dientes… ¿afilados o romos? Quizá todo esto esté ocurriendo por designio de su padre, un plan más elaborado y retorcido de lo que ella es capaz de imaginar. O tal vez desee creer que existe una estrategia detrás de todo, porque eso es más soportable que la idea de que su padre la haya lanzado simplemente por el acantilado para que se ahogue.

La mano de Macbeth es tan grande que también le cubre la nariz. Solo puede respirar por la boca y traga aire como un pez falto de agua.

—No pienses más en tu padre —dice su marido—. Ya no eres una dama de Breizh. Ahora eres una dama de Alba, de Glammis, de Cawder. Lady Macbeth. Y, si lo decides, puedes ser más.

Roscille no ve nada, pero sus otros sentidos acuden a ella como hombres armados y mantienen el funcionamiento de su mente como si fuera un botín de guerra: sangre. La saborea en la lengua. La huele en el aire. Siente que se le acumula en las palmas y la oye gotear al suelo.

—¿Más? —consigue decir.

Macbeth aleja el brazo que la ha sujetado por la cintura. Despacio, casi con ternura, le aparta el cabello de la cara.

—Eres mi esposa —repite otra vez, en voz más baja, casi en un susurro—. Tu propósito está unido en un yugo al mío. Y mi propósito no es débil. La profecía me avala. Ningún hombre desperdiciaría lo que le pertenece por derecho.

Roscille traga saliva. El rubí le aprieta la garganta.

—*Futuro rey.*

—Sí —dice Macbeth con un jadeo—. Y ahora tú eres la daga en mi mano.

6

El velo está rasgado y no se puede arreglar. Macbeth la deja allí y Roscille trastabilla por los pasillos oscuros, con los ojos fijos en el suelo. Debajo de sus pies, el agua se alza, se encuentra con la roca y se disipa de nuevo en lenguas de espuma que ella puede oír, por cómo burbujean como grasa.

Recuerda la forma en que las manos del rey temblaban mientras intentaba llevarse la copa a los labios y el vino se derramó por las comisuras abiertas de sus labios, en gotas que mancharon su jubón. El rey Duncane, un hombre pío, no soportaría que una bruja viviera. Que tolere la presencia de Roscille (la semilla de una bruja) es un milagro. Y ahora Macbeth le pide que le arrebate el aliento misericordioso de sus pulmones.

No lo hará. No puede hacerlo. Puede que esté marcada por la brujería, puede que sea más inteligente de lo que su sexo le permite, pero no es una asesina. Su único encantamiento fue un error, una locura de juventud, uno que manchó las manos de su padre, no las suyas. Pero a lo mejor ni siquiera se merece esa absolución. En ningún momento alzó la voz para detener la daga de su padre. En ningún momento consideró cómo había condenado a ese muchacho, a ese mozo de cuadra insignificante, al acceder a que sus labios de campesino mancillaran su noble rostro.

Puede que no sea astucia lo que se hereda de generación en generación, sino crueldad. Una criatura fría que desteta a otra.

Los pasos tambaleantes de Roscille la llevan al parapeto, donde respira el aire denso y gélido de la noche. Huele la sal que se seca en ampollas blancas sobre la roca negra. Oye la marea turbulenta. El viento en sus mejillas es sorprendentemente doloroso; las tiene sensibles por las lágrimas y, por primera vez desde su llegada a Glammis, luce el rostro descubierto, sin protección alguna, sin ataduras. Se aprieta las manos contra las mejillas ardientes. Las palmas son como dos piedras.

Baja la mirada hacia la cara escarpada del acantilado. Se imagina el cuerpo de Hawise cayendo por ella y luego reemplaza a Hawise consigo misma: el velo roto que flota como una medusa, el cabello extendiéndose como espuma de mar. El agua se traga a esa Roscille imaginaria en menos de lo que dura un latido del corazón. Es rápido y desolador y fatal.

Le cuesta subirse a la balaustrada, porque la piedra está fría y resbaladiza y sus manos están frías y resbaladizas y sus brazos son como hierbas de río, trémulos. El velo rasgado vuela alrededor de su rostro, llevado por el viento.

Ahora se imagina su cuerpo uniéndose al de Hawise en el fondo marino, los huesos enroscados juntos como moluscos. Los peces se comerán sus ojos muertos del cráneo, las anguilas chuparán su carne. El corazón se le balancea como si fuera un péndulo en un vaivén entre el consuelo y el miedo.

Una voz, a su espalda, suena tan repentina como un rayo.

—¿Lady Roscille?

Brezhoneg. Oír su lengua nativa le convierte la sangre en vino, florido y dulce. La conmoción la desequilibra, los pies resbalan en la piedra. Los dedos buscan un agarre y solo encuentran aire. El agua negra se alza hacia ella. Pero antes de que pueda caer hacia delante por el acantilado hasta el mar, un par de brazos fuertes se cierran alrededor de su cintura.

—Cerrad los ojos —dice la misma voz grave.

Lo hace. Lisander la levanta con suavidad del parapeto, como si no pesara nada, y la agarra por debajo de las rodillas y los hombros. En Breizh, es el porte nupcial; un desconocido lo vería apropiado, porque su velo roto ahora los envuelve ligeramente a los dos. Ese extraño no sabría que no es una mujer recién casada, sino la esposa de otro hombre.

Lisander la deposita de nuevo sobre sus pies. Aún nota las rodillas débiles.

—No sé lo que os ha hecho, pero no vale la pena morir por ello —dice el príncipe.

Roscille sigue con los ojos cerrados, pero él puede verla de verdad, el velo desgarrado, las lágrimas en las mejillas. En este momento, es cualquier mujer que ha sido tratada con demasiada dureza por su marido. Lisander no necesita saber qué palabras han intercambiado. No tiene ningún motivo para pensar que han hablado de magia, de asesinato. De traición contra su padre. A lo mejor debería llorar de un modo más llamativo. Hacerle creer que solo es una esposa maltratada.

—No se lo digáis a mi marido, por favor —susurra.

—No lo haré. —Una pausa—. Pero complacería mucho a mi padre saber que trata a su segunda esposa con la misma crueldad que a la primera.

Roscille piensa en el tratado del rey Duncane sobre brujas: «Mi intención con él es demostrar tan solo dos hechos: el primero, que esas artes diabólicas han existido y existen. Y el segundo, exponer el juicio exacto y el castigo severo que se merecen». Tal vez ha juzgado mal el grado de su misericordia. Tal vez se alegre de ver a una mujer marcada por la brujería casada con un hombre que podría ser su carcelero. Tal vez ese sea el «castigo severo» sobre el que escribió.

Segunda esposa. Cuando Roscille habla, su voz suena mucho más trémula de lo que le gustaría:

—¿Y su primera esposa también fue la semilla de una bruja?

Silencio. A Roscille le gustaría verle el rostro a Lisander, esos ojos del mismo verde que las serpientes y, debajo, los moratones cansados.

—A algunos hombres les gusta ver a todas las mujeres tratadas con crueldad, sin importar su cercanía a la brujería —responde al fin—. Pero vuestro marido tiene la costumbre de elegir esposas con sus propias... mitologías. Eso enoja a mi padre, sí.

Al rey Duncane, que viste a sus druidas en oro.

—¿Y a vos os enoja?

Lisander suspira; casi parece hacerle gracia.

—Mi padre es más cordial de lo que parece. No debéis preocuparos por lo que piense yo.

—Solo quería la opinión del príncipe de hoy. No del rey del mañana. Del apenas príncipe de hoy —añade.

Su ángulo no es sutil en absoluto y ella tampoco espera que Lisander le dé la respuesta que busca.

—Os estáis preguntando qué cabeza lucirá la corona. El hijo más joven, que posee la nobleza de un león y la gracia dorada de un caballero de cuento, y cuyo único defecto fue nacer segundo, o el hijo mayor, cuya presencia sombría atemoriza a los hombres y cuya única ventaja es el orden de su nacimiento.

Roscille toma aire. No se había imaginado que Lisander lo expondría sin rodeos.

—Sé lo que implica que los hombres te teman.

Nota que el ambiente cambia, que la frialdad se evapora. La calidez se cuela entre sus cuerpos, pero es extraña, no tanto el ardor de una llama abierta, sino más el calor de la carne viva, calentada por la sangre que palpita bajo ella.

—Me lo imaginaba —contesta Lisander con suavidad—. Del mismo modo que me imaginaba que lo sabríais... Glammis no es un lugar seguro para mujeres como vos.

El corazón le da un vuelco.

—Habladme de ella. De la esposa que me precedió.

Pero antes de que Lisander pueda hablar, se oye revuelo en el pasillo. Pasos y voces distantes, voces que no reconoce. A lo mejor son los guardias del séquito de Duncane. Con una mano sobre el hombro de Roscille, Lisander la aparta del centro del pasillo hacia la pared y los aprieta a los dos contra la fría piedra.

—El tiempo vuela. Pero... lady Roscille. Si vuestro marido os pone la mano encima, susurradme los actos repugnantes que comete en la oscuridad y lo detendré.

Inesperadamente, sus palabras se clavan como una flecha, un dolor entre sus costillas. No es competencia de un príncipe el saber cómo un señor noble trata a su esposa. Seguro que se lo tomaría como una gran ofensa. Seguro que Duncane no lo permitiría, no permitiría que su hijo, incluso el menos favorito, se desgraciara defendiendo a una bruja. Es príncipe, no rey ni emperador. ¿Qué derecho tiene a rescatar a un esclavo de su muerte entre las anguilas?

—¿Por qué? —consigue preguntar—. ¿Por qué vais a deshonraros por mí? ¿Por qué vais a poner en peligro vuestro legado?

Un silencio amplio; la noche se curva y desplaza a su alrededor.

—Porque no deseo veros vivir sin amparo. —Calla un momento—. Y porque la corona no me pertenece y no puedo perderla.

Se separan, cada uno marcha a su propia habitación sin ventanas. Roscille abre los ojos al fin y le duelen. Nota como si las pestañas se hubieran curvado hacia dentro para acuchillar el tierno blanco. Destensa los dedos y el velo desgarrado cae al suelo. Lo observa flotar a la deriva, hasta que el encaje cubre la roca.

Ha aprendido tres cosas de ese intercambio.

La primera: su marido es proclive a casarse con mujeres brujas.

La segunda: no dudará en reemplazar una esposa bruja por otra.

Roscille se imagina el destino de la Primera Esposa, se la imagina como Hawise, asfixiada por las olas negras. No sabe a ciencia cierta, claro, si la Primera Esposa se ahogó. Pero es la muerte más sencilla en Glammis, donde el mar siempre está presente, siempre está agitado y siempre está hambriento. Si Roscille no complace a Macbeth, compartirá ese destino. O es la daga en su mano o le espera una muerte orquestada por su marido. «Glammis no es un lugar seguro para mujeres como vos». En ese sentido, Macbeth es como Barbatuerta. Todas las cosas en el castillo deben estar a su servicio.

La tercera: Lisander quiere protegerla. Este es un dato endeble, ya que el príncipe de Cumberland sigue siendo un misterio para ella. Debería estar por debajo de su atención, ser tan solo la esposa maltratada de otro lord. Habrá visto centenares como ella, chicas que tiemblan bajo sus tocados blancos, con muslos recién ensangrentados, o ancianas con las bocas hundidas en la cara. La madre del príncipe sería una de ellas. Y, si en algún momento tiene una hija, le ocurrirá lo mismo.

Roscille no sabe por qué se ha interpuesto entre la muerte y ella. Y, en el fondo, no está segura de que lo haga de nuevo. Le ha dicho que no posee ninguna herencia que pueda perder... Pero, sin la promesa de una corona, ¿de qué poder dispone para salvarla?

Se inclina para apoyar la frente contra la pared del castillo. En el teatro detrás de sus párpados, ve las anguilas nadar en círculos en la poza. Oye el grito ahogado del mozo de cuadra al morir. Y piensa que, quizá, ya ha heredado el veneno que ha tornado negro su corazón.

Roscille nunca había estado en los aposentos de su marido hasta este momento. El dormitorio es casi el doble de grande que el suyo, con un gran ventanal y una reja de hierro. Es por la mañana y solo ha dormido entre sobresaltos asfixiantes, y la luz gris reumática que se cuela por la ventana hace ondear su visión. Ha reemplazado el velo roto por otro y agradece la protección que le proporciona entre sus ojos doloridos y el mundo.

Detrás de ella hay una alfombra de oso, idéntica a la de su dormitorio. El mismo gesto malhumorado inmortal, los mismos dientes amarillentos. A lo mejor fueron pareja, compañeros, ambos abatidos por lanzas gemelas.

La cama se halla detrás de Macbeth y también es casi el doble de grande que la suya. Lo suficiente, seguro, para contenerlos a los dos a la vez. Esa visión le revuelve el estómago. Piensa en la promesa de su marido, en ese rito antiguo que debe cumplir. Aún le quedan dos peticiones. Dos tareas imposibles la separan de las sábanas empapadas de sangre.

La luz que atraviesa los barrotes de la ventana crea un dibujo enrejado en el suelo. Tan solo hay dos cuadrados de luz entre Macbeth y ella. Cuando él suspira, el velo ondea.

—Dime —le pide—. Dime cómo lo harás.

Todo está dispuesto ante ella, como un mapa desplegado sobre la mesa del consejo. El plan de él, sus palabras, se han colado en el cerebro de Roscille. Toma aire.

—Iré a los aposentos del rey en plena noche. —Su voz es un susurro—. Hechizaré a sus chambelanes. Lo mataré.

—Y dime por qué no puedo hacer yo eso mismo.

—Porque —responde con suavidad—, cuando encuentren muerto al rey, el canciller realizará el rito de la cruentación. Y cuando pronuncie las palabras sobre el cuerpo de Duncane, la herida mortal empezará a sangrar ante vuestra presencia.

Macbeth alza la mano y se la apoya en la mejilla.

—Exacto. Y me aseguraré de mantenerte alejada del salón. Nadie sospechará que una mujer es capaz de un acto tan violento.

Dicho en voz alta parece sencillo. Demasiado. Pero el plan tiene poros negros por los que Roscille puede caer. ¿Y si no consigue hechizar a los chambelanes? Solo lo ha hecho en una ocasión, aquel día en el establo, y nunca desde entonces. No conoce los márgenes ni los contornos de su poder. ¿Y si no puede matar al rey antes de que grite y alerte a alguien? ¿Y si no puede asestar el golpe mortal?

Y luego está Lisander. Sus palabras se enroscan en su oreja: «No deseo veros vivir sin amparo». No es una promesa siquiera, tan solo un deseo. Si no pronunció ningún juramento, ¿lo estará traicionando de verdad? Y, sin embargo, un puñal se retuerce entre sus costillas cuando piensa en él.

Lo único que logra decir es:

—Temo fallaros, mi señor.

Macbeth le roza el pómulo con el pulgar, a meros centímetros del ojo.

—No fallarás. Acuérdate. Tu propósito está consagrado. Las brujas pronunciaron su profecía. No fracasé en Cawder, ¿verdad que no? —Roscille niega con la cabeza—. Pues tú tampoco fracasarás.

Roscille no se atreve a mirarlo. Apenas asiente, con la mirada en el suelo.

—Sí, mi señor.

La mano se aparta de su cara para viajar hacia la garganta, hasta que Macbeth agarra la cadena del collar. Sitúa el rubí entre el índice y el pulgar.

—Mi espada fue certera —dice con voz áspera—. La sangre de Cawder fue tan espesa y cálida que pensé que nunca volvería a estar limpio. El jubón y el tartán quedaron completamente empapados. Mis manos rojas habrían avergonzado a un santo. Y, pese a todo, no vacilé. No me arrepiento. Así es el mundo. Violento. —A los hombres les gusta decir esto. *Sí, mi voluntad es correcta, mi deseo es natural, todo está hecho para mí.* Incluso el duque, que trata la violencia con más avaricia, no es diferente. Roscille recuerda de nuevo la mano de su padre, mojada con la caricia de la sangre—. Traje este título para mí y este collar para ti —prosigue Macbeth en voz baja—. Dos hambres saciadas en un solo acto. Y esto será lo mismo. Futura reina.

Quiere cerrar los oídos ante su voz. No quiere pensar en que ha sido ella quien ha empezado esto, quien lo ha puesto todo en marcha con una petición, por el rubí que ahora le roza dolorosamente la garganta. Su miedo, transfigurado por los apetitos de su marido, se ha hinchado y tornado monstruoso por su codicia. Y todo porque no podía soportar la idea de someterse a él igual que han hecho todas las mujeres del mundo que la han precedido. Esta es la crueldad que engendró la semilla de su padre. La maldad que extiende los largos tentáculos verdes por sus venas.

Cuando baja la mirada a sus manos, por un momento las ve rojas. Rojas y rojas y rojas. Su corazón da un brinco horrorizado. Pero, al parpadear, vuelven a ser pálidas, de un blanco inmaculado y piadoso. No permanecerán así. Se mete de nuevo las manos en las mangas de trompeta del vestido para que desaparezcan de su vista.

—Sí —susurra al fin—. Así será.

Primero debe sobrevivir a otra cena con el rey, celebrada tan solo para Macbeth y sus valiosos invitados. Banquho está presente, por supuesto. Y Fléance. Los actos de Roscille le han asegurado un lugar en la mesa junto a su padre. Luce con orgullo su nueva y llamativa herida de honor.

Y aun así… ahora es Roscille quien se sienta al lado de su marido. No el hombre que ha sido su mano derecha. Nota la mirada de Banquho en ella durante toda la velada, su cólera le quema la piel.

Lo han desplazado, el orden de su mundo se ha tornado desfavorable y extraño.

El rey Duncane se sienta a la cabeza de la mesa y le cuesta comer. El vino le gotea sobre el jubón, la comida se le cae antes de poder llevársela a la boca. Es horrible presenciarlo, esa impotencia, esa enfermedad. Roscille baja la mirada a su plato. Macbeth se inclina lejos de él, como si pudiera contagiarse de la vergüenza del rey. O quizá se deba a que sabe que esa será la última vez que verá a Duncane vivo.

Aun así, la culpa que sienta en este instante no lo desviará de su rumbo.

—Mañana saldremos de caza —dice Evander, o Iomhar—. Banquho dice que el sol estará alto. ¡Un hecho extraño, en Glammis!

Ríe con fuerza y la amplia sala vacía les devuelve el sonido. Roscille se estremece.

—El buen tiempo presagia una cacería provechosa —comenta Banquho.

No habrá ninguna cacería. Mañana solo habrá un cadáver frío, hijos en luto y un reino que se resquebrajará como el suelo ante las nuevas raíces de un árbol.

Lisander se sienta en el otro extremo de la mesa, en una buena posición para que ella lo observe. Al igual que antes, come muy poco y no dice gran cosa, pero su mirada veloz demuestra que escucha con atención las palabras que circulan a su alrededor. Y, de vez en cuando, mira hacia Roscille, a quien se le calienta la piel cuando lo hace, su sangre cercana a la superficie.

¿Puede arriesgarse a confesar? ¿Puede hablar sobre las intenciones de su marido y permitir que el rey lo encadene? Lisander dijo que la protegería…, pero eso no significa que vaya a creerle o que su protección sea suficiente en esa corte de hombres. Macbeth es el primo de Duncane y acaba de demostrar su lealtad con la muerte de Cawder. La matarían antes a ella por traicionar a su señor marido. O a lo mejor solo se reirían de esa mujer que tiene la mente aturullada. *¿Es una de esas mártires postradas que afirma poder hablar con Dios? ¿Cree que el viento susurra presagios? Será mejor que mantengamos a esta esposa difícil bien sujeta. O mejor aún: cortémosle la lengua. Cosámosle los labios.*

Nadie se fija en que ella tampoco puede comer. Evander reina en el salón con sus palabras bulliciosas, hasta que su marido lo interrumpe.

—¿Los aposentos son cómodos? —pregunta.

Los ojos nublados del rey se encienden con interés.

—Ah. Sí. ¿Lisander?

Lisander alza la cabeza. Durante un momento, Roscille siente una mezcla de miedo y esperanza por si dirige la mirada hacia ella. Pero solo observa con fijeza a Macbeth a los ojos y responde:

—Lo suficientemente cómodos.

—Bien. Me alegro.

Roscille sabe que nadie excepto ella presta atención a los dedos de su marido; está aferrando con fuerza el borde de la mesa. Las uñas mordidas y amarillentas se clavan en la madera. El tiempo pasa despacio, como un río aún cargado de hielo, hasta que la cena termina y los sirvientes llegan para llevarse las bandejas y la comida sobrante.

Los chambelanes del rey lo ayudan a levantarse de la silla. Tiene una mancha de vino seco en la barbilla. Lisander se levanta a la par que su padre y, de un modo inesperado, se estira sobre la mesa y usa un trozo de tela para limpiarle el mentón. La ternura sorprende a Roscille y al resto de la sala. No pueden decidir si es un buen hijo, por atender tanto a su padre, o un mal hijo, por llamar la atención sobre su vergüenza. Duncane estira un brazo trémulo y agarra la mano de Lisander. Con labios secos y agrietados, besa los dedos de su hijo y cierra los ojos. El momento parece detener el paso del tiempo y, cuando Duncane al fin le suelta la mano y Lisander se aparta, los minutos empiezan a transcurrir de nuevo, aunque de una forma extraña, como un navío meciéndose sobre aguas tempestuosas.

Más formalidades: buenas noches, buenas noches, buenas noches. Cacería mañana, altas temperaturas, grandes honores.

Duncane sale cojeando del salón, con los chambelanes pegados a él y los hijos detrás. Macbeth mira a Roscille y le dirige un gesto con la cabeza casi imperceptible.

Los pasillos están vacíos de sirvientes; Macbeth lo ha ordenado así. Roscille camina despacio, los zapatos susurran contra la piedra. Lo imposible ya ha ocurrido: empieza a no oír el océano. Debe detenerse para escucharlo, para redescubrir su ritmo, para asegurarse de que sus sentidos no estén embotados. La mayoría de las antorchas en la pared están apagadas, pero sigue las iluminadas (puede que eso también sea obra de Macbeth) y la conducen hasta los aposentos del rey Duncane.

Sus dos chambelanes se hallan en la puerta. Intercambian susurros en una voz baja y grave para entretenerse mientras pasan las largas horas en su puesto. No son buenos guardias. Si fueran los hombres de Barbatuerta, no estarían hablando ni riendo. Permanecerían tan inmóviles y mudos como fichas de damas, con los brazos cruzados detrás de la espalda. Roscille se acerca a ellos.

Paran de reírse, pero sus semblantes aún muestran restos de laxitud; tienen las mejillas sonrojadas. A Roscille no le sorprendería que hubieran sacado a hurtadillas un poco de vino de la cocina. El de la izquierda se endereza, carraspea y dice:

—Lady Macbeth. ¿Qué hacéis aquí tan tarde?

Cómo no, ha reflexionado sobre lo que debe decir. Pero las palabras se convierten en ceniza sobre su lengua. Los chambelanes llevan las espadas envainadas a los costados y, a diferencia de las armas de los hombres de su marido, las empuñaduras son de oro. Roscille intenta verlos por lo que son: sirvientes y, además, desagradables. Sus hojas son irrelevantes para su objetivo. No las alzarán ante una dama.

En vez de hablar, levanta el brazo y con cuidado se aparta el velo. Los hombres se sobresaltan, se ahogan en sus protestas. Antes de que alcen la voz, Roscille mira a uno a la cara y luego al otro.

—Silencio —ordena.

Cierran las bocas de golpe. Sus ojos se fijan en ella, sin parpadear. El cambio ha ocurrido de repente, la metamorfosis es casi invisible. No se retuercen de pánico como una ninfa convertida en árbol ni como un mortal en flor o pez. Roscille nota un nudo en la garganta.

Eso es poder. Con una única palabra, una única mirada, ha dispuesto el mundo según su voluntad. Así deben de sentirse los reyes, a cada momento del día. Así debe de sentirse su padre cuando todo Breizh se inclina y se arrodilla ante su voluntad.

Los hombres siguen mudos sin dejar de observarla. Se balancean ligeramente adelante y atrás, pero sus miradas no flaquean. Roscille inhala.

—Abrid la puerta —dice—. Dejadme entrar en el dormitorio.

Sus cuerpos se mueven con la naturalidad del respirar.

El rey duerme bocarriba, con las manos sobre el pecho. Sus ronquidos sibilantes llenan la habitación.

Roscille se acerca a la cama. Duncane no se remueve. Es capaz de contemplar sus rasgos de un modo que antes, de lejos, no pudo: las cejas tupidas, con hilos de plata. Las arrugas profundas que le rodean la boca y sugieren que en el pasado sonreía a menudo y con facilidad. A pesar de su edad, tiene el cabello espeso y abundante.

En algunos puntos, Roscille aún distingue mechones con su color original: era cobrizo, como el de Evander. El pecho del rey sube y baja suavemente con cada respiración.

Este es un hombre con un corazón palpitante y pulmones vibrantes y sangre caliente, y Roscille no puede hacerlo. Se tapa la boca con una mano para que el rey no se despierte al oír su gemido ahogado. Cuando Macbeth le relató cómo había matado al barón de Cawder, hizo que pareciera un placer sencillo y embriagador. Pero ¿cómo puede serlo?

Tiene la daga en el corpiño del vestido; la daga de Macbeth, la que empuñó contra Cawder. Ungida, supone, con la profecía de les Lavandières. Pero cuando empieza a sacarla, se le ocurre una idea, algo que escapó a la atención de su marido. Macbeth está seguro de que podrá mantenerla lejos del druida mientras celebre la cruentación, pero ¿y si no puede? ¿Y si...? Roscille desconoce la forma de su poder, a dónde llegará, si podrá plantar un pensamiento en las mentes de los chambelanes que no se desvanezca en cuanto ella se aleje de su vista. ¿Y si, cuando desaparezca por el pasillo y los hombres parpadeen, como al despertar de un sueño, recuerdan a la señora que entró en los aposentos y salió con las manos manchadas de sangre?

El pánico remonta como una ola y luego se disuelve en una espuma empalagosa que le revuelve el estómago. Al menos el rey no se ha movido. Incluso dormido lleva esos gruesos anillos incrustados en gemas. Muy despacio, Roscille se da la vuelta para encararse a los dos chambelanes.

No han apartado la mirada, ni siquiera han parpadeado. Toda la diversión grosera, la burla en sus ojos, el rubor alcohólico en sus mejillas... Todo eso ha desaparecido. Roscille nota el estómago gelatinoso por las náuseas. ¿Siempre sentirá que el poder es precario? ¿En algún momento le parecerá tan natural que, cuando se lo arrebaten, será como si le abrieran la garganta de un tajo?

—Venid —dice con voz áspera—. Sacad las espadas y...

Los hombres se mueven como estatuas de bronce que han cobrado vida, activados tan solo por su voluntad. Se acercan a la cama del rey y desenvainan sus armas. El susurro del metal contra el cuero hace que Duncane se retuerza al fin y abra los párpados. La única luz procede de la chimenea, un brillo anaranjado firme pero distante. El rey estará medio ciego en las mejores circunstancias, por lo que ahora no puede ver. Solo oye la presencia de otras personas y...

Con miedo, sufre un espasmo y grita:

—¡Lisander, Lisander!

A Roscille se le para el corazón durante un instante. He ahí un hombre debilitado, viejo, enfermo, apenas lúcido, medio soñando y que, pese a todo, llama a su hijo como un bebé que busca a su madre por encima de la vieja cuna. En ese momento, piensa que preferiría cortarse su propio cuello que hacerle daño al rey. Pero sus gritos se intensifican y alguien acudirá pronto, así que con la mano le tapa la boca (los mismos labios que besaron los dedos de Lisander), hasta que sus palabras son balbuceos y tan solo mueve los ojos reumáticos con un espanto ciego y animal.

—Matadlo —suelta Roscille con voz ahogada—. Por favor, que sea rápido, por favor...

Ella también suena como una niña. Y entonces... Nunca sabrá si su miedo era auténtico o no. Porque es entonces cuando su mente se separa del cuerpo, como si alguien le hubiera llevado un trépano al cráneo para partirlo y liberar la bruma negra de los malos espíritus. Observa, desde fuera de sí, cómo las dos espadas desaparecen dentro del vientre flácido del rey. Las empuñaduras giran y giran. Duncane tose, la sangre le cae por la barbilla. Pero le han arrebatado el aliento y, por tanto, los gritos.

Las hojas reaparecen, impregnadas de un rojo húmedo resplandeciente. Las heridas que han abierto están ocultas debajo de las sábanas y la túnica para dormir del rey, pero la sangre sigue brotando y atraviesa la tela hasta salpicar el suelo. Cada segundo se alarga con la duración de toda una vida. Roscille, todavía fuera de su cuerpo, se oye jadear.

Los brazos de los chambelanes caen a los lados. Las puntas de las espadas gotean. ¿Cuánto tiempo transcurrirá hasta que su poder se agote, se escurra? Ese es el pensamiento que le devuelve la mente a su lugar hasta que habita de nuevo su cuerpo como una posesión espectral. No puede mantener a los hombres hechizados para siempre. Sus miradas se aclararán. Sus extremidades se moverán de nuevo por voluntad propia. Y luego abrirán las bocas, moverán los labios y dirán: «Fue la bruja, esa novia extranjera, Lady Macbeth».

Roscille los mira a los dos a los ojos. En esta ocasión le resulta más fácil. Ya son inhumanos, meros recursos para ella, espadas sin brazos conectados, herramientas, fichas de damas. No es placer lo que la llena, no exactamente, pero sí que se siente henchida. Está saciada, incluso atiborrada, aunque la comida que ha consumido carecía de sabor.

—Tomaréis vuestras espadas —dice, y ahora no le tiembla la voz— y las clavaréis en el corazón del otro. Tendréis que hacer más fuerza de la que os imagináis.

La sangre en las espadas ni siquiera ha tenido tiempo de secarse. Aún reluce como un rubí y refleja la luz de la chimenea. Y, en esta ocasión, no hay ninguna sábana para impedir que Roscille lo vea: las hojas avanzan, tajan tendones y cartílagos en los pechos, cortan hueso. Dos heridas espejadas. Cuando arrancan las espadas de nuevo, la sangre sale a borbotones. Salpica la cara de Roscille, la parte delantera de su vestido, tan caliente como lenguas de fuego.

Roscille ya les ha robado su humanidad, por lo que los hombres no gritan al morir. Sus cuerpos se derrumban mudos, como árboles talados. Ni siquiera cierran los ojos. Caen donde estaban, las extremidades se doblan en ángulos extraños y terribles, las mejillas chocan contra la piedra fría.

La sangre se acumula. Chapotea contra el bajo de su vestido. Los zapatos se le empapan enseguida, le pegan los pies al suelo. Es como dicen los hombres, cuando matan a otros: «No sabía que habría tanta». Roscille se odia por tener este pensamiento insulso y común.

Hay un cubo con agua en su dormitorio y lo usa para lavarse las manos y la cara. El vestido no se puede salvar. Se lo quita mientras la sangre se seca en la tela y la vuelve rígida. El color pasa a ser óxido. Enciende un fuego en la chimenea y lanza el vestido. Saltan chispas.

Esta parte, al menos, carece de pasión, solo es funcional. Roscille se arrodilla desnuda en la alfombra de oso y se frota la piel hasta que le escuece en carne viva. Las puntas del pelo, debajo de las uñas. La sangre se pega en lugares astutos y curiosos: detrás de la oreja, en el hueco del mentón. La frota hasta que las venas azules se transparentan en su piel y resaltan con la claridad de las grietas en el hielo.

Cerca del final, capta su reflejo en el agua sucia. Antes habría visto a una chica, hermosa, sí, pero un poco extraña, sobre todo por los ojos. Antes habría abierto la boca para ver si de repente le habían crecido los dientes afilados de un armiño. Había ansiado con tantas ganas un poco de poder, lo que fuera para convertirla en algo más que un cuerpo inerte dentro de un vestido nupcial.

Ahora se ve las mejillas, enrojecidas al fin, por la sangre del rey Duncane. ¿Se ha transformado? ¿O solo ha revelado su auténtica naturaleza? Lo único que sabe es que no es Roscille de Breizh, ni Rosele, ni Rosalie. Ni siquiera Roscilla. Ahora solo es lady Macbeth.

ACTO III

FUTURO REY

7

S e despierta. En el mismo sitio donde se quedó dormida, desnuda sobre la alfombra de oso, con el pelo aún húmedo pegado a su cuerpo como una membrana. Se endereza, estira las extremidades. Lo raro es que no llora. Ni siquiera tiene ganas. Rebusca entre la ropa de su baúl hasta que encuentra un vestido y se viste. Se pone el velo más fino.

¿Debería aparecer petrificada por la conmoción, inexpresiva, con tan solo fría perplejidad en los ojos? ¿Debería llorar como una niña desconcertada presa del pánico? ¿Debería mantener la mirada en el suelo, como si fuera sorda y muda? Roscille de Breizh elegiría esta última opción. No les des nada que puedan usar en el futuro contra ti. Ese razonamiento ahora le parece demasiado simple. Es mejor ser una cosa en la superficie y otra por debajo. A lo mejor debería mostrar un luto público. A lo mejor no sería lo más falso. Al frotarse las manos, juraría que aún las nota un poco pegajosas con la sangre del rey.

¿Qué haría lady Macbeth? No tiene tiempo para decidirlo. En los pasillos sinuosos, alguien está gritando.

Llega la última a la escena. Todos los hombres importantes ya están allí. Su marido, de pie con los brazos cruzados y el semblante indescifrable. Ha elegido las tinieblas y las profundidades. A su lado, la mirada de Banquho es de piedra, pero hincha el pecho y se deleita en secreto por estar de nuevo tan cerca de su señor, sin que su esposa se interponga en medio. Fléance se acerca a su padre sin poder ocultar el rostro: espanto y náuseas. Un tinte verdoso le cubre la piel.

Roscille se adentra más en los aposentos. Es inferior a la atención de los hombres, de todos menos de Macbeth. La ve y le indica por señas que se aproxime.

La sangre alcanza todos los rincones de la habitación. La sala es una criatura viva, con un nexo de venas que se extienden y fluyen desde el corazón: los tres cuerpos apilados. Roscille solo consigue echar un vistazo. Ve el interior de la muñeca de un hombre, de un blanco marmolado, intacta a pesar de la carnicería que la rodea. Esa ternura, curiosamente protegida, en el centro de la matanza, le devuelve la memoria. Es un hombre. *Era* un hombre. En el pasado, una madre lo sostuvo sobre su pecho. En el pasado, una amante se aferró a él entre las sábanas empapadas de sudor.

Evander ha sacado a rastras el cuerpo del rey de la cama y ahora lo aferra contra el torso. Las lágrimas le mojan las pestañas y solloza sin reparo, sonidos guturales de furia, de tristeza. Esta es una de las pocas ocasiones en las que un hombre puede llorar sin avergonzarse: cuando el llanto se entrelaza con la promesa de venganza.

Lisander se arrodilla en silencio. Puede interpretarse como una postura de penitencia, con el canciller sobre él, pero su rostro carece de expresión. Roscille se alegra por esa impavidez, porque lo único que podría romperla es presenciar su dolor.

El príncipe se estira hacia delante, en el caos de cuerpos y sangre, y toca la garganta de uno de los chambelanes. Aprieta dos dedos, como buscándole el pulso.

—Los cadáveres tienen horas —dice, levantándose—. Toda la sangre está seca y muestran señales de rictus.

La voz del canciller es grave.

—Realizaré la cruentación de inmediato.

—Pagará por ello —suelta Evander. Aún aferra el cuerpo de su padre contra el pecho y alza la mirada con esos ojos fieros y húmedos—. Sea quien fuere el traidor... lo colgaré y le sacaré las entrañas. Las empaparé de leche y miel para que los insectos se coman la carne cebada. Le...

—Los traidores ya están muertos —lo interrumpe Lisander.

Evander cambia la rabia por la sorpresa. El rojo le pinta las mejillas.

—¿Qué? ¿Cómo?

—Nuestro padre tiene dos heridas. Y las espadas de estos hombres están manchadas con su sangre. Murió a manos de sus chambelanes.

Roscille alcanza al fin a su marido. Observa cómo la comprensión se apodera poco a poco de su semblante. Percibe una ternura que nunca ha presenciado en él, una que parece suavizar sus aristas. Sin previo aviso, la agarra por los hombros y se la acerca al pecho.

El gesto la sorprende tanto que se alegra de que su rostro quede escondido contra el jubón para que nadie pueda oír la rápida inhalación que se le escapa. Macbeth la sujeta con fuerza, con un brazo en la espalda. Con la otra mano le aprieta la cabeza contra el torso; los grandes dedos ocupan toda la anchura de su cráneo. Se aferra a ella como si Roscille fuera una boya y él un hombre que se ahoga. Ese gesto de afecto entre marido y mujer... Nada podría haberla sorprendido más.

Por entre los dedos de Macbeth, capta la mirada de Lisander. No es una mirada colérica, no exactamente, sino indagadora. Busca el dolor secreto en su rostro, la prueba del maltrato de su marido. Ojalá no lo hiciera. Tiene miedo de que perciba su envenenada traición.

—No —responde Evander—. Estos hombres eran leales y sirvieron a nuestro clan durante años. Nada les haría traicionarlo así. Ni llegar a *esto*. —Su voz empieza a sonar estrangulada—. Todos los sirvientes querían a nuestro padre. No puedo creerlo.

—El rito de la cruentación lo revelará todo —interviene el canciller—. Y entonces, mi señor, tendréis vuestra venganza.

Es el momento de que hable Macbeth.

—Hay traición en Glammis. No hace mucho tiempo, unos hombres enmascarados atacaron a mi esposa. Puede que los mismos hombres sean vuestros asesinos. Haré todo lo que esté en mi poder para descubrirlos. Y luego también me cobraré la venganza que se me debe.

Astuto. Ahora el príncipe y él están unidos en su propósito. Roscille echa un vistazo a Fléance para ver si muestra la suficiente firmeza para no reaccionar ante las palabras de Macbeth. El verde ha desaparecido de sus mejillas; ahora está igual de pálido que los cadáveres. Pero eso solo es espanto residual, no un miedo genuino de que los descubran. O eso quiere creer Roscille.

Evander asiente despacio e inhala de un modo tan tembloroso que lo hace parecer más joven. El dolor lo ha convertido de nuevo en un niño. Lisander estira un brazo para apoyarle la mano a su hermano en el hombro y aprieta. Es ese gesto de ternura el que casi derrota a Roscille. Qué fáciles son esas metamorfosis: hombres que regresan a su niñez, máscaras frías que se deslizan para revelar los rostros afectados de debajo. Roscille conoce la ternura secreta de las manos de Lisander.

Tantos secretos, piensa; tantas mentiras que se expanden por doquier y que la atan a un hombre o a otro. En el pasado temió no tener aliados en Glammis, nadie en quien confiar. Ahora es una criatura en una caracola y todo se aleja en espiral a su alrededor.

126

Si esto fuera Naoned, habría una costurera arrodillada a los pies de Roscille para ajustarle el vestido negro y el velo negro de luto. Pero esto es Glammis, así que Roscille, acostumbrada ya, se viste sola. Como ha quemado el vestido de color estaño, no tiene otra opción que llevar uno de un azul nacarado, con el cuello demasiado bajo para un luto íntimo. No cree que los hombres se fijen demasiado en ello. La promesa de venganza, de derramamiento de sangre y, por supuesto, de la corona, lo borra todo.

Vacía el cubo en la chimenea, donde las llamas chisporrotean y mueren. Hay trozos de tela gris atrapados entre los troncos quemados. Pero la habitación solo huele a ceniza. En el aire no cuelga un olor traidor a cobre. En este momento, Roscille sale de su cuerpo y, como un espectro, lady Macbeth entra en él.

Reúnen a la servidumbre en el salón principal; es la primera vez que Roscille los ha visto a todos juntos. Mensajeros, lacayos, criados, soldados. Los cocineros encogidos con los delantales sucios. Los mozos de cuadra con las botas cubiertas de barro y la mirada fija en el suelo. Los guardias son los que parecen más compungidos. Sobre todo porque Evander les grita durante lo que parece una hora, con la cara roja de una rabia lasciva.

¿Para qué servís si no podéis impedir el golpe de una espada enemiga contra el rey?

¿Estáis sordos y por eso no oísteis sus gritos por la noche?

Debería sacar vuestras espadas para retorceros las entrañas con ellas. Así conoceréis el dolor de mi padre.

Os ejecutaré a todos por incompetencia. Es un pecado igual de grave que la traición.

Macbeth lo permite. Evander es príncipe y, lo que es más importante, la sucesión aún no está resuelta. Duncane ya no vive para ejercer su voluntad, fuera la que fuere. Cuando una corona cae, muchos brazos se estiran para agarrarla. Habrá pelea entre hermanos, siempre la hay. Y habrá buitres como su marido volando sobre ellos.

El hijo primogénito observa la furia de su hermano en silencio. Cuando parece agotarse, Lisander le apoya una mano en el brazo y le dice:

—Ya es suficiente. Has hecho tu trabajo. Tienen miedo.

Es cierto: los mensajeros, lacayos, criados, soldados, cocineros y mozos de cuadra están todos temblando. El pecho de Evander sube y baja con su respiración fatigosa.

—Nunca será suficiente —dice.

Tiene la edad de Roscille, no es mucho mayor. Diecisiete, dieciocho. En Glammis sería un muchacho, tan inocente como Fléance, sin ni siquiera una cicatriz cercana a la muerte que mostrar con orgullo.

—Confundes tu objetivo —dice Lisander—. Con cada segundo que pasa, el cuerpo de nuestro padre se enfría.

Eso lo calma al fin. Evander se sienta en el estrado, con la cabeza gacha. A Roscille le parece ver que se limpia una lágrima. Con la cabeza ladeada, susurra:

—Canciller.

Es un despliegue vergonzoso. Roscille sabe que su marido también lo está pensando. No ha mostrado fuerza, sino una emoción descontrolada. *¿Cómo gobernará Alba si no puede ni gobernarse a sí mismo?* Eso es lo que les enseñarán a decir a los detractores de Evander. Si hubiera una cuenta debajo del nombre de cada hermano, eso le habría costado un punto negativo.

Han dispuesto el cuerpo del rey tumbado sobre el estrado, con las manos unidas encima del pecho. Como Roscille lo ha visto dormir, casi parece que sigue dormido. Alguien incluso le ha cerrado los párpados. El canciller, con un crucifijo lleno de gemas incrustadas, se arrodilla ante el cadáver.

Han acercado a los chambelanes muertos sin ceremonia alguna. Sus cuerpos están amontonados en el borde del estrado. El canciller pasa una mano sobre la túnica empapada de sangre del rey y murmura para sí.

—Debo estar a solas para hacerlo, a solas con los cuerpos. Eso si vuestro deseo es que descubra si los chambelanes causaron las heridas mortales del rey.

—Probaremos eso primero —confirma Lisander. Con su gracilidad antinatural, se baja del estrado. Lleva negro por el luto y el abrigo de cuero le queda ajustado sobre la fuerte musculatura. Los círculos oscuros debajo de los ojos destacan más que nunca, pero sobre ellos su mirada reluce aguda y verde. Un verde casi inhumano, como el musgo por la mañana después de una tormenta. Un color que Roscille no ha visto en el Glammis árido y pálido por el viento desde que se marchara de Breizh.

Lisander la mira entonces a la cara. Imperturbable, sin miedo, incluso desafiante. Se le encoge el estómago de miedo. *No lo sabe. No puede saberlo.* Lo único que el príncipe sabe es que dos noches antes ella estaba en el borde del acantilado y contemplaba tirarse por él. Sabe que la brujería ha dejado su marca ardiente en ella. Sabe que su marido la trata con crueldad (aunque eso apenas constituye una revelación). Sabe cuánto pesa el cuerpo de Roscille entre sus brazos.

No puede saber la forma en que su garganta se cierra cuando lo ve o la forma en que la tensión se le acumula en la parte baja del vientre como una espiral tiesa de metal calentada en la forja. Le arden las mejillas. Es ella quien aparta primero la mirada.

Macbeth la agarra por el hombro y la saca del salón. El gesto es más gentil de lo que esperaba. Lisander y Evander cierran las puertas de madera.

El canciller trabaja con tanta rapidez que Roscille no tiene ni tiempo para preocuparse. Sabe poco sobre la cruentación, pero al parecer es un ritual fácil. En cuestión de minutos, el canciller los está llamando y Evander irrumpe por las puertas.

—¿Qué novedades hay? —exige saber y entra dando zancadas y volcando un banco en el proceso. El sonido de la madera contra la piedra sobresalta a Roscille.

Sin embargo, solo necesitan acercarse al estrado para verlo. Las dos heridas del rey chorrean. La sangre vieja es lenta, más negra que roja, como barro extraído de la orilla por el deshielo primaveral. Pero sangra, sí.

Evander suelta un grito ahogado y cae de rodillas. Se tapa la cara, aunque no puede disimular el sonido de su llanto. Lisander le apoya de nuevo una mano en el hombro. Ahora ese gesto ha cobrado un significado mayor: dice muchas palabras sin decir ninguna en voz alta. Roscille no tiene hermanos y no entiende el afecto especial que crece entre los dos. Pero sí entiende el mensaje que Lisander desea enviar. Quiere a su hermano. No habrá guerra entre los dos por la corona de su padre. O, al menos, no se desatará con facilidad.

—Estos no eran hombres dispuestos a traicionar al rey por nada y dar su vida por ello —dice Lisander—. Aquí, en Glammis, hay una conspiración mayor de lo que pensábamos.

Se gira hacia Macbeth y, por ende, hacia Roscille. Han estado juntos todo el tiempo, marido y mujer. La mano y la daga. Lord y lady Macbeth.

—Como ya os he dicho, hay traidores aquí —dice su esposo—. Y han sembrado el descontento entre mi clan. Fléance, acércate. Dile al príncipe lo que sabes.

Su voz se endurece en esa palabra, «príncipe». Fléance se adelanta con vacilación. La herida que le causó Roscille destaca incluso en esa penumbra; aún se está curando, aún es horrible. No dudarán de su honor.

—Llevé a la señora a dar una vuelta por los terrenos —dice el joven—. Estaba ansiosa por ver más de su nuevo hogar. No teníamos ningún motivo para pensar… El señor es un hombre respetado. Sirve bien a su clan.

Guarda silencio. Roscille cierra los ojos. Que piensen que es porque le duele recordar ese temeroso momento. Y que no piensen nada más.

—Un hombre sin enemigos es un hombre sin poder —comenta Macbeth—. Prosigue.

Fléance traga saliva, la garganta se le mueve y distorsiona la herida.

—Había hombres enmascarados, tres. Golpearon a la señora y la dejaron inconsciente. Peleé con ellos, pero no pude perseguirlos sin poner en peligro la vida de lady Roscilla.

La mirada de Lisander se posa en ella.

—Lady Roscilla… ¿es esto cierto?

Roscille solía pensar que no había un estado más impotente que el del silencio forzado. El de palabras que no significan nada, que no alcanzan a nadie. Pero ahora es un perro al que le han dado una orden: habla. Miente por tu vida. Este es un castillo de consecuencias. Cada palabra tiene su eco.

—Sí —contesta y lo mira a la cara—. Fue… Preferiría no recordarlo.

Lisander le sostiene la mirada durante un largo rato. Recuerda las palabras de Macbeth: «El príncipe de Cumberland es demasiado inteligente».

Al fin, Lisander dice:

—Comprensible.

Y luego parpadea y aparta los ojos.

Roscille suelta el aire.

Las palabras pasan entre los príncipes y el canciller y Banquho y Macbeth. Nombran a un clan, luego a otro. Todos ellos hombres que pueden ser asesinados injustamente, cuyos linajes terminarán por las mentiras de Roscille.

—Iré a buscar a esos traidores —declara Evander—. Conocerán el golpe de mi espada y yo saborearé su sangre.

—Nuestro druida ya ha realizado la cruentación en todos los hombres de las aldeas cercanas —constata Macbeth—. Pero hay más, en poblaciones más distantes. Os juro que no descansaré hasta que los dos nos hayamos cobrado nuestra venganza. En nombre del rey Duncane.

Evander asiente.

—Pues partamos.

—Lo siento —interviene el canciller—, pero no puedo permitir que no se hable sobre este tema. Pronto el mundo sabrá que Alba carece de rey. Y un país sin rey es carne de buitres.

Este es el hombre que se sentaba en los consejos de guerra del rey. Tiene razón: la paz con Inglaterra es la paz de Duncane, la paz de su esposa muerta, la paz impulsada por la sangre sajona que corre por las venas de sus hijos. Por lo demás, Æthelstan no siente ningún amor por Escocia. Y los irlandeses, norteños y galeses afilan sus propias garras mientras tanto. La muerte de un rey es una herida: no puede permanecer sin tratar durante mucho tiempo. La sangre acabará por llenarla.

La habitación palpita con el silencio.

—Hermano —dice Evander—. Ya sabes cuál era la voluntad de nuestro padre. Debes ser tú.

El semblante de Lisander se endurece. No dice nada. Roscille está tan perpleja como los demás en el salón enmudecido. Cualquier hombre saltaría a reclamar ese poder fácil que se le ha presentado como vino.

Al fin, responde:

—Y tú sabes que la mente de nuestro padre estaba enturbiada por el sentimiento.

Evander sacude la cabeza con fuerza.

—No. Es el deber de los vivos respetar los deseos de los muertos. El cuerpo de nuestro padre estaba deteriorado, pero su razón no. Eres el mayor. Eres...

—Indigno —lo interrumpe Lisander.

Lo dice en sajón. Entre los hombres reunidos en el salón se produce un estruendo. No todos saben sajón y muchos no lo entenderán. Incluso los que lo entienden se quedarán perplejos. Lisander es una presencia desconcertante, oscura y silenciosa, mientras que su hermano es entusiasta y alegre, pero esto no basta para pasar por encima de él. Hombres menos dignos que Lisander han gobernado reinos.

—Rechazas algo por lo que cualquier hombre mataría a mil personas —responde Evander con su propio sajón enfadado—. No te consideras un hombre. Es tu mente la que está enturbiada por el sentimiento, hermano.

El ambiente en el salón se está espesando y calentando, como si hubiera humo. Durante un largo lapso, ninguno de los dos príncipes habla. Hasta que, entre carraspeos y parpadeos, el canciller se adelanta.

—Podemos postergar la coronación hasta que regresemos a Moray —dice en escocés, para calmar los ánimos—. Pero Alba tiene muchos enemigos hambrientos. No debemos mostrar debilidad.

Resulta casi gracioso oírle decir eso. Escocia lleva décadas gobernada por la debilidad, con su rey enfermo, desgastándose. Moray es la sede elegida por el clan de Duncane. Se halla a una semana a caballo de Glammis por lo menos. Suficiente tiempo para que la noticia se extienda como la luz de las fogatas de aviso, suficiente tiempo para que los señores distantes reúnan sus ejércitos y los reyes lejanos consulten a sus consejos de guerra y busquen la bendición de sus sacerdotes.

—Iremos a Moray, pues —dice Lisander—. Y, si hay habladurías, podemos decir que el rey murió de una enfermedad. No será ninguna sorpresa.

—¿Y dejaremos el asesinato de nuestro padre sin vengar? —pregunta Evander—. No. No iré a Moray hasta que no encuentre a los traidores y los asesinos. Cualquier mandato estará mancillado hasta que no lo hagamos. El clan Dunkeld ya está…

Se detiene de repente. Sí, corren rumores sobre el clan de Duncane. Con esa enfermedad misteriosa, terrible y duradera, resulta imposible que no haya sospechas de castigo divino. A menudo se comenta que por eso Duncane se casó con una mujer piadosa y que por eso viste a sus druidas en oro y los sienta en la mesa de su consejo. Todo ello es una penitencia muda por un crimen secreto. Por supuesto, esto son solo historias, veraces en la mente de algunos y cenizas en las bocas de otros.

—Partamos ya —le dice Macbeth a Evander—. Os llevaré a todas las aldeas que hay a un día de distancia. Fléance, tú también vendrás. Traeré a mi propio druida. Y encontraré a esos traidores, bajo pena de muerte.

El semblante rubicundo y alegre de Evander muestra una palidez inusual, pero ni así parece hermano de Lisander. Hincha el pecho.

—De acuerdo. Iré con vos y el muchacho. Lisander, el canciller y tú podéis prepararos para marcharos a Moray.

Lisander responde rápido:

—No deberíamos separarnos en este momento, será una señal de debilidad. Marchemos a Moray juntos, ahora mismo. Podemos regresar a Glammis con la fuerza de un ejército.

Macbeth parece a punto de intervenir, pero la respuesta de Evander es inmediata.

—No me marcharé de Glammis sin que mi espada pruebe sangre —espeta—. Se lo debemos a nuestro padre.

Los dos hermanos se enzarzan en una guerra silenciosa. ¿Quedarse por separado o marcharse juntos? Pero Evander es el sol, y el razonamiento frío y distante de Lisander no pueden templar su calor y su furia. Finalmente, Lisander aparta la mirada.

Roscille conoce a su marido el tiempo suficiente para leerle el semblante, pese a que intente ocultar el ardor de sus ojos. Ahora es un temblor en el labio lo que lo delata. Aunque no se atreve a sonreír, está complacido.

A Fléance, le dice:

—Ensilla los caballos.

Fléance, irritado todavía porque lo han llamado «muchacho», agacha la cabeza y da unos pasos ligeramente rebeldes hacia la salida del salón.

—¿Yo también os acompañaré, mi señor? —pregunta Banquho.

—Sí, puedes venir —dice Macbeth y ahora es Banquho quien echa humo: se ha convertido en una ocurrencia tardía.

Macbeth se gira entonces hacia Lisander. Y luego hacia Roscille.

—Os deseo un viaje seguro —dice—. Mi mujer se encargará de que partáis con provisiones suficientes y buena voluntad.

Macbeth y sus acompañantes salen del castillo y Roscille no puede respirar. Es el collar, que se le enrosca alrededor de la garganta como una serpiente prieta. Es la mirada de Lisander, su presencia singular, el hecho de que están solos por primera vez desde la noche en que la rescató y le prometió su protección, esa oferta que ella rechazó de un modo tan terrible al humedecerse las manos con la sangre de su padre. Es la forma en la que su marido la ha mirado antes de marcharse, la forma en la que ha dicho «mi mujer», tres sílabas que han caído como piedras. Cuando su mirada pasó de ella a Lisander, fue con el filo de una espada. Había otras tres sílabas secretas escondidas en esa mirada.

Mátalo.

No puede matarlo. Es demasiado. Macbeth no puede esperar que lo haga. Se acaba de limpiar las manos. Ha entregado a tres hombres a la muerte. ¿Eso es lo que realmente significa ser lady Macbeth? ¿Una hechicera, una asesina, la daga en la mano de su marido? O puede que siempre lo haya sido. Todos los cortesanos de Barbatuerta y el Tramposo tenían razón al temerla. Glammis le ha quitado las capas de inocencia para descubrir la crueldad que existe debajo.

Lisander la ha estado observando en silencio. Incluso en ese salón casi a oscuras, su cabello negro refleja la luz y reluce. Se lo aparta de la cara, en un gesto rápido y ordinario que aumenta el nudo en la garganta de Roscille. El príncipe mueve la mano con mucha destreza y se le flexionan los tendones en el interior de la muñeca.

En voz baja, Roscille dice:

—Haré que la cocina prepare raciones para vuestro viaje. Iré a dar la orden. Esperad… esperad aquí.

Lisander asiente. Separa los labios y Roscille se queda fascinada durante un momento por ese acto simple: la delicada abertura, el hábil movimiento de la lengua.

—Estaré en mis aposentos —dice él. Y entonces, antes de que Roscille pueda decir una palabra más, sale del salón.

La cocina. Roscille nunca ha estado allí, pero al menos existen pocas diferencias entre la cocina del castillo de Macbeth y la del duque. Ve las mismas tablas de cortar ensangrentadas, cestas de manzanas y tubérculos, ristras de ajos colgadas, el mismo olor a fuego, grasa y óxido que impregna el aire. Los cocineros tartamudean un saludo, tan sorprendidos de ver a la señora en la cocina como ella de estar allí. Los despacha. Se dispersan.

Aún tiene la daga de Macbeth en su dormitorio, pero no la usará. Si debe hacerlo, no lo asesinará con la misma hoja que su marido usó para matar a Cawder; no puede darle la muerte brusca y fea de un desconocido a otro desconocido. Un cuchillo de cocina es lo más cercano que hay allí a un *arma de mujer*. Puede que la herida fatal de Lisander cause sospechas, pero eso carece de importancia. Para cuando el sol se ponga, el linaje de Duncane habrá llegado a su fin.

Futuro rey.

En un punto de la pared han clavado unas clavijas de madera, donde cuelgan algunos utensilios. Un cuchillo tras otro, algunos serrados, otros lisos, otros hechos para trocear y picar, otros para cortar y desgarrar. La mano de Roscille flota delante de sus ojos. Parece tan blanca como las manos podridas de las lavanderas. Le tiembla.

Agarra el cuchillo más pequeño; su ausencia no llamará la atención y podrá deslizarlo con facilidad dentro del corpiño. Nota el metal frío contra la piel. No se le calienta. Está exangüe, es una mujer-serpiente. Cuando sale de la cocina, ni siquiera oye sus pasos sobre el suelo, solo la marea que brota desde la oscuridad inferior como si intentara alcanzar la luz.

El dormitorio de Lisander es muy fácil de encontrar. Junto al patio, sin ventana.

Roscille no llama, entra sin más. La habitación no es muy distinta a la suya: igual de pequeña, aunque sin la espléndida alfombra de oso. Lisander está arrodillado delante del baúl, sus manos ágiles empacan las cosas. Ropa, un petate. Roscille intenta ver si algún arma brilla entre la tela, pero no distingue nada. Si Lisander tiene alguna hoja, está bien escondida.

No importa, se dice. *Una vez que levante el velo, nada importará.*

Lisander la mira.

—Lady Roscille.

Lo sabe. Roscille no sabe cómo ni por qué puede percibir que Lisander lo sabe, pero de repente el hielo le recorre las venas. Es algo en sus ojos, esos incomparables ojos de un verde imposible. Nota un pellizco en el corazón. Las manos de Lisander se curvan alrededor del baúl.

Roscille da un paso adelante y siente el cuchillo contra las costillas. Lisander intenta levantarse. Pero, en cuanto se pone de pie, Roscille alza la mano y no solo se levanta el velo, sino que se lo quita por completo, lo arranca, y deja que flote hasta el suelo.

Desprotegidos, sus ojos miran al príncipe.

Solo ha conocido este sentimiento en una ocasión, con el mozo de cuadra, pero han pasado años desde entonces y, a medida que su cuerpo ha ido creciendo, sus pasiones han crecido con él. Ha florecido rojo y cálido, con la misma rapidez que las caléndulas. Roscille da otro paso, cae, y Lisander le agarra los brazos con sus brazos y la boca con su boca.

En cuanto la tiene agarrada, la aprieta contra él. Las manos de Roscille encuentran su nuca, donde la piel es tan suave como se había imaginado, igual que los pétalos aterciopelados de una rosa. Abre los labios para acoger su lengua y él la introduce sin contrición, como si su cuerpo estuviera hecho únicamente para ese propósito. Un brazo baja para rodearle la cintura y el otro se enreda en su cabello y le tira la cabeza hacia atrás para poder recorrerle la mandíbula con los labios y bajar por la garganta.

Roscille gime, un sonido agudo como de cachorro que no sabía ni que podía proferir. Ese calor enroscado en el fondo de su vientre se mueve más abajo, a más profundidad, hasta que se convierte en un pulso entre sus muslos. Y entonces, como si ese deseo palpitara hacia el exterior, Lisander la aferra con firmeza por la cintura, la levanta con facilidad, con habilidad, y la tumba sobre la cama bajo su cuerpo.

La mira directamente a los ojos. Ningún hombre mortal ha vivido para contarlo después de mirarla. El cabello de Roscille se expande plateado contra las sábanas.

—Eres hermosa —susurra Lisander.

Ella no sabe qué la impele a devolverle el susurro con:

—Extraña. Antinatural.

—No. Te han educado para encajar en la forma que te contiene. Eso no te sienta bien.

Roscille no sabe dónde su hechizo termina y dónde Lisander comienza. Si esas son palabras que ella le ha metido en la boca. Reflexiona sobre ello un momento, con un nudo de culpa, de dolor... y entonces comprende que le da igual. El ambiente es pesado, denso y dulce. Sea lo que fuere ese fuego, los consume a los dos.

Lisander apoya los labios contra su garganta y otro sonido se alza en ella, espontáneo. Se siente avergonzada en su deseo, por lo que aprieta la cara contra el hombro de Lisander para ahogar el gemido en su chaqueta, también de cuero y de una suavidad imposible. La boca del príncipe dejará marcas; lo ha visto en centenares de criadas, un cúmulo de moratones de color púrpura con puntos rojos, de cuando la sangre alcanza la superficie sin derramarse.

Roscille casi protesta, porque está segura de que su marido no lo permitirá, ni siquiera aunque entre dentro de su orden («Mátalo»). Antes de poder hacerlo, Lisander le suelta el collar. Se lo quita y se pierde entre las sábanas.

—Odiaba vértelo puesto —murmura él.

Roscille descubre la cara.

—¿Por qué?

—Un botín de la conquista de Cawder, ¿verdad? El orgullo estridente de tu marido estampado sobre ti.

Roscille se siente lo bastante audaz para capturar su rostro en las manos y ladearle el mentón hacia ella.

—¿Y si te dijera que no solo fue por su orgullo, sino por mi protección? Es un escudo.

Lisander arquea la comisura de la boca.

—Entonces permitiré que te pongas la armadura de nuevo cuando terminemos.

Lisander se desliza entre sus muslos. Las caderas del príncipe la dividen. La besa en la boca una vez más y los dedos de Roscille tiran con torpeza de los cordones de la chaqueta de Lisander, pero él no se queda el tiempo suficiente para que pueda soltarlos. Sus labios le tocan el hueco de la clavícula y luego sigue la línea del corpiño con la boca (*el cuchillo, el cuchillo*, piensa presa del pánico durante un segundo, pero el miedo desaparece entre oleadas de placer), hasta que la cabeza de Lisander se sitúa entre sus rodillas.

Le besa los muslos y le agarra la piel, blanca y suave por la facilidad de la vida de noble, hasta que llega a ese lugar donde ella apenas se ha atrevido a tocarse. Primero porque es pecado que una mujer encuentre placer por sí sola, sin un hombre, y segundo porque no quiere ser débil por sus deseos, esclava de la lujuria de su cuerpo. Siempre ha creído que no puede confiar en su forma, que traicionará su mente calculadora.

Ahora esas creencias no le importan en absoluto. Aferra las sábanas con los puños mientras Lisander se mueve entre sus muslos, con esa boca cálida y dulce. Algo crece en ella, como sangre intentando traspasar la piel. Arquea las caderas lejos de la cama y pone una mano sobre la boca para intentar ahogar ese sonido tan humillante y humano. Nunca se ha sentido presente en su cuerpo de un modo tan horrible y maravilloso a la vez.

De repente, Lisander se detiene. Levanta la cabeza y se inclina sobre ella. Cuando toca el cuchillo, no lo hace con delicadeza.

El corazón de Roscille se estrella hasta detenerse, pero no puede hablar. Cuando él la mira a los ojos, no percibe ya esa ternura lánguida. Es una mirada afilada, como cristal verde.

—Espera… —dice con la voz estrangulada.

Intenta apartarlo de encima, enderezarse en la cama. Pero él le rodea el cuello con una mano.

8

La mano no ejerce suficiente presión a menos que ella se revuelva, pero es más pánico que dolor, la sensación de que el aire la abandona lentamente. Roscille profiere un quejido mudo de protesta cuando la otra mano de Lisander se mete debajo del corpiño y saca el cuchillo. El príncipe lo examina un momento, con una exhalación grave como si casi le hiciera gracia, y luego lo lanza a un lado. El cuchillo traquetea contra la piedra, lejos de su alcance.

—Macbeth debe de ser un guerrero pobre si envía a su esposa para hacer un trabajo tan feo por él.

—Suéltame, por favor.

—¿Para que intentes hechizarme de nuevo?

—No pretendía… No soy…

—*Sí* que lo eres —repuso Lisander—. Eres como dicen los rumores, Roscille de Breizh. Una bruja.

Usa la palabra en brezhoneg, no en escocés. Roscille se aferra a su muñeca con ambas manos para intentar liberarse, pero sus esfuerzos son en vano; Lisander es demasiado fuerte. Las lágrimas se acumulan en el borde de la visión. Cierra los ojos con fuerza y dice:

—Solo soy la daga en la mano de mi marido.

Las palabras suenan vacías, carecen de eco. Lisander suelta otro suspiro medio jovial.

—Puede que consigas convencer a otros con ese argumento, personas a las que les gusta pensar que las mujeres no tienen poder, tan solo el que les conceden los hombres. —Baja la mano libre para alisarle la falda por encima de los muslos; un gesto absurdo, casi caballeroso, como si quisiera que recuperara su modestia perdida—. Puede que no dirigieras la hoja tú misma, pero sé que esos hombres murieron bajo tus órdenes.

Roscille se percata de que no ganará haciéndose la inocente, así que prueba con la rabia, pero solo consigue sonar petulante.

—¿Y eso cómo lo sabes? El canciller ha realizado él mismo la cruentación.

—El canciller no posee sabiduría, solo rituales secos.

—Qué osado por tu parte deshonrar al consejero favorito de tu padre.

—No tan osado como matar a mi padre en su lecho.

Roscille no puede responder. Cierra la boca.

Sin avisar, Lisander afloja su agarre, lo justo para que Roscille le aparte las manos y se incorpore para sentarse. Nota los ojos calientes. Intenta localizar, por encima del hombro, el cuchillo reluciente en el suelo, pero no lo encuentra. Y Lisander y su cuerpo fuerte y flexible se interponen entre la puerta y ella.

—No intentes huir —la advierte.

—No pensaba hacerlo.

Ocurren entonces una serie de eventos increíbles: Lisander se ata de nuevo los cordones de la chaqueta que Roscille había abierto a tirones. Busca el collar de rubíes entre las sábanas y se lo ofrece. Se enrosca en la mano de Lisander como una serpiente fría. Roscille lo recupera con el rostro ardiente.

—Gracias —suelta.

Lisander asiente.

A Roscille le sobreviene de repente una nueva humillación. Los últimos instantes se reproducen en su mente: cuando ha caído con lascivia en los brazos del príncipe, cuando él la ha llevado a la cama para dejarla sin aliento a base de besos mientras lo creía presa de su hechizo de lujuria. Lisander, al no estar hechizado de verdad, ha pronunciado con falsedad esas palabras llenas de pasión que la habían acalorado. A él solo le preocupaba el cuchillo en el corpiño y el modo de arrebatárselo.

—Entonces, ¿todo lo que has dicho no era cierto? —Las palabras brotan de su boca antes de que pueda detenerlas. Es la pregunta que haría una niña vanidosa y frívola.

—¿No debería preguntarte lo mismo? —Lisander dirige su aguda mirada hacia ella—. Todo ese deseo fingido, el medio para justificar el fin... ¿Era una forma de maniobrar la daga hasta mi garganta?

Roscille se siente paralizada por la vergüenza.

—Bruja, así me has llamado. Esas criaturas carecen de sentimientos.

—Yo no creo en eso.

Lo dice sin dudar y con tanta convicción que la sorprende. Roscille lo mira con atención; la piel aún le cosquillea por el ardor. Lisander lleva el pelo revuelto por sus esfuerzos, pero aún le brilla como el océano bajo la luna. Tiene la nariz estrecha, como tallada por el cincel de un escultor, y los pómulos son cornisas elevadas bajo las sombras oscuras del insomnio. Un moratón púrpura le florece en la garganta. Roscille nota una sensación extraña, libertina, de satisfacción por saber que ella también lo ha marcado.

—¿Qué harás conmigo? —pregunta al fin—. ¿Me degollarás en tu cama?

La mirada de Lisander se dirige veloz a un rincón, donde al fin Roscille localiza el cuchillo; la hoja reluce con la suave luz de la chimenea. Al príncipe le costaría dos zancadas alcanzarlo. Con otras dos y un movimiento del brazo con el que empuña la espada, le cortaría la carne con él. Roscille no puede hacer nada para repeler su muerte. Sus ojos no lo hechizan; la única forma de protegerse que tiene es el endeble collar. Se siente más humillada ahora por haber llamado «armadura» a esa estúpida baratija.

—No —responde Lisander.

Ahí sí que duda. ¿Puede culparlo? Roscille entró en su dormitorio con un cuchillo, organizó el asesinato de su padre. Y, encima, le dio una muerte de bruja, porque las espadas solo alcanzaron el corazón del rey Duncane gracias a sus poderes de coacción. No existe mayor desgracia sobre el nombre de su padre.

Además, el caos reina en Alba por culpa de Roscille. Lo ha obligado a buscar una corona que Lisander ni siquiera ansía. Por mucho que lo intente, no se le ocurre ningún motivo por el que él quisiera perdonarle la vida en ese momento.

Alza el mentón.

—¿Por qué no?

—Muerta no me eres de utilidad. Si voy a negociar con tu marido, no es propicio comenzar las transacciones presentándole el cadáver de su esposa. —Calla un momento—. Pero supongo que me hago demasiadas ilusiones si creo posible intercambiar con él una palabra antes de que eche mano de la espada.

Roscille piensa en Macbeth, en su terrorífico tamaño. Para ella se ha convertido en algo normal y, por tanto, menos aterrador, pero cada vez que Roscille se aleja de sí misma, cuando su mente se despega del cuerpo, Macbeth vuelve a ser una montaña, una inmensa criatura de roca, alimentada y creada a partir del suelo de Glammis. Lisander es fuerte y esbelto como un espíritu de agua, pero no cree que sea rival para su marido, el novio de Belona.

No debería lamentarlo. Debería sentirse aliviada. Unos minutos antes, creía que moriría con los dedos de Lisander alrededor del cuello. De repente, se lleva la mano hacia la garganta, donde le palpitan los moratones dejados por su boca. El miedo se le enrosca en el estómago.

Como si leyera su miedo, Lisander dice:

—El collar los tapará.

Un rubor rápido, rojo.

—¿No me delatarás?

—Con eso solo nos condenaría a los dos, lady Roscille. ¿Acaso Macbeth necesita otro motivo para matarme? —Niega con la cabeza y guarda silencio durante unos segundos. Y luego, en voz baja, añade—: Prometí que te protegería de él. No pienso romper ese juramento.

—No te creía el tipo de hombre que mantiene sus juramentos solo porque ya los ha hecho, aunque no le sean de utilidad.

Lisander no responde, solo la observa con una mirada extrañamente tierna. Su quietud y su silencio obligan a Roscille a contemplar su posición, que sigue siendo bastante comprometedora. Aunque el príncipe le ha permitido sentarse, mantiene un brazo alrededor de su muslo, inmovilizándola contra la cama.

Y entonces, de repente, levanta una comisura de la boca.

—Una forma astuta de decir que me consideras poco honrado.

Roscille intenta mantener la expresión serena, distante.

—¿Qué otro motivo tienes para rechazar la corona y despreciar los últimos deseos de tu padre?

El semblante de Lisander se cierra al fin. Se levanta y aparta el brazo de su pierna. Roscille no puede evitar sentirse desolada por perder ese contacto.

—No voy a disfrutar con esto, pero no me has dejado otra opción. Levántate.

Roscille obedece. Nota las piernas débiles; sigue húmeda entre los muslos.

Lisander agarra la sábana. Arranca una tira con facilidad, apenas tensa los músculos; a ella le sorprende esa fuerza sutil y elegante que parece casi inhumana. Lisander guía sus brazos detrás de la espalda y le ata las muñecas. La tela no es áspera, pero le raspa igual.

Y entonces la deja allí y atraviesa la habitación para recuperar el velo caído. Cuando se agacha, Roscille ve cómo la columna se le aprieta contra el cuero de la chaqueta; puede contar todas las protuberancias del hueso, que sobresalen como aletas.

Cuando se aproxima a ella, Lisander mantiene la mirada en el suelo, pero, al llegar a su lado y situarse cerca otra vez, alza la cabeza y la mira directamente a los ojos. Su mirada la clava en el sitio.

Roscille lo observa a su vez. Le tiembla el mentón con desafío.

Sin apartar ni un ápice los ojos, Lisander coloca el velo en su sitio. Sus movimientos son precisos y más delicados de lo que ella merece. Cuando la tela cae de nuevo sobre sus ojos, el príncipe la contempla un instante más, hasta que por fin aparta la mirada.

Del baúl extrae una espada envainada. Una vez más, sus movimientos vuelven a ser demasiado hábiles. Levanta la espada y se la ata al cinturón en lo que ella tarda en parpadear.

—Ven —ordena, señalando la puerta. Su voz suena dura y fría.

Roscille no tiene otra opción que obedecer.

Sus pensamientos están tan desperdigados que no ha tenido tiempo para reflexionar sobre ello. Y ahora, sin nada que la distraiga y mientras Lisander la conduce por el umbral hacia el pasillo, la realidad entra a la fuerza en su mente. Ningún hombre mortal la ha mirado a los ojos para contarlo, pero Lisander lo ha hecho y sigue moviéndose y respirando y la sangre le corre por las venas. No lo ha compelido ni lo ha hechizado. Roscille mira por encima del hombro hacia la habitación sin ventanas y sus ojos siguen las extrañas marcas en la pared de piedra, sin orden ni concierto, sin nada que sus sentidos puedan desentrañar, y sabe, con la certeza de un rayo, que Lisander no es un hombre mortal.

Mientras el príncipe la guía por los largos pasillos sinuosos, Roscille idea excusas para cuando Macbeth le ordene que hable.

Era demasiado fuerte, mi señor, predijo mi llegada. Lo siento. Es demasiado astuto, tal y como me advertisteis.

Lo haré mejor. No os defraudaré. No os deshonraré.

Y, para los moratones de la garganta: *Es el collar, mi señor. Vuestro honor deja su huella en mi piel.* Todo parecen quejas estúpidas, incluso en su cabeza. Ha perdido la inocencia de verdad. Ese truco le está prohibido, ya no puede lucir esa máscara. Roscille de Breizh era tímida; lady Macbeth no lo es.

Lisander la obliga a ir a su ritmo y, para cuando alcanzan el patio, se ha quedado sin aliento. El canciller también está allí, con las mejillas rojas de un cansancio poco habitual para él, después de haber pasado años disfrutando al lado del rey Duncane. Se agacha, con las manos sobre las rodillas. Parece muy viejo.

Hay otro hombre escondido dentro del canciller: un granjero, un pescador, un pastor. El monje que fue en el pasado, con la cabeza tan calva como la de un bebé, antes de que lo sacaran de su tranquila abadía para servir al rey. Roscille ve a esos hombres superpuestos uno sobre otro, como los anillos de un árbol, los más antiguos cerca del centro. Le sorprende que aún pueda captar esto, puesto que se ha convertido en una criatura fría. Sin embargo, cuando parpadea, la visión desaparece.

La barbacana se abre con un chirrido. Tres caballos entran en el patio, levantando polvo. Caballos asustados, con los ojos en blanco, que resoplan y salivan. Un jinete es Banquho, otro es Fléance. El último es Macbeth.

Llevan los tartanes rasgados y las cejas húmedas por el sudor, pero Roscille no distingue ninguna herida. Aunque no vea heridas abiertas, la sangre permea el ambiente. Macbeth respira con dificultad cuando desmonta del caballo. La furia emana de él en oleadas.

147

—Sois un cobarde, falso y pusilánime —gruñe Macbeth—. Soltad a mi esposa.

—¿Cobarde? —repite Lisander—. Sois vos quien ha enviado a vuestra esposa a hacer el trabajo difícil.

La punta de la espada de Lisander le presiona la parte baja de la espalda. Si alguno hace un movimiento repentino y tosco, la hoja la atravesará como un cerdo en un espetón.

—La cobardía corre por la sangre de Duncane. —Macbeth empieza a rodearlos y su propia hoja destella—. Vuestro hermano ha huido como un cervatillo asustado al ver nuestras espadas. Buscará refugio en el torreón de ese necio de Macduff y luego irá a la corte de Æthelstan, demasiado cobarde para luchar él solo sus batallas.

—Muchos pensarían que es más cobarde atacar a un hombre con tres espadas contra una. —Lisander señala a Banquho y Fléance con la cabeza; siguen montados en los caballos—. Vuestra mano derecha es torpe, barón de Glammis. No es mucho más hábil que su malhumorado hijo. Un muchacho que apenas ha dejado atrás la infancia ha podido huir de los tres.

Con un gruñido de furia, Banquho baja de la silla. Fléance lo sigue, jadeando, y desde allí la herida casi mortal parece leve, pálida, carente de honor.

Macbeth no habla para defenderlos, sino que esboza una fina sonrisa.

—Salta a la vista que no habéis entendido la aritmética de vuestra posición, príncipe de Cumberland. Una espada nunca triunfará contra tres y, a diferencia de vuestro hermano, vos no tenéis a dónde huir.

El viento sopla en una potente ráfaga arrolladora a través del patio y aferra el velo de Roscille. Ansía que eso explique sus ojos humedecidos, que su marido no la vea llorar o, si lo hace, que lo achaque al hecho de que teme por su propia vida y no por el dolor que sabe que llegará. El golpe de espada que eliminará a Lisander de la Tierra.

Pero si Lisander siente el mismo temor, no lo deja entrever en su rostro. Su mirada verde es firme.

—Os sugiero que reflexionéis también sobre vuestra posición, barón de Glammis. Mi hermano llegará a la corte de Æthelstan en menos de una semana y, una vez allí, toda Inglaterra se sentirá conmovida por su causa. Nombraos rey si así lo deseáis, pero Alba es un país fragmentado. ¿Cuántos barones se unirán a vos en cuanto sepan que eso implica enfrentarse al ejército de Æthelstan? Soy vuestra única esperanza para conseguir aliados en Escocia y vuestra única esperanza para firmar la paz con Inglaterra. Evander negociará por mi vida, pero no hará concesiones por un cadáver. Y bien sabéis que el león siempre devora al unicornio.

Macbeth se queda inmóvil. El viento le acaricia el cabello y la barba, trenzándolo con el frío. A Roscille se le ha congelado la sangre en las venas. Lisander no parpadea ni flaquea.

Su marido puede ser un artesano de la violencia, pero no está desprovisto de sensatez. Roscille sabe, a estas alturas, que es mucho más que un salvaje torpe. Los largos minutos fluyen como el agua, se alzan, caen, empapan la costa, se retraen, se alzan, caen de nuevo, aplastan la arena con chorros de espuma.

Al fin, Macbeth habla con los dientes apretados:

—Bajad la espada —le dice a Lisander y, por encima del hombro, les grita a Banquho y a Fléance—: Encadenadlo y metedlo en una celda.

La presión en la espalda de Roscille desaparece cuando la espada de Lisander cae al suelo. Suelta el aire, pero no nota un alivio real de la tensión, del miedo, cuando Macbeth se acerca a ella y la aferra por los hombros para apretar su cuerpo minúsculo contra su pecho descomunal.

—Lo siento… —empieza a decir.

—No —dice, en voz baja pero con firmeza—. Ahora no.

No se atreve a mirar mientras Banquho y Fléance caen sobre Lisander y le apresan los brazos para arrastrarlo por el patio. Pero tampoco puede apartar la mirada. Mira a Lisander a los ojos, que permanecen fríos e indescifrables y de un verde demasiado terrible y exquisito.

—¡Traidor! —grita una voz repentina y vacilante—. Vos, Macbeth… ¡Renegado, apóstata! ¡Matasteis al rey en su cama!

Macbeth se gira despacio. Es el canciller quien grita desde el otro lado del patio; tiembla en su ropa elegante y aferra el adornado crucifijo con dedos finos y retorcidos.

—Silencio —ordena Banquho. Macbeth levanta una mano.

—Piense en su posición, canciller. Su viejo amo está muerto y no puede protegerlo. Está atrapado en el castillo de su asesino. Tiene dos opciones: puede inclinarse ante mí o seguir a Duncane a la tumba.

El canciller se estremece, como un junco mecido por la brisa. Abre la boca, la cierra. Como Roscille sigue apretada contra el pecho de Macbeth, su visión se desenfoca, recalentada, y no puede respirar.

Tras unos segundos de silencio, el canciller se arrodilla. Deja el crucifijo en tierra y levanta los brazos por encima de la cabeza. Se agacha hacia delante, con la cara contra el suelo sucio y las manos abiertas sobre él. Una súplica pura. Una rendición total. Macbeth saboreará esa imagen como si fuera el alcohol más embriagador.

Macbeth se acerca. Sus pasos resuenan como piedras lanzadas desde una gran altura. Cuando llega al canciller postrado, ladea la cabeza para estudiar la silueta humillada del hombre. La vergüenza emana de él como nubes de polvo.

La hoja atraviesa rápida y certera el cuello flácido del canciller. Macbeth ha matado a tantos hombres que sabe dónde golpear con precisión, cómo provocar la herida exacta que desea. Produce cada muerte con astucia. A veces la persona se desangrará despacio, jadeará en busca de aire, sufrirá una muerte larga y prolongada, si eso es lo que él quiere. Pero en este momento la muerte es brutal y breve. El canciller no pronuncia sus últimas palabras. Su cuerpo derribado no se mueve de su posición. Hay un único espasmo, como un pez dando coletazos. Y luego tan solo queda el círculo rojo que se expande por la tierra.

—De nada me sirve un sacerdote torpe —dice Macbeth.

Aparta la espada con un giro sutil y se oye un hueso al partirse. Levanta la hoja en el aire y lame la punta para saborear la muerte cuidadosamente elaborada del canciller. Y así también crea un mensaje y muestra a todos los que pueden ver el rojo de sus labios mojados: está celebrando el rito de la *primera* sangre, lo que significa que pronto habrá más.

Macbeth no va al salón a saciar su sed con vino o a extender mapas sobre su mesa de guerra, sino que acude a sus aposentos. Le ha ordenado a Roscille, con tan solo un gesto brusco de la cabeza, que lo siga. Va tras él en silencio y, cuando llegan a la habitación, la hace pasar y cierra la puerta a su espalda. En todo ese tiempo no la ha mirado, ni siquiera a través del velo.

Llega un criado con un cubo de agua. Roscille se queda de pie sobre la alfombra de oso con las manos cruzadas delante de ella y la mirada fija en el rostro del animal muerto, mientras reza para parecer lo bastante arrepentida para el gusto de Macbeth, mientras reza para que no detenga los ojos en su garganta.

Solo alza la cabeza cuando oye que su marido deja caer la espada sin ceremonia en el suelo, que produce un estrépito contra la piedra, con la hoja aún enrojecida. Luego se desata el jubón y se saca la camisa por la cabeza.

A Roscille se le seca la boca por el miedo. *No*, piensa. No, aún no ha cumplido con dos de sus peticiones, aún faltan dos pruebas antes de las sábanas ensangrentadas y los muslos ensangrentados y el terror de un niño creciendo en su interior. Pero a lo mejor el fracaso de Roscille, junto con la rabia de Macbeth, han hecho que a él ya no le importen las viejas tradiciones. La bilis le sube por la garganta.

Sin embargo, su marido no se gira hacia ella cuando dice:

—Trae el agua y un trapo.

Con movimientos lentos y rechinantes, Roscille se arrodilla junto al cubo. Moja el trapo en el agua y luego lo saca y lo escurre, hasta dejarlo húmedo pero no chorreante. Se levanta de nuevo. Macbeth se gira por fin hacia ella, desnudo de la cintura hasta la cabeza, a la expectativa.

Roscille nunca ha visto tanto de su marido, ni de cualquier otro hombre. Su pecho es un paisaje escarpado, con anchas colinas y valles estrechos, largos terrones como cauces secos, huesos encajados en un rompecabezas intrincado bajo la piel. La piel, cubierta de cicatrices. Hay una amplia y corta junto al hombro izquierdo; otra, larga y fibrosa, a lo largo del abdomen. La hinchazón de los músculos la transforma, la torna más horripilante y extraña. Por su relieve, sabe que la herida debió de ser horrible. Profunda.

Con las manos temblorosas, Roscille se acerca a él. Una fina película de sudor y suciedad le cubre la piel. Levanta el trapo y le toca el hueco de la garganta. Parece el lugar menos terrorífico por el que empezar. Al fin y al cabo, ya ha visto antes esa parte de él, la cicatriz casi letal. El pulso de Macbeth palpita bajo su mano.

Roscille es una dama noble y nunca ha limpiado nada en su vida; solo ahora que le han arrebatado a Hawise ha aprendido a lavarse. Frota con vacilación la línea de la clavícula de Macbeth.

—No estoy hecho de cristal —gruñe él. A Roscille se le eriza el vello de la nuca.

—Lo siento, mi señor.

Frota con más fuerza, al principio con el trapo sostenido entre el pulgar y el dedo índice; pero luego, cuando llega a las planicies más amplias de su pecho, lo extiende bajo su palma abierta. El corazón de Macbeth late con firmeza. Capta su murmullo a través de la piel.

Cuando Roscille se arrodilla para lavar el trapo y empaparlo con agua limpia, Macbeth dice:

—No lo has matado.

Enrosca los dedos alrededor de la tela, que gotea y gotea y gotea en el suelo; es el único sonido en la habitación. El agua está fría y su mano también.

—No —contesta despacio—. No lo he matado.

El agua forma un charco pequeño en el suelo. Su marido la observa a través del velo. ¿Lo sabe? ¿Verá que se le han hinchado los labios, aunque sea ligeramente, y que están tiernos al tacto? ¿El collar se deslizará hacia abajo para revelar las manchas rojas dejadas por la boca de otro hombre? ¿Olerá el adulterio en ella, como la sangre que alerta los sentidos de un sabueso? Roscille toma aire y succiona el velo hacia dentro.

Si quisiera, podría delatar a Lisander por lo que es... O, mejor dicho, por lo que no es: no es un hombre mortal. Pero ¿qué conseguiría con ello? Un secreto solo es valioso hasta que se usa. Luego se convierte en polvo. No sabe de qué le servirá emplear ese secreto ahora.

Y Lisander es el único hombre vivo, siempre y cuando siga con vida, que puede verla de verdad, con la mirada descubierta. Se percata de que, cuando Roscille se marche de este mundo, un trozo de su alma se irá con Lisander; este es un conocimiento clandestino, místico, que Roscille casi tiene miedo de descubrir. *¿Qué ves en mi interior? Di la verdad. Dime lo que los hombres mortales nunca podrán decirme.*

—No pasa nada —dice Macbeth—. Nos es de mayor utilidad vivo.

El nudo en el estómago se afloja un poco.

—¿Como rehén?

—Como rehén, sí. No sabemos cuánto cederá Æthelstan para que regrese sano y salvo. Mientras tanto, nos proporcionará información sobre nuestros enemigos. Sus planes, su fuerza. Cuántos escoceses se pondrán de parte de su hermano y cuán grande es el ejército que Æthelstan puede reunir en Inglaterra. Aunque no revelará esta información así como así, por supuesto. Sin embargo, hay formas de hacerle hablar.

Roscille nota que se le cierra la garganta. Sabe a qué se está refiriendo, cómo no; la criaron en la corte de Alan Varvek. El duque es tacaño a la hora de usar la violencia, pero, cuando la emplea, lo hace con suntuosidad. Sus cámaras de tortura son tan opulentas como sus salones para los banquetes. Los potros siempre están bien engrasados para que el metal no chille al mismo tiempo que la víctima. Los serruchos se afilan cada semana. Los mejores herreros de Breizh crearon las púas de la silla de tortura. La rueda del duque no se ha roto ni una vez.

Roscille tienen que tragar saliva con fuerza antes de preguntar:

—¿Acaso eso no repercutirá en su valor como rehén? Puede que Evander pague menos al recibir mercancía dañada.

Macbeth resopla.

—Ningún hombre sale de la guerra ileso y limpio. Hasta ese príncipe joven y mimado lo sabe. —Baja la mirada hacia el trapo que gotea—. Sigue.

Roscille levanta la mano y le frota de nuevo el pecho. Macbeth es sólido, impenetrable. Nada cede bajo su roce. Ojalá no note el temblor de sus dedos. Si cierra los ojos durante un instante brevísimo, si parpadea, puede ver la oscuridad de la mazmorra, salpicada con la luz de las armas plateadas y relucientes. Si estuviera sola, vomitaría.

Si Macbeth se percata de sus temblores, no lo comenta. Dice:

—Te confiaré esto a ti.

Un escalofrío le recorre la columna, como si la hubieran pinchado.

—¿Cómo?

—Mañana parto hacia Moray con los ejércitos unidos de Glammis y Cawder. En cuanto me haga con el trono de Duncane, el resto de Alba se arrodillará ante mí. Y, mientras esté fuera, tú serás la señora de Glammis. El interrogatorio del príncipe formará parte de tu jurisdicción. Deberás administrar todo el castillo.

Roscille deja de frotar.

—¿Me dejaréis aquí sola?

Macbeth lo confunde con apego. Afecto. Sonríe.

—No estaré fuera mucho tiempo. Y, a mi regreso, Glammis será la nueva sede de poder de Alba. Yo, el futuro rey, y tú, la futura reina.

Su mente regresa al lugar oscuro. En esta ocasión no es una mazmorra fruto de su imaginación, sino el sótano, con su ambiente húmedo y sucio. Con el agua revuelta y el repiqueteo de las cadenas. Les Lavandières relucen en la oscuridad y muestran trozos de piel cuajada. Sus ojos ciegos están tan opacos que no soportan la luz de la antorcha. Su presagio se eleva del agua como bruma, las sílabas de la profecía arañan el techo irregular.

¡Salve, Macbeth, barón de Glammis!

¡Salve, Macbeth, barón de Cawder!

¡Salve, Macbeth, futuro rey!

—No sé cómo administrar un castillo —contesta Roscille al fin, con un hilillo de voz.

—Tendrás ayuda. Dejaré a Banquho y a Fléance aquí.

El desconcierto nubla sus pensamientos. Fléance ha demostrado que es un soldado capaz, aunque fuera con falsedades. Banquho le prometió que pasaría tiempo en el campo de batalla, le juró que no lo abandonarían de nuevo. ¿Y el mismo Banquho?

—Pero, mi señor —dice, con auténtica turbación en la voz—, Banquho es vuestra mano derecha.

Macbeth posa la mirada en ella durante un rato largo. No puede leer las emociones tras sus ojos. Las palabras de Lisander regresan a su mente: «Vuestra mano derecha es torpe». A lo mejor esas palabras, dichas para irritar y provocar, son más ciertas de lo que ella imaginaba.

—Un gran guerrero puede luchar igual de bien con la izquierda —responde Macbeth al fin—. Permitieron que el príncipe escapara. No puedo estar preocupándome por si fracasan de nuevo. —Guarda silencio un momento—. Y no he olvidado la traición en mi clan. No quiero que corras el riesgo de que te encuentres de nuevo con esos cobardes enmascarados. Banquho y su hijo te servirán y protegerán en mi ausencia.

¿Es *esto* apego? ¿Afecto? Seguro que lo ha ideado más como castigo para Banquho y Fléance, por el extremo en que le han fallado, pero ya sería castigo suficiente que los dejara allí sin la vergüenza de tener que servir a una mujer en el lugar de a su señor. Macbeth desgracia a sus hombres más leales para alimentar el honor de su esposa. Roscille renueva sus esfuerzos para leer el semblante de Macbeth.

Intenta verse a sí misma en sus ojos. He aquí la esposa extranjera que está aprendiendo a hablar escocés como una nativa. He aquí la muchacha que le ha pedido una capa hecha a partir de las criaturas de su nuevo hogar. He aquí la señora que ha matado por él tres veces y luego se ha lavado la sangre de las manos y ha fingido encogerse y sonreír con afectación debajo de su velo. He aquí una bruja que lleva sus grilletes como pulseras, que a sus cadenas las llama «armadura». He aquí la esposa que lo ha servido en todos los sentidos que una esposa debe servir a su marido. Excepto en uno.

Roscille ha adoptado una forma que complace a Macbeth. Encaja cómodamente dentro del orden natural del mundo de Macbeth. Y por eso se ha ganado *su* profecía. *Futura reina.*

Una visión se expande delante de ella, un sueño lúcido. La poza de lampreas, rodeada pulcramente por piedras, donde las anguilas nadan en círculos infinitos. Sus cuerpos esbeltos se retuercen dentro y fuera del agua, los lomos plateados trenzan la opacidad. Luz y oscuridad, luz y oscuridad. El reflejo de Roscille ondea en el centro de la poza.

Las lampreas convergen en ella, bocas ciegas que tantean en busca de carne. En cuestión de segundos, Roscille de Breizh ha sido consumida. Lady Macbeth se alza sobre el agua y las anguilas vuelven a nadar en círculos, a la espera de la siguiente criatura que les pongan delante de los dientes.

—Vuestra fe me honra, mi señor —susurra Roscille.

Macbeth no sabe que, en una ocasión, rezó por su muerte. Ni que intentó empujarlo delante de las espadas de sus enemigos. No sabe que abrió necesitada las piernas ante otro hombre.

—Has demostrado que merece la pena honrarte —dice Macbeth. Le agarra el trapo de la mano y lo deja caer en el cubo—. Sé que Glammis estará bien atendido bajo tu cuidado. Y espero pronto un mensajero con la confesión del príncipe.

Roscille traga saliva.

Macbeth la agarra de repente por los hombros y la acerca hasta que su cuerpo choca con el pecho desnudo del barón. Tiene la piel fría, húmeda. Dura y estriada, casi como piedra. Roscille nota que su inmovilidad se extiende hacia ella, como el liquen que crece blanco en la madera muerta.

Se inclina para presionar un beso brusco en su frente, a través de la tela del velo. Los labios de Macbeth son ásperos. El beso le recuerda a la lengua de un perro que le raspa la mano. Macbeth la estrecha con más fuerza después, tan solo durante un momento, y a Roscille le sobreviene el terror. No sabe si debe devolver el gesto de alguna forma.

Pero entonces Macbeth la suelta y recorre la habitación. Se acerca al armario grande, tallado en madera de roble. Abre una de las puertas y las bisagras viejas crujen. Sus manos buscan algo en el interior.

Tras unos minutos, se gira de nuevo hacia ella. Una mano es un puño cerrado, la otra una palma abierta. En la palma hay una llave oxidada.

—A partir de ahora esto también forma parte de tu jurisdicción —dice Macbeth—. Por si decides buscar consejo en mi ausencia.

La llave oxidada encaja en una cerradura oxidada. La cerradura oxidada se halla en una puerta oxidada. Detrás de la puerta oxidada hay una oscuridad imperfecta, atravesada por guadañas de luz. Una única antorcha que palpita y hace que el agua se arrugue y pliegue.

He aquí la magia primigenia a partir de la cual ha crecido el poder de Macbeth, engrosado como raíces en la lluvia. Roscille recuerda otra historia de la antigüedad, la historia de un noble que cortó los árboles de un terreno sagrado. En el interior de uno de esos árboles había una ninfa de los bosques. El hacha del noble atravesó limpiamente su delicada piel, la hoja hendió su esbelta divinidad. Cuando la diosa a quien estaba dedicado el bosque vio la muerte de la ninfa, ordenó al espíritu de la Hambruna que maldijera al noble para que pasara un hambre sin fin y nunca la saciara. Se comió todo lo que alcanzaron sus manos y luego se comió a sí mismo.

Ese noble era un necio. Debería haber mantenido a la ninfa encadenada y a la diosa bajo su voluntad. Roscille acepta la llave y se la guarda en el corpiño. El frío metal se desliza a la perfección sobre su fría piel.

El patio de nuevo, al anochecer. Todos los soldados se han ceñido la armadura y están preparados. Los caballos resoplan y levantan polvo.

Todo está bañado por una luz gris sombría que se escurre entre las nubes extendidas sobre Glammis como un trapo mojado. Los hombres se empujan para caber en ese espacio reducido y más soldados aún salen por la barbacana abierta y bajan por la gran colina. Roscille cuenta media docena de diferentes estandartes de guerra sobre la masa de cabezas con barba. Cada uno luce el símbolo de un clan y los miembros se reúnen bajo ellos con sus tartanes a juego.

Zorro Invernal, Cabra Montesa y Comadreja se hallan entre ellos; gritan por encima de todo el ruido inconexo. Macbeth alardea sobre su caballo delante de la multitud y se pasea de un lado a otro para ganarse vítores.

—¡Salve, Macbeth! —gritan los hombres—. ¡Rey de Escocia!

Sus espadas pinchan el aire.

Solo hay dos hombres sin armadura ni caballos. Banquho y Fléance se sitúan a cada lado de Roscille, con las espadas a los costados y los brazos cruzados sobre el pecho. Ninguno oculta su semblante: nubes de tormenta aparecen y estallan sobre sus cejos, mientras sus miradas queman como brasas. La cicatriz de Fléance no es tan llamativa como él esperaba. Con esa luz, parece menguada sobre la piel.

Comadreja trota hacia Macbeth y junta los flancos de ambos caballos. Ese es su sitio, a la derecha de Macbeth. Ahí es donde debería estar Banquho.

Se levanta viento y hace oscilar el velo contra la cara de Roscille. Antes se hubiera estremecido, pero ahora lleva el frío de Glammis en la médula y no siente nada.

—Entremos —dice.

Se da la vuelta y, con una furia apenas contenida, Banquho y Fléance la siguen. Los hombres no cejan en sus vítores, pero, cuanto más se adentra Roscille en el vientre del castillo, más se traga el viento sus palabras hasta que se pierden en la distancia.

9

Lo único que Roscille sabe sobre administrar un castillo es lo que aprendió observando la corte de Barbatuerta. Por ley, la esposa del duque es Adelaide; no es su madre, pero sigue siendo el motivo de que Roscille exista.

Adelaide no es hermosa, aunque esto no es excusa para pasar por alto un voto matrimonial, no con la cantidad de sacerdotes que Barbatuerta exige tener como compañía si no quiere arriesgarse a que la Casa de los Capeto y el mismísimo papa lo recriminen. Es una consecuencia desafortunada de su genética. En su Casa de Bois natal abunda la gente con la piel dura, los ojos húmedos y las narices largas; este es el resultado de que demasiados primos se hayan casado con otros primos, y ni siquiera la aportación de la sangre angevina podría haberlo corregido. Adelaide es prima del Tramposo, a quien Roscille le dio tal susto que casi lo dejó loco.

No, el problema con Adelaide no es su belleza, ni la falta de esta, sino que Adelaide es simple, como un mozo de cuadra que recibiera en la cabeza la coz de un caballo o un bebé que permaneciera tumbado de lado en la cuna demasiado tiempo. Siempre tiene los humores desequilibrados. La inunda una mezcla calamitosa de bilis negra y pus blanco, lo que da como resultado una mente enferma. En un intento de equilibrar estos humores, Adelaide se ha sometido a la trepanación no una, ni dos, sino tres veces. Eso la ha dejado con la mitad de la boca en un rictus permanente y debe llevar un pañuelo siempre consigo para limpiarse la saliva que se le acumula en la comisura de los labios. Cuando habla, es con un quejido gutural, como una rana toro.

Ni siquiera este desequilibrio es completamente imperdonable, no es suficiente para rechazar a una esposa procedente de una casa tan antigua y noble, aunque desagradable. Sin embargo, estos humores le han concedido a Adelaide un temperamento tanto flemático como melancólico, lo que significa que deben mantenerla alejada de los objetos afilados. Siempre debe tener a un grupo de damas a su lado, para evitar la abertura de ventanas y las largas caídas, las sogas atadas a toda prisa y los vestidos con peso de más. Por la noche, a veces se la oye quemarse con cera caliente mientras gime como presa del éxtasis. Tiene las muñecas deformadas con cicatrices circulares; las lesiones se solapan unas sobre otras, como ondas en una charca.

El suicidio es, por supuesto, un pecado reconocido por el papa. Roscille se hallaba en la habitación cuando Barbatuerta proclamó ante los sacerdotes lo siguiente: «Si mi esposa desea eludir sus deberes terrenales, entonces yo tampoco me ceñiré a los votos que he hecho en esta tierra». Esa declaración contenía una lógica que hizo que los sacerdotes arrugaran los entrecejos y movieran las barbas sobre sus cuellos flacos. Llevaron esta lógica de vuelta a la Casa de los Capeto, que se la comunicaron al papa. El papa dijo que no anularía el matrimonio, porque eso también es pecado, pero que liberaría, de un modo extraoficial, a Alan Varvek, duque de Breizh, de sus vínculos matrimoniales.

Y así es como su padre acaba, abierta y desvergonzadamente, acostándose con segundas y terceras hijas de los lores de sus feudos. No se rebaja hasta el punto de llevar a criadas a sus aposentos, porque suelen hacerse ideas superiores a su categoría al pensar que han sido elegidas por un acto divino para engendrar al descendiente del duque. Las muchachas nobles saben que no deben esperar ningún ascenso de rango solo porque el duque las encuentre lo bastante atractivas para procrear con ellas.

La madre de Roscille fue una de estas segundas o terceras hijas, pero su nombre se perdió en el tiempo, liberada de la vida en el lecho donde dio a luz. Sin embargo, cualquier lección que una madre pueda impartir a su hija, Roscille la ha aprendido observando a Adelaide. De Adelaide, ha aprendido todas las cosas que jamás de los jamases debe hacer; todas las cosas que jamás de los jamases debe ser. No le debe faltar belleza. Debe mantener la mente afilada como una hoja. Y nunca debe correr riesgos con objetos puntiagudos. La locura es, por encima de todo, el rasgo más imperdonable que puede poseer una mujer.

En el primer día con su marido ausente, Roscille se sienta en la mesa de Macbeth y oye los informes de sus súbditos. Algunas ovejas han sufrido una enfermedad y los pastores no pueden permitirse pagar el diezmo. Los amantes de dos familias enfrentadas desean casarse y piden permiso al señor. Una mujer se ha acostado con la mitad de los hombres en una aldea y ha causado tanto escándalo que quieren enviarla a un convento para que se expíe. Qué lástima, ninguno de estos muchachos sabe leer latín, ¿podría el señor enviar a un par de druidas para que les enseñasen?

Roscille dice: Aceptaremos un diezmo menor de los pastores este año. Dice: Esas familias no pelearán entre sí por rencillas absurdas y antiguas o el señor machacará el cerebro de los hijos contra la pared. Dice: Traed a esa mujer impura al castillo para que se expíe fregando mis suelos y bordando mis vestidos. Dice: Haré que dos druidas vayan los domingos por la mañana a dar clase.

Banquho y Fléance se sientan a su lado mientras escucha estas quejas y resuelve estas disputas. Cuando el último hombre se marcha, Banquho dice:

—No enviaréis a esos druidas.

—¿Por qué no?

—Porque la traición aún pulula por Glammis. Perdéis el tiempo satisfaciendo esas quejas insignificantes. Deberíais dedicar vuestros recursos a buscar a esos traidores en vez de consentir a los aldeanos. Todos son traidores en potencia.

Roscille mira más allá de Banquho hacia Fléance, que agacha la cabeza para evitar sus ojos. Era mucho pedir que la apoyara abiertamente delante de su padre, pero sí que esperaba que se avergonzara un poco al mirarla a la cara. Se queda satisfecha al ver que el rubor se extiende por sus mejillas.

Se centra en Banquho y dice:

—Si uno trata a todos los hombres como traidores, entonces, con el tiempo, se convertirán en traidores.

Banquho retuerce la boca.

—¿Y esa mujer que pretendéis traer al castillo? Ella también puede ser una traidora, lista para aprovecharse de su posición. Estáis aquí sentada ansiando vestidos bonitos mientras Glammis se torna en contra de su barón. No es momento para llenar las salas de criadas descerebradas.

—O bien esta mujer es una descerebrada, o es una traidora. No puede ser ambas cosas. —Roscille se levanta de la mesa—. Y este tipo de traición nace del descontento. Cuanto peor se trate a los aldeanos, más descontentos estarán. Estas decisiones sencillas inspirarán amor entre los súbditos de Macbeth.

—¿Por qué es amor lo que ansiáis inspirar? Con el miedo se consigue el mismo resultado.

A lo mejor es cierto con la gente salvaje de Escocia. Pero Roscille no quiere castigar a nadie más por sus mentiras. No sabe si su padre lo consideraría una debilidad: ¿qué astuta criatura no sacrificaría a seres menores para protegerse? Le da vueltas en la cabeza. Ya no es Roscille de Breizh. Es Lady Macbeth y, con su marido ausente, es ella quien gobierna Glammis.

—Esta es mi jurisdicción, señor Banquho —dice—. El barón me ha encargado a mí estos asuntos. Si no quiere cumplir con mis deseos, será usted quien se enfrente a su rabia cuando regrese.

Durante un rato largo, Banquho guarda silencio. Contrae los dedos nerviosos a los costados, como si se contuviera para no agarrar la espada. Se le infla el pecho.

Al fin, dice:

—Hay deseos que el rey quiere que cumpláis vos misma, lady Macbeth. Está esperando la información que seáis capaz de extraer de los gritos del príncipe.

Roscille no responde. Banquho se yergue, satisfecho por su mutismo. Cree que ha librado una batalla y asestado el golpe letal. Pero por eso él se encarga de las tácticas, no de las estrategias. Ve lo que tiene ante los ojos y al alcance de su brazo. Detenta el escaso poder de un noble y no el dominio total de un emperador. Cree que las lampreas devorarán según sus deseos, pero lo cierto es que solo son bocas torpes que comerán todo lo que sus dientes encuentren.

Roscille reúne sus cosas y sale del gran salón sin pronunciar ni una palabra más.

El calabozo. Nunca ha estado aquí dentro. No es sitio para damas. Arrastra el vestido por los charcos sucios y, allá donde pisa, las ratas gritan y huyen a los rincones oscuros. La luz de las antorchas brilla húmeda en las paredes y en el suelo cubierto de suciedad. Hay herramientas colgadas como si fuera un cobertizo. Látigos largos cubiertos de sangre seca. Un gato de nueve colas que acumula polvo. Cuchillos de todas las formas y tamaños con los mangos oxidados. Es un lugar pequeño, opresivo, mal ventilado, como todas las estancias en Glammis. No hay potros resplandecientes. Al duque le resultaría desagradable. La tortura, como todas las cosas bajo su influencia, es un asunto complejo, sofisticado. No como esos escoceses sin civilizar y sus métodos burdos y ordinarios para provocar dolor.

Roscille se acerca a la celda más cercana. Los barrotes están fríos y, cuando los agarra, su piel se torna hielo.

—No pensaba que vendrías —dice Lisander.

El estómago le da un salto.

—¿Por qué no?

—Porque estos asuntos están muy por debajo de una reina.

—Te burlas de mí.

Lisander resopla y sale de la oscuridad de la celda. Su rostro está más pálido que nunca, los círculos bajo los ojos destacan por su profundidad, pero su mirada sigue siendo aguda y extremadamente verde. Incluso sus pasos lentos son gráciles; no se encorva ni avanza con dificultad como haría un prisionero. Hará falta más de un día para arrebatarle a un príncipe su aplomo.

—¿De qué me burlo? Duncane está muerto por orden de tu marido. Macbeth se ha nombrado a sí mismo rey y a su esposa, reina.

—Él apenas es rey —replica Roscille— y yo, aun menos, reina.

La sorpresa aparece en el rostro de Lisander como un fogonazo, seguida del regocijo.

—Veo que has vivido entre los bárbaros escoceses el tiempo suficiente para entenderlo.

—No necesito vivir entre bárbaros para comprender que, cuanto más se alza uno, más lejos caerá. Cuanto más alta sea la torre, más precaria acaba siendo. Incluso los niños con sus bloques de juguetes lo entienden.

—Ahora eres tú la que se burla de mí.

—No. No me burlo de ti. No… Nunca he ansiado esto, ser reina. Soy tan aburrida como un perro, solo pretendo sobrevivir en este mundo despiadado.

Esta confesión debería ser vergonzosa, pero Lisander no la mira con desdén ni con repulsión, sino que se aproxima a ella despacio. Alza las manos y sus dedos rodean los barrotes a meros centímetros por encima de donde los aferra ella.

—Llevas toda la vida amordazada para que no perturbes la arquitectura del mundo. Pero un perro amordazado solo piensa en su sufrimiento y sus grilletes. Puede que a tu cuerpo le arrebaten su poder, pero no pueden quitarte la mente.

¿Acaso no pueden? Roscille se acuerda de Adelaide, cuya mente tirana traiciona su propio cuerpo y la hace ansiar el dolor en vez del placer. Ese es su miedo más profundo, el que supera los muslos ensangrentados y las sábanas ensangrentadas, el que supera la larga caída al frío mar. La locura. Si no puede pensar, no será nada.

—¿Cómo lo sabes? —pregunta en un susurro.

—Porque te he mirado a los ojos.

Una piedra se forma en su garganta. Tiene que tragar con fuerza para que no la asfixie.

—Vendrán —consigue decir—. Banquho y Fléance. Me han ordenado que te torture para sonsacarte información. Y ellos usarán todas las armas a su disposición para que hables.

—No lo conseguirán —dice con voz monótona. Lo constata como un hecho, no se jacta.

—Pero… —empieza a decir ella. Y se detiene. ¿Qué puede decir, que ha contraído dos deudas con él, una por no dejarla morir y otra por no matarla? Esa cosa que los une no parece una deuda; no hay libro de cuentas, no hay tinta. Son dos peces en una poza, dando vueltas alrededor del otro, atrapados por el mismo círculo de piedras. Llevan un ritmo idéntico mientras impelen sus cuerpos plateados por el agua, dentro y fuera, como agujas atravesando una tela negra. Lisander es el único que puede verla de verdad. Y ella no sabe por qué, aún no, pero los ojos de Roscille son dos espejos que le devuelven a él su propio reflejo.

Recuerda haber visto los nudos en la columna de Lisander abultando en su piel cuando se agachó. La piel, tan fina, apenas protegía la extensión de venas en su interior; el corazón y los pulmones están poco aislados. Roscille quiere vomitar o incluso gritar.

—No siento dolor como los demás hombres —explica Lisander, como si pudiera leerle el pensamiento—. Habrás oído que el linaje de Duncane está maldito.

Roscille abre la boca para responder, pero oye el sonido de pasos en la escalera. Se sobresalta, presa del pánico.

—Se habrán enterado de que estoy aquí —dice, bajando la voz—. Se estarán preguntando por qué no he ordenado que comience ya la tortura.

Lisander asiente.

—Ve.

Y se va, pero no puede evitar mirar atrás. Roscille se había imaginado que lo vería retroceder de nuevo a la oscuridad de la celda, pero incluso de lejos le brillan los ojos en la negrura como dos faros de una luz verde antinatural.

Roscille hace que traigan a la mujer adúltera, Senga, al castillo. Le saca cinco o diez años a Roscille, no los suficientes para ser su madre, pero sí que es lo bastante mayor para tener unas líneas finas y delicadas en la frente. Esas arrugas salen con más facilidad en las frentes de las campesinas que en las de las damas nobles. A Roscille le complace ver que Senga se parece mucho a Hawise. Tiene los hombros anchos, el cabello rubio largo, un rostro serio que no muestra miedo. Cuando se planta delante de Roscille, su mirada no flaquea, ni siquiera cuando Fléance la lleva a rastras por la trenza a lo largo del patio.

Senga no se estremece cuando Roscille repite los rumores que ha oído sobre ella, todas las cosas lascivas y poco cristianas que ha cometido. Le pregunta si son ciertas. Senga asiente sin más.

—Los aldeanos quieren que te vayas a aprender castidad —dice Roscille.

El acento de Senga es tan áspero y provinciano que le cuesta entenderla cuando responde:

—Si me toca ir al convento, iré sin causar problemas.

—No. Serás mi doncella. ¿Lo entiendes?

Tiene que emplear la palabra en brezhoneg para «doncella». Que ella sepa, esa palabra no existe en escocés. Y, si existe, nunca ha oído a los hombres de Glammis usarla.

—¿Queréis que os lave, vista y zurza los vestidos? ¿Como una sirvienta? —sugiere Senga en escocés.

—También me harás compañía. —Senga entorna los ojos, como si esperase algún truco—. También quiero que me bordes los vestidos al estilo de Alba. A cambio, te enseñaré a leer y escribir. En tu escocés nativo, si aún no sabes, o en latín, si ya sabes escocés.

Hay algo en la mirada de Senga que hace creer a Roscille que está dispuesta a hacerlo. Una inteligencia aguda que los hombres vulgares de su aldea seguro que no apreciarían. Senga es lo bastante valiente para plantarse sin temblar delante de su señora y para no disculparse cuando le enumeró sus pecados. Desafiante y serena, ese es el tipo de mujer con el que Roscille quiere rodearse.

—Sí, mi señora —responde Senga—. Puedo hacerlo.

Los dedos de Senga están rugosos y encallecidos por trabajar en una granja, pero pronto se ablandarán con los lujos de la vida en la corte: tres comidas preparadas por criados, una cama de plumas en vez de paja, zapatos de terciopelo en vez de zuecos pesados de madera. Incluso su leve cojera se corregirá en cuanto no le pese la espalda de cargar con cubos desde el pozo.

Cuando le da aguja e hilo, Roscille se permite imaginar un Glammis bajo su supervisión para siempre. Mandará llamar a monjes de una abadía para que vengan con sus libros y puedan construir una pequeña biblioteca. Hará que músicos toquen durante las cenas y celebrará torneos y justas. Son cosas que Barbatuerta hacía, pero quizás ella pueda hacer más.

A lo mejor puede traer a más mujeres con voluntades férreas. Desterrará a hombres como Banquho, con temperamentos feos y vanos. Castigará con dureza a cualquier hombre que le enseñe la palma de la mano a una sirvienta. Solo luchará en batallas que sean justas. Cuando posea ese poder, no necesitará infligir pequeñas crueldades para sobrevivir. No necesitará ser la fría criatura creada por su padre.

¿Acaso son estos los sueños de lady Macbeth? No son, ciertamente, los deseos que su marido le impuso. Sin embargo, solo podrá conseguir este poder a través de él. *Futura reina.* Sus palabras. Su destino, creado tan solo para complacerlo a él.

Pero se permite soñar durante unos minutos más mientras Senga se pone a coser.

Senga y ella están hablando en el gran salón cuando entra Banquho. La rabia lo envuelve e irradia de él en una bruma invisible. El blanco de sus ojos está agrietado de rojo. Pasa junto a las mesas con zancadas largas y rápidas y luego salta al estrado. Cuando estampa ambas manos delante de ella, el libro que estaba leyendo rebota y Senga se sobresalta tanto que se pincha el dedo con la aguja. Le sale una gota de sangre que cae al suelo.

—¿Habéis traído a esta mujer aquí en contra de mi voluntad? —pregunta Banquho.

La mirada de Roscille se posa en Senga.

—Puedes marcharte —le dice.

Senga duda. Roscille la ha salvado del convento y con eso ha tejido una tenue lealtad entre las dos. Al percibir la rabia en la voz de Banquho, el temor por su señora le atraviesa la mirada. Pero Roscille se la queda mirando con atención, sin parpadear, y Senga sale a toda prisa del salón con el bordado sin terminar.

—¿Y mandasteis a mi hijo a que la trajera sin yo saberlo? Dice que bajó a la aldea y arrastró a la mujer hasta aquí con sus propias manos.

—Es la voluntad de Macbeth que, en su ausencia, sea mi autoridad la que gobierne Glammis —dice Roscille—. Si no está de acuerdo con su decisión, vaya a quejarse a mi marido cuando regrese.

—Os encomendó la administración del castillo de *Glammis* —gruñe Banquho—. Esto no es Naoned ni sois una dama de Breizh. Sois la reina de Alba. No convertiréis este lugar en una obscena imitación de la corte fastuosa de Barbatuerta. Esa no es la voluntad de Macbeth.

Su voz llena la sala vacía y resuena a su alrededor hasta oprimir a Roscille. Toma aire para calmarse, pero la inhalación le resulta escasa y trémula. A lo mejor ha ido demasiado lejos.

—Siento que nuestros valores no sean los mismos, lord Banquho —dice. Intenta ser diplomática, incluso dócil—. Aguardaré el regreso de Macbeth antes de aplicar más cambios en el castillo.

Eso es muy razonable. Acata los deseos de Banquho. Seguro que él lo entenderá.

Pero Banquho no se detiene.

—Habéis obligado a mi hijo a actuar en contra de los deseos de su padre. No respetáis el orden ni las tradiciones de nuestro pueblo, lady Roscilla.

—Lo siento mucho. No volveré a pedirle a Fléance nada igual.

Ahora seguro que su rabia disminuye. Se ha doblegado por completo ante él, lo ha hecho todo excepto arrodillarse arrepentida. Si ha juzgado mal su posición, se está enmendando ahora.

—Y habéis fracasado en vuestro único deber —dice Banquho, escupiendo las palabras—. El antiguo príncipe de Cumberland duerme tranquilo en su celda. No tiene ni una herida en el cuerpo, no se le ha oído ni un grito.

Roscille se envara.

—No duerme tranquilo. Sabe que es un prisionero. Lleva días a solas en una oscuridad completa. Eso es un tormento de por sí.

—Ese no era el tormento que el rey Macbeth tenía en mente.

Roscille mira a Banquho a los ojos. Recuerda la primera vez que lo conoció, cuando declaró con orgullo que era la mano derecha de Macbeth; desde entonces, su posición se ha erosionado como la orilla de un río en una tormenta: se ha vuelto escurridiza e insostenible. En gran parte por Roscille. Incluso lo ha distanciado de su propio hijo.

Los hombres son más crueles cuando están desesperados. Cuando no tienen nada sólido bajo los pies. A lo mejor Roscille no debería haber sido tan impertinente, puesto que su posición también es precaria. Sigue siendo una mujer, sola. Y todos los hombres que la rodean son bocas ciegas y errantes.

—De acuerdo —dice. Pero le tiembla la voz y seguro que Banquho no lo pasará por alto—. Vamos.

Los pensamientos le corren a toda velocidad por la mente cuando entra en el calabozo, con Banquho y Fléance pisándole los talones. La antorcha refleja su luz en todas las puntas afiladas y en los bordes laminados de la sala. Al descender, intenta pasar por encima de los charcos para no ensuciarse los zapatos, pero Banquho y Fléance los pisan sin cuidado; llevan botas y el agua no les importa. El bajo de su falda se empapa a pesar de todo.

Deja la antorcha en uno de los apliques e inhala el terrible olor húmedo del calabozo. La luz de la antorcha se expande y solo ilumina una parte de la celda de Lisander; la otra mitad sigue envuelta en sombras.

El príncipe se adelanta hacia la luz. Su rostro, pálido como el hueso, no muestra ningún sentimiento.

—Lady Roscille.

Ella tiene las palmas empapadas de sudor y le tiemblan las manos.

—Lisander. Ya sabes por qué he venido. Debo pedirte que nos cuentes los planes de tu hermano. Cuántos hombres puede reunir a su lado. El tamaño de los ejércitos de Æthelstan…

Pierde el hilo de lo que está diciendo. Nota la boca llena de algodón.

—Y sabes que no puedo decírtelo —contesta Lisander.

—Perdéis el tiempo con palabras —sisea Banquho—. Haced que grite y hablará. Dejádmelo a mí.

La mirada de Roscille viaja a los instrumentos en la pared. El serrucho con el mango oxidado. Se imagina la piel abriéndose bajo la hoja, el blanco que se aparta para revelar el rojo vulgar. Y luego piensa en la boca de Lisander sobre la suya, sobre su mandíbula, su garganta. Los moratones han desaparecido, pero el recuerdo es candente y le calienta la piel que por lo general permanece fría bajo el collar de Macbeth. «Odiaba vértelo puesto».

—No —dice.

Fléance entreabre atónito los labios, los abre y cierra como una trucha. La mirada de Banquho se ensombrece y luego se endurece con rabia.

—Macbeth debería haber sabido que este no era trabajo para una mujer —refunfuña y pasa junto a ella con un empujón—. Vuestra mente es débil y vuestro cuerpo frágil, como todos los miembros de vuestro sexo. Puede que hagáis magia común con la belleza de vuestro rostro, pero carecéis de propósito y valor sin él. Apartaos. Yo cumpliré los deseos del rey.

Agarra el látigo y lo saca de su soporte con un tirón. Se da la vuelta; los músculos en sus brazos y hombros se desplazan a la vez como duros peñascos en una avalancha. Pero Roscille no se mueve de su sitio entre la celda y él.

—Puede que sea una mujer, pero es usted víctima de mi magia. Lo han engañado.

La mirada en los ojos de Banquho. Roscille la ha visto a menudo, la furia desconcertada de un hombre que nunca ha sido desafiado, cuya concepción del mundo se sostiene en el eje de su propio poder absoluto.

—¿Qué habéis dicho?

—He dicho que lo han engañado, lord Banquho. —Levanta la voz—. No hubo hombres enmascarados. Su hijo estaba enfadado porque lo abandonó aquí, porque no le dio la oportunidad de demostrar su valía en el campo de batalla, así que ideó una estratagema para poder ser el héroe.

Cuenta la historia un poco mal, no porque crea que la mentira pasará por cierta, sino porque Fléance no podrá resistirse y saltará a corregirla y, por tanto, revelará el papel que desempeñó de verdad.

—¡Miente! —grita Fléance—. Ideó ella el plan, no fui yo...

Pero entonces se detiene. Se ha deshonrado tanto que con ello mancillará todo su linaje; cualquier hijo que engendre sentirá esta misma vergüenza toda su vida, sabrá por qué lo ignoran, una y otra vez, con una mueca en los labios y cara de fastidio. Fléance no solo ha confesado su traición, sino también que lo manipuló una mujer, una novia extranjera de diecisiete años que se esconde detrás de un velo. La vergüenza incluso se extenderá hacia atrás y mancillará asimismo a Banquho.

Tiene sentido, pues, lo que Banquho dice a continuación. No le queda otra opción que responder:

—No protejas su honor, Fléance. Es obvio que miente. Quiere arrebatarte tu acto heroico. Su intención es avergonzar el nombre de nuestra familia.

La boca de Fléance se encoge en su rostro. Lo han deshonrado dos veces por no haber negado sin más el relato de Roscille. Una estupidez encima de otra. *El tonto de mi hijo*, debe de estar pensando Banquho. Si estuvieran en privado, lo abofetearía.

Pero no están solos y Fléance agacha la cabeza en una penitencia fingida.

—Tiene razón, padre. No debería proteger el honor de una dama cuyo corazón solo contiene maldad y artimañas.

Roscille es más rápida que Fléance a la hora de entender lo que está pasando. Son actores practicando sus papeles. Repetirán esas mismas palabras ante Macbeth cuando regrese, en ese mismo tono bajo y arrepentido, con las cabezas gachas y los ceños ensombrecidos. Imitarán el dolor, la conmoción. La sangre se le enfría desde la punta de los dedos de manos y pies.

—Mi marido me encomendó este castillo en su ausencia —dice, pero el tono de su voz se agudiza—. Confía en mí. Creerá mi palabra en vez de la vuestra.

Pese a todo, no puede fingir certeza. Tiembla con tanta intensidad que le castañean los dientes.

—¿Lo hará? —Banquho aprieta con fuerza el látigo—. Circulan historias sobre vos, lady Roscilla. Dicen que vuestra mirada enloquece a los hombres. A lo mejor Macbeth se ha visto afectado por esa locura o simplemente se dejó conmover por la belleza de vuestro rostro. Pero cuando me escuche en privado, conocerá la verdad. —Banquho se adelanta. Roscille retrocede un paso, aunque no tiene a dónde ir, tan solo los barrotes fríos de la celda—. Os ofrezco lo siguiente. Os apartaréis en este instante y me permitiréis proceder con la tortura del príncipe para que Macbeth nunca conozca vuestra traición.

Pretende enterrar la verdad de su hijo junto con la suya. La confesión del engaño de Fléance es tan vergonzosa que no vale lo mismo que lo que ofrece: el castigo de Roscille. Es mejor mantener en secreto todas las palabras que han intercambiado en este calabozo.

Como Roscille sabe esto mismo, aún ostenta cierto poder sobre Banquho, o eso cree. La misma confesión los condenará a los dos.

—No —dice—. El destino de su hijo está ligado al mío. No tengo nada que temer. Salid de aquí.

Los ojos de Banquho son dos puntos, plateados y relucientes, como el extremo de una daga.

—Os interponéis entre el príncipe derrocado y yo —contesta, con voz grave y áspera—. ¿Por qué?

¿Por qué? Porque Roscille no es una criatura fría que desee ver a otra alma inocente más sangrar por sus mentiras. Porque ha detenido el veneno que fluye desde la semilla de su padre hasta ella; no es su armiño, pero tampoco el unicornio de Alba. Porque Lisander la salvó y luego le perdonó la vida y, si eso no es una deuda hilada entre los dos, será algo exquisito y más fuerte, una cuerda de oro que se extiende sobre un abismo. Porque ella es ahora el emperador y está en su poder evitar que los dientes rechinantes de las anguilas devoren a otros hombres.

—Roscille —dice Lisander con voz ronca—, no lo hagas.

Pero no ha tenido en cuenta lo que ve cuando mira desafiante, sin pudor, a los ojos de Banquho. No ha tenido en cuenta que puede existir una rabia que supere la razón.

Banquho da un paso adelante y Lisander estira el brazo entre los barrotes como si fuera a agarrarlo, pero está demasiado lejos y no puede. En un instante, Banquho ha aferrado las dos muñecas de Roscille en una de sus manos. Roscille intenta arrancarse el velo, captar a Banquho o a Fléance en el camino de su mirada, pero la otra mano del hombre le tapa la cara y le obliga a cerrar los ojos hasta cegarla. La inunda un pánico animal y se retuerce mientras farfulla protestas a medio formar.

Es resbaladiza como un pez: hacen falta los esfuerzos conjuntos de Banquho y Fléance para inmovilizarla. Hay una mesa cuya madera se ha mojado tantas veces de sangre que ahora es de un rojo apagado. La aprietan contra ella. Con una cuerda le juntan las muñecas y luego le retuercen los brazos por encima de la cabeza. Su mejilla toca la madera, le deja en carne viva la piel contra el encaje del velo. Le levantan la falda y, de repente, la frialdad de la sala sobre las piernas desnudas la hace gritar.

—¡Soltadla! —Oye, pero no puede ver, a Lisander contra los barrotes de la celda—. ¡Despellejad la piel de mi cuerpo, lo ansío, pero dejadla a ella en paz!

Si Lisander pensara con claridad, no haría justo eso, no gritaría. No protestaría por la tortura de una mujer que debería ser su enemiga. Observaría con tranquilidad mientras la flagelan por él. A lo mejor le espantaría el acto bárbaro, pero no protestaría, no. Por suerte, Banquho y Fléance están tan ocupados con su tarea como para prestarle atención. El consumo de las ansias de violencia que han acumulado durante mucho tiempo ahoga todo lo demás.

—Toma. —La voz de Banquho suena áspera—. Yo la sujetaré. Tú empuña el látigo.

Por lo menos oye a Fléance exhalar, un sonido de vacilación. Pero eso es todo lo que hay: un suspiro breve en el frío aire húmedo. Y luego el mismo aire canta cuando alza el látigo y lo baja de nuevo contra la parte trasera de los muslos de Roscille.

El dolor supera la imaginación de una dama noble. Roscille no tiene motivos para haber sentido antes el aguijonazo de un látigo. Eso es para sirvientas y esclavas y muchachas de baja alcurnia que olvidan cuál es su lugar. Cuando llega el primer latigazo, aún puede pensar en medio de la bruma roja de su mente: *Esto es lo peor, los demás serán más soportables.*

Se equivoca. El dolor se acumula como piedras. No es más fácil soportar el látigo solo porque lo espere; en cada ocasión, su piel chisporrotea como aceite de cocinar.

Debe convertirse en animal para sobrevivir. A medida que van cayendo latigazos, Roscille imagina que su cuerpo no le pertenece, que en realidad es una mujer-serpiente como Melusina y que, en vez de piernas, tiene una cola con escamas, gruesa por los músculos y la grasa, que las débiles armas de los hombres no pueden penetrar. Fléance respira con dificultad, ruborizado por el sueño febril de poder. Roscille lo sabe sin necesidad de verle el rostro.

Un grito se le escapa de la garganta. Su mente es roja y roja y roja, asfixiada por la niebla y el aire sucio. A lo lejos, oye el traqueteo de los barrotes de la celda. No sabe si Lisander está pensando en cómo le acarició los muslos, en cómo le masajeó la piel en pleno delirio y en cómo han estropeado esa misma piel, desollada en tiras, fea y pulposa y llena de sangre.

El dolor es tan grande que ocuparía horas enteras, pero una parte minúscula y sin tocar de su cerebro sabe que tan solo han pasado minutos. Suplica: *Parad, por favor, por favor,* pero a lo mejor solo forma las palabras en su mente. Ha dejado de retorcerse contra las manos de Banquho. ¿De qué sirve resistirse? Así solo deleitará más a sus torturadores. Esa es la mayor aspiración de los hombres: sonsacar gritos, ya sea mediante el amor o mediante la violencia, de las bocas de las mujeres.

Intercambian unas palabras bruscas entre susurros, con lo que no las distingue. Pero lo que dicen hace que Fléance se detenga. La ausencia repentina de dolor es un golfo que se llena al instante de miedo, miedo de que el dolor regrese. Como un perro débil y estúpido, Roscille gimotea al imaginárselo.

Banquho la suelta en ese momento. Con los brazos libres y sin nada que la sostenga, el cuerpo de Roscille se desliza sin fuerzas al suelo. La piedra fría es un alivio. Transfiere su insensibilidad a las mejillas de Roscille, a sus manos, a sus muslos aún desnudos. Los hombres intercambian más palabras por encima de su cabeza.

Fléance: Mirad, parece muerta. Si la matamos, Macbeth nunca nos lo perdonará.

Banquho: No, no está muerta. Dejémosla ahí. Se despertará por la mañana y mandaremos a un médico. No es para tanto. Para cuando Macbeth regrese, caminará sin cojear.

Fléance: ¿Está seguro de ello?

Banquho: Sí.

Fléance: Pues marchémonos.

La sala huele a matadero. Roscille yace bocabajo en el suelo. Un líquido resbaladizo le gotea entre las piernas y cae en la piedra. Moverse aunque sea un centímetro es pura agonía. Apenas puede abrir los ojos.

A través de las pestañas húmedas, ve a Lisander, arrodillado en el suelo y con el brazo estirado a través de los barrotes de la celda. Le tapa la mano con la suya. La nota más fría de lo que se había imaginado, pero todo parece frío comparado con el fuego blanco que le recorre los muslos.

—Roscille —susurra Lisander.

—No es culpa tuya. Ha sido mi decisión.

Cree decirlo en alto, pero su voz suena tan pequeña que apenas parece suya.

—Escucha. —Lisander habla en su lengua, en brezhoneg, aunque no tenga motivos para conocerla y, mucho menos, para articular los sonidos con tanta ternura—. Llevo dos días sin dormir. No falta mucho para que se apodere de mí. Por eso voy a contártelo todo antes de que lo veas.

ACTO IV

LES DEUS
AMANZ,
LES DEUX
AMANTS

10

—Había un rey en Alba, un rey virtuoso y noble que quería actuar con justicia y al que alababan con creces. Se casó con una mujer digna, de piel clara y buen linaje. Se querían tanto como el pez quiere el agua, compartían un amor tan profundo que la ausencia de uno de este mundo le resultaba inconcebible al otro. Así pues, mediante la pureza de su amor, la reina se quedó embarazada con un hijo.

»Lleno de fama y orgulloso de tener tan buena suerte, el rey fue a cazar al bosque. Amanecía y sus caballeros y cazadores estaban ansiosos, contentos con su propósito. Buscaban un gran ciervo, uno que pudiera adornar con dignidad el gran salón del rey. El rey iba a la cabeza de la partida, los perros y cazadores le pisaban los talones. Llevaba un escudero a su lado, que cargaba con el arco, el carcaj y la lanza.

»Pero el caballo guio al rey por un camino extraño y lo alejó de la partida de caza. Y entonces vio, bajo un enorme árbol, una cierva acompañada de su cervatillo. La criatura era del blanco más puro. Una hembra, sí, pero con cornamenta.

»*Su pelaje será un excelente trofeo con el que vestir a mi esposa*, pensó el rey. Sacó el arco y soltó la flecha, que acertó a la cierva en la pezuña y la derribó al suelo de inmediato. Sin embargo, la flecha retrocedió y golpeó al rey en el muslo con tanta fuerza que lo llenó de una rabia horrible y repentina.

»La cierva yacía sobre la hierba. Suspiraba con angustia hasta que, sorprendentemente, empezó a cambiar de forma. Adoptó el aspecto de una mujer, hermosa de un modo inconcebible, desnuda y con el pelo del color de los rayos de la luna.

»El rey amaba a su esposa y quería honrarla con el pellejo de la criatura. Pero el simple afecto no puede hacer desaparecer nunca por completo la naturaleza de un hombre. El rey aún albergaba los deseos, las ansias y los vicios de un hombre. Y así, cuando arremetió contra la mujer herida, no fue con la punta de su espada.

»Cuando terminó, la sangre de la mujer empapaba la hierba. Levantó la cabeza con gran esfuerzo y dio el siguiente discurso:

»—Moriré aquí, ay, asesinada por las codiciosas manos de los mortales. Hechicera, diréis que soy; bruja. En los siglos venideros, el nacimiento de los primogénitos en vuestro linaje llevará la marca de mi magia vengativa. Como vos me habéis robado mi forma natural, mi poder también robará la forma de vuestros hijos.

»Y entonces, la mujer, la bruja, apoyó la cabeza de nuevo en la hierba y murió. La tierra devoró su cuerpo de tal forma que, cuando el escudero del rey llegó, solo quedaba el cervatillo, que temblaba y llamaba a su madre. El escudero llevó al rey herido de vuelta al castillo, donde le vendaron la herida y se la trataron. Y cuando vio a su esposa con el vientre hinchado, cayó de rodillas delante de ella y lo confesó todo.

»El rey nunca había sido un hombre especialmente pío. Aun así, a medida que su hijo crecía en el útero de su madre, rezó y rezó con la esperanza de liberarse de la maldición de la bruja. Hizo llamar a sacerdotes, los vistió de oro y mantuvo a una decena siempre a su lado para que rezaran por su absolución.

»Jamás recibió una respuesta de Dios. Su hijo nació envuelto en sangre, sudor y oscuridad, y el rey temió que la maldición pudiera arrebatarle a su mujer también. Ella no murió, aunque el hijo al que dio a luz fue un niño extraño, de pelo oscuro cuando ambos padres eran rubios; de piel pálida cuando su madre y su padre eran rubicundos.

»El niño no durmió durante días. Lloraba todas las horas de la noche, se retorcía a cada momento como presa de una angustia secreta. La reina no podía tranquilizarlo. No quería comer. Y entonces, al fin, cuando cayó en un sueño agitado, el rey vio el fruto de la maldición de la bruja: en la cuna, dormido, su hijo se convirtió en un monstruo.

»En esos primeros días, era fácil contenerlo. La criatura tenía el cuerpo de un niño y la fuerza de un niño. Podían atarlo a la cama. Pero, a medida que crecía, su monstruoso demonio también lo hacía. Construyeron una sala separada para él, sin ventanas y con tan solo una puertecita de hierro, demasiado estrecha para que cupiera la bestia. Todos los criados del castillo juraron guardar el secreto, los obligaron a no hablar sobre los gruñidos que oían por los pasillos, bajo pena de muerte.

»La reina dio a luz a otro hijo y su aspecto y gestos se parecían mucho a los de sus padres; era completamente mortal, no estaba mancillado por la maldición de la bruja. Sin embargo, su nacimiento debilitó a la reina, que murió poco después. Sin su amada, el rey enfermó también, aunque no recibió la misericordia de pasar a una existencia póstuma. Envejeció, y cada día vivía en una agonía que lo mermaba. Su primogénito también envejeció y, con él, el monstruo.

»Presa del dolor y la furia, el rey buscó a todas las brujas y hechiceras en su reino, a cualquier mujer que poseyera alguna peculiaridad. Y, pese a todo, cuando las interrogaba, todas decían lo mismo: que la maldición de una bruja no puede deshacerla nadie, excepto la propia bruja. Y la bruja que había maldecido a su hijo estaba muerta.

»Y así fue como la corona de Alba recayó en un rey débil y fue prometida, por herencia, a un monstruo.

La voz de Lisander disminuye y disminuye en intensidad, hasta que apenas se le oye. Mientras habla, aprieta con fuerza la mano de Roscille. Ella alza la mirada, su mirada desprotegida, y lo mira a los ojos. Brillan como encendidos por antorchas. Tiene las pupilas tan negras que se ve reflejada en ellos. Su rostro, revelado al fin: piel exangüe, barbilla puntiaguda y algo raro, algo que está mal y que no puede nombrar. Una aberración que la atraviesa como una grieta en la tierra.

—Ahora ya lo has oído todo. —La voz de Lisander suena tensa, como si algo le apretara la garganta—. Soy la maldición de Alba y la vergüenza de mi padre. Cualquier afecto que sintiera por mí nació de la culpa y de nada más. Ansiaba nombrarme rey solo porque creía que eso podría absolverlo. Pero con ello liberaría en Escocia la criatura más cruel y vil que existe. A la bestia que soy no le importan las coronas, los rituales o las vidas inocentes.

Con mucha dificultad, Roscille alza la cabeza.

—¿Crees que eso me asusta? —Lisander no contesta. Le pesan los párpados—. No eres un hombre mortal. He visto lo que los hombres mortales pueden hacer. Prefiero un monstruo que muestre abiertamente lo que es.

Nota las piernas tan rígidas que teme no poder volver a moverlas nunca más. La sangre se está secando y la pega al suelo.

—Los barrotes son endebles —susurra el príncipe—. No me contendrán. No sé lo que hará la criatura. Lo que haré yo.

Roscille gira la mano, palma contra palma, y entrelaza los dedos con los de él.

—Quédate. Quédate hasta que ya no puedas más. Por favor.

—Lo haré.

Su voz suena áspera. Tenue.

Roscille cree que puede prepararse para lo que verá, pero aún no ha recuperado por completo la capacidad de pensar. Su mente, atrapada en el animal de su cuerpo, todavía siente el aguijonazo del látigo. Y, pese a todo, no hay forma de prepararse. En la penumbra, ve que la ropa de Lisander se rasga. Los huesos se le aprietan contra la piel. Se oye un sonido húmedo de carne rota (Roscille conoce bien ese sonido) y su pecho pálido e inmaculado ondea con escamas. Son del mismo verde que sus ojos, iridiscentes bajo la luz de la antorcha.

Es horrible, hermoso, horrible, perversamente hermoso. Roscille ve que incluso su forma mortal fue creada para ese cuerpo, una crisálida que contiene amorosamente el monstruo de su interior. El rostro de Lisander se aparta de la luz y, cuando aparece de nuevo, es la cabeza de un dragón. Roscille ha contemplado malas reproducciones de su imagen mil veces en tapices, en los orgullosos banderines del reino de Gales, pero ahora la criatura vive y respira ante ella. Las escamas y los dientes en forma de lunas crecientes son tan grandes como una daga.

Retuerce el cuerpo como la serpiente que es y, cuando se estira hacia delante, despliega las alas de la espalda. Parecen de papel, extrañamente frágiles, como si dudaran antes de volar. Lo último en transformarse es la mano que aún aferra la de Roscille. Los dedos se rasgan con la misma violencia y revelan unas garras en su interior.

Lisander tenía razón: la celda no puede contenerlo. Los dientes del dragón rompen con facilidad el metal y los barrotes como si fueran ramas. Y queda libre. Luego desenrosca el largo cuerpo para que las escamas reluzcan. A Roscille le maravilla la fuerza de su cuerpo, sus gruesos músculos cuando se curva encima de ella con una actitud casi protectora. O puede que posesiva. Los dragones son criaturas celosas, dedicadas a sus tesoros.

Roscille levanta una mano y acaricia el pecho del dragón por la larga línea de su vientre. Las escamas son ásperas y suaves a la vez, como piedras en el lecho de un río. No tiene miedo. Si esta es su muerte diferente, suplicará por ella. Preferiría morir devorada que despedazada pieza frágil tras pieza frágil.

Está bocarriba y tiene al dragón encima. Le arden los muslos. A pesar de ser una criatura de sangre fría, la cercanía de su cuerpo, su presión, calientan a Roscille. Abre la boca para hablar, pero lo único que puede hacer es gemir; un gemido que es mitad dolor, mitad algo más.

Y entonces el dragón se aparta de ella y, batiendo las alas, sube por la escalera y choca contra la puerta. Se oyen gritos cuyos ecos resuenan hasta el calabozo y luego un estruendo metálico. Huele a fuego y ceniza. Es como si esos sonidos pasaran en cuestión de segundos, pero seguro que duran más, hasta que todo se queda en silencio y Roscille sabe que la criatura se ha marchado. Cierra los ojos y deja que las lágrimas le escuezan en las mejillas.

Si lo permitiera, la ironía de la situación la volvería loca: Banquho manda a Senga para que le trate las heridas. Ha decidido que ese es trabajo de mujeres y que es bueno que, después de todo, haya una mujer en el castillo.

Senga la levanta del suelo y la sube a rastras por la escalera hasta su dormitorio. El dolor se ha convertido en un amigo familiar. Roscille no profiere ningún sonido hasta que la deja con poca ceremonia en la cama, y entonces tan solo suelta un resoplido, en parte por el alivio y en parte para expulsar esa agonía demasiado leal.

—¿Esto es por mí? —pregunta Senga—. ¿O por el príncipe que ha escapado?

Roscille aprieta la cara contra el colchón. No puede pensar en una forma de contestar. La pregunta es simple, exige un motivo, pero la respuesta es insondable. Por primera vez desde su llegada a

Glammis, su mente no se retuerce dentro de un abismo estrecho para intentar liberarse poco a poco. Ahora solo es carne envuelta en cordel. Así es como se siente mientras las manos ásperas de Senga le frotan agua fría y ungüentos sanadores de campesinos en los muslos.

No han enviado a un druida o a un médico a hacer ese trabajo porque no quieren que hable con un hombre al que pueda compeler. Las mujeres son inmunes a su hechizo; Barbatuerta lo declaró hace mucho tiempo y Roscille nunca se ha tapado la cara delante de Hawise. Pero poco importa que Roscille apenas se pueda concentrar en no convertirse en cadáver. Le duelen los pechos de tenerlos apretados contra el suelo y ahora contra el colchón.

Transcurre mucho tiempo antes de que el dolor mengüe en algo soportable. Su mente regresa a ella en intervalos dolorosos. Roscille reflexiona sobre lo que ha ido mal. Ha sobrevalorado su propia inteligencia. Subestimado la rabia de los hombres cuando les arrebatan el poder. Se ha dejado llevar por el corazón. Si no hubiera dicho nada con Lisander en la rueda, si hubiera blandido ella misma el látigo, entonces seguiría siendo una reina hecha de porcelana y mármol, sin fisuras en su rostro, sin lampreas mordisqueándole los tobillos y los pies descalzos. Pero su mayor fracaso, quizá, fue haber creído que podría ser mucho más: algo más que el armiño de su padre, con sus dientes despiadados; algo más que lady Macbeth, arrastrada detrás de la voluntad de su marido como un perro en una correa. La arrogancia de desear.

Duerme a deshora y tiene sueños extraños. Al principio, teme que el dolor aparezca en esos sueños, pero no: sueña sobre todo con escamas y dientes. La calidez y la fuerza del cuerpo del dragón sobre el suyo. No se lo cuenta a Senga ni a nadie. Ni siquiera articula esas imágenes en palabras. No sabe cómo hacerlo.

Mientras tanto, Senga le trae comida y noticias del castillo. La comida: pan duro, cordero escocés. Pecaría por una pieza de fruta, fresca con su jugo, lo bastante blanda para abrirla hasta el núcleo con el pulgar. Pero en Glammis no crece nada. Las noticias: Banquho se ha encargado de los asuntos diarios del castillo. Ha dejado de enviar a los druidas a las aldeas, pero ha permitido que Senga se quedase por el momento.

Macbeth regresará pronto.

Fléance va a visitarla una vez. Lleva una bufanda sobre los ojos; así no corre ningún riesgo. La parte de Roscille que sigue siendo una muchacha de diecisiete años, un animal lamiéndose las heridas, quiere insultarlo, decirle que parece una mujer tonta que tiembla y se acobarda ante ella. Casi vale la pena la promesa de más dolor al imaginar cómo se le agriaría el rostro a Fléance con esas palabras.

Al final, lo que dice Roscille es:

—¿En qué estado está tu honor ahora?

Fléance toma aire e hincha el pecho.

—No tenéis derecho a hablarme de honor.

—¿Por qué no? —Roscille se endereza con una mueca. El dolor aún aguarda dentro de ella como una serpiente enroscada, lista para atacar en cualquier momento—. Me has castigado, igual que mil mujeres antes que yo fueron castigadas. No hay honor en eso. ¿Y le dirás a mi marido que te lo supliqué? ¿Que pedí los latigazos por mi fracaso? No me culpará, porque culparme lo deshonrará a él, porque fue él quien dejó Glammis en mis manos. Mis fracasos son sus fracasos. Cíñete fiel a tus mentiras, porque no te salvarán. Si dices que yo carezco de honor, entonces no me queda ningún honor que perder.

Fléance guarda silencio. La herida de su cuello y hombro parece lustrosa, bien curada, discreta. Debe avergonzarle tanto como la herida más vieja de la oreja. Una cicatriz de niño. Un muchacho que juega a ser hombre. Eso es lo único que es y lo único que será. Ni siquiera Roscille pudo convertirlo en algo más.

—Sois una bruja —dice Fléance al fin.

—Y, pese a todo, has jugado muy bien conmigo, con la bruja que soy. Viniste corriendo a socorrer mis estratagemas. Esa vergüenza no desaparecerá, Fléance, hijo de Banquho. Las mentiras que cuentes en esta vida se empaparán de ponzoña durante generaciones. Márchate. No quiero verte más.

Macbeth regresa pronto. Roscille no sale a saludarlo al patio, pero oye la barbacana abrirse con un chirrido y cientos de cascos contra la tierra. Como su habitación no tiene ventana, no puede verlo, no puede ver si regresa sonriendo mientras ondea orgulloso la bandera de su clan, cubierto de polvo y sangre, pero dichoso por su triunfo violento. Eso es lo mejor que puede esperar.

Roscille ha tenido mucho tiempo para reflexionar sobre qué le dirá. Pero la respuesta correcta es: nada. Eso es lo que más quieren oír los hombres de las mujeres. Él organizará su mundo y Roscille se deslizará sin palabras en el lugar que Macbeth disponga para ella. Se siente nueva en Glammis otra vez, una esposa extranjera ojiplática, que vacila a la hora de hablar escocés y se esconde bajo su velo. Aún tiene los muslos en carne viva, por lo que no puede dormir bocarriba. Se tumba sobre el vientre, con el vestido levantado por las caderas para mantener el dolor a buena distancia.

Unos pasos duros sobre el suelo la sobresaltan en la cama. Son los pasos de su marido, los de un guerrero, inflexibles e inquebrantables. Otros pasos más suaves, indecisos, lo siguen.

Macbeth abre la puerta con dos sirvientes pisándole los talones. Roscille levanta la mirada despacio, debajo de su velo, para verlo entero. No tiene sangre en la barba, pero está cubierto de sudor por el largo viaje; tiene el rostro enrojecido e irritado por el viento. Luce unas arrugas en la frente que Roscille no recuerda haber visto cuando se marchó. En cuanto se acerca a ella, se percata con sorpresa de que esos pasos arrogantes no eran suyos. Su marido cojea.

La turbación de esta rabia hace que olvide su plan de mantenerse callada.

—Mi señor —dice con alarma—. Estáis herido.

—No es nada.

Los criados cargan un gran baúl entre los dos. Por cómo les tiemblan los brazos, Roscille sabe que pesa, que está lleno. Siguiendo las indicaciones de Macbeth, lo depositan en el suelo delante de él. Luego los echa de la habitación.

—¿Puedo examinaros la herida? —pregunta Roscille con docilidad. Es una estupidez; ella no es druida ni doncella. Pero no sabe qué hacer. Nunca ha imaginado a su marido como falible. Siempre le ha parecido tan impenetrable como la piedra.

—Olvídate de la herida. Banquho me ha contado lo que ha sucedido aquí en mi ausencia.

El miedo le inunda el estómago. Y luego hace lo segundo que puede hacer una mujer. Se lleva las manos al pecho y dice:

—Mi señor, lo siento tantísimo. Os he fallado, os he deshonrado. Me merezco todos los castigos.

Pero a Macbeth no le satisfacen sus ruegos. Debería haberlo sabido: su marido es un hombre mortal, pero no común. Busca casarse con brujas. Quiere mujeres con dientes. Aunque no demasiado afilados, claro.

—Olvídate también del honor. Ya he oído suficiente esa palabra en boca de Banquho, honor y honor y honor. Basta. Estoy cansado. El honor es algo imaginario, el refugio de los hombres débiles. Solo el poder es real. Así que escúchame, lady Macbeth. He conquistado Moray. Me pertenece. He lanzado la corona de Duncane al fuego y con sus restos fundidos me he forjado la mía.

Roscille alza la mirada hacia él y moldea su rostro en una máscara de admiración.

—Futuro rey.

—Y muchos de los aliados de Duncane han renunciado a sus promesas y me sirven a mí. Los barones que no lo hagan serán destruidos de inmediato, para que Æthelstan no los tenga tampoco. Esas bestias necias olvidan lo mucho que los ingleses odian a Alba. El león y el unicornio nunca estarán en paz.

Sus palabras resuenan como truenos. El odio entre los ingleses y los escoceses es tan antiguo como el propio mundo. Y, con cada año que pasa, más sangre riega las raíces y hace crecer de nuevo la animosidad.

—Eso es bueno —dice Roscille con vacilación—. Toda Alba se arrodillará ante Macbeth.

Él asiente una vez.

—Por eso te he dicho que te olvides del honor. Olvida las pequeñas heridas. La huida del príncipe es lo mejor que podía desear. Ahora toda la isla sabrá que el linaje de Duncane produce monstruos. He enviado mensajeros a todas partes para divulgar la noticia. Los bardos cantarán canciones sobre él en todas las cortes nobles. Los pregoneros lo gritarán en la calle. Y el hombre que me traiga la cabeza del dragón recibirá tal recompensa que a sus hijos no les faltará de nada mientras vivan.

Durante un momento, Roscille no comprende las palabras.

—Pero ¿cómo va a matar alguien a una bestia como esa? —consigue decir al fin con un hilillo de voz.

—Se puede matar a cualquier bestia. —Macbeth fija la mirada en ella—. Abre el baúl.

Tiene que arrodillarse para abrirlo. Doblar las piernas así es un tormento, pero se muerde el labio para que no se le escape la protesta que le sube por la garganta. Mueve con torpeza el cierre. Le tiemblan los dedos, débiles después de tantos días sin usarlos, cuando no podía ni sostener una pluma. Con gran dificultad, lo abre y levanta la tapa.

Dentro hay un nido de pelo blanco, tan pálido y puro como la nieve. Roscille parpadea con incredulidad. Muy despacio, mete las manos dentro del baúl y lo saca: la capa.

Sostiene esa cosa muerta con las manos. Al girarla, ve el pelaje suave de un conejo; incluso las pequeñas patas están intactas. Luego está el zorro, con la larga cola tupida. Un pájaro, un cisne, con plumas tan lisas como una flecha. El pelo greñudo de una cabra montesa, cepillado hasta dejarlo limpio. El armiño, la criatura del escudo de armas de Alan Varvek.

La capa tiene capucha, aunque no es lo habitual en una capa para una mujer. La crin de un caballo recorre la espalda como si fuera la columna. Roscille la acaricia con los dedos, incrédula. Su mente solo le proporciona una palabra que se repite una y otra vez: no y no y no y no. En lo alto de la capucha hay dos orejas, aplanadas, como si la criatura tuviera miedo incluso muerta. Y luego está el cuerno, con su espiral iridiscente como una caracola, hasta la punta reluciente.

Lo ha conseguido. Ha cumplido con la condición que ella creía imposible, porque solo existen seis animales blancos que vivan en Escocia y uno de ellos es el unicornio. No lo creía capaz, no creía que el rey de Alba fuera a matar con tanto descaro el símbolo de la misma Alba. Pero Macbeth se atreve con cualquier cosa.

—La maldita criatura atravesó a dos perros —dice Macbeth—. Nunca hay que cazar con los perros de otro hombre, con perros que no has alimentado con tu propia mano. Fue error mío y nunca lo cometeré de nuevo. Ni tampoco hay que hacerlo con hombres que no sean de tu clan, otro error. Uno de ellos corría con torpeza y me rozó con la lanza. Hice que lo encadenaran al cepo durante dos días y medio. —Resopla—. Otro rey lo habría roto en la rueda. Así sabrán que Macbeth es un hombre justo y puede ser misericordioso.

Mientras habla, empieza a quitarse el tartán. Roscille está demasiado espantada para moverse y su voz pasa por encima de ella como agua. Aparta la tela negra a un lado. Debajo hay una mancha que se expande despacio por los calcetines de lana, de un color azul ennegrecido. Una herida, sin curar. Roscille se imagina la lanza deslizándose sobre la piel tierna en la parte posterior de la rodilla (le cuesta imaginar cualquier parte de Macbeth que sea *tierna*) y la mirada de espanto del otro hombre al saber que ha cometido un error imperdonable. Se imagina a su marido escupiendo veneno y rabia.

Ajeno a su pavor, o quizá le dé igual, le dice:

—Póntela.

La capa. Se refiere a la capa. Roscille se coloca poco a poco los seis animales muertos sobre los hombros. Hay un broche en la parte delantera donde la boca del armiño se une a su cola en un círculo perfecto alrededor de la garganta. Sobre él reluce el rubí color sangre.

Macbeth la contempla durante un rato largo. Luego estira el brazo y le agarra la cara con la mano. Le sostiene la barbilla con dos dedos y le gira el rostro hacia un lado y hacia el otro, como si examinase un trozo de cerámica en busca de grietas.

—Preciosa —declara al fin. El orgullo en su voz es como si fuera el primero en pronunciar esa palabra, como si la palabra fuera una bandera que ha clavado en ella. Nunca le había recordado a Barbatuerta hasta este momento. Pero lo dice en el mismo tono que su padre cuando proclamó: «A lo mejor sí que te maldijo una bruja».

—Gracias, mi señor —responde Roscille en voz baja—. Me honráis con este regalo.

Se percata demasiado tarde de que ha cometido un error. Nubes de tormenta recorren el rostro de Macbeth.

—Te he dicho que ya no me interesa esa palabra. Esa virtud es inferior a mí.

—Lo siento.

Roscille baja la mirada al suelo.

O, al menos, lo intenta. Macbeth le levanta de nuevo el mentón, con lo que la obliga a mirarlo otra vez a los ojos. El hombre ladea la cabeza, como si reflexionase. Entonces dice:

—Enséñamelo.

La cabeza le da vueltas.

—¿El qué?

—Banquho me ha dicho lo que ha ocurrido en mi ausencia. Me gustaría ver el estado del cuerpo de mi esposa.

Durante un instante, Roscille se transforma en piedra. Todos sus pensamientos se convierten en nada y la abandonan como el humo. La presión de los dedos de Macbeth en su barbilla la trae de vuelta a sí misma, lo suficiente para seguir sus órdenes de memoria. Con movimientos lentos y vacilantes, se desabrocha la capa, que se desliza hasta el suelo y se queda amontonada alrededor de sus pies como nieve. Va descalza, ha ido descalza durante días, los días en los que solo ha dormido y vivido con el dolor en su cama como si fuera un amante.

Macbeth la suelta y ella le da la espalda. Apoya las manos en las caderas. Solo lleva uno de los vestidos que Senga le bordó al estilo de Alba. Es un bordado sencillo, apagado, que en la corte de su padre se consideraría feo. Le tiemblan los dedos al levantarse la falda y desnudar la parte posterior de sus muslos a Macbeth.

Oye el suspiro que suelta. Lo oye acercarse más, agacharse para examinarla. Sabe que la tocará, pero, cuando lo hace, debe morderse el labio para no proferir ningún sonido. Le toca la piel de los muslos, la amasa con un escrutinio distante. Las lágrimas acuden a sus ojos. Macbeth debe saber que le duele, pero le da igual.

Su marido se levanta de nuevo, con un suspiro que en esta ocasión revela su propio dolor que sale en espiral desde la herida de la rodilla.

—Mírame —dice. Roscille deja caer la falda y se da la vuelta—. No deberías haberlo permitido.

Su corazón se salta un latido.

—¿Por qué?

—Lord Varvek juró que la hija que me ofrecía era la doncella más hermosa del mundo. Has desgraciado tu propia forma y disminuido el valor de nuestra alianza matrimonial.

A Roscille se le cierra la garganta. Apenas puede decir:

—Lo siento.

—No lo sientas. Eres reina.

Y entonces Macbeth acorta el espacio entre los dos y junta ambas bocas. La besa a través del velo. El encaje le deja los labios en carne viva. Macbeth le rodea la cintura con las manos para acercarla más a él y ella se siente tan pequeña como una niña, como una muñeca. Consigue retorcerse hasta liberarse y rompe el beso forzado.

—Hay una condición más… —empieza a decir. Pero Macbeth tiene los ojos negros.

—Ya está bien, Roscilla. He consentido esta costumbre y tus deseos frívolos durante demasiado tiempo. Eres mi esposa y este es tu deber. Soy tu marido y este es mi derecho.

Roscille estira el brazo para agarrar el velo y arrancárselo, pero él le atrapa las manos en los costados. Solo necesita un brazo para hacerlo. El otro lo estira y apaga las velas con el índice y el pulgar. La habitación se sume en la oscuridad.

La traslada a la cama y le aparta el vestido de la espalda. El aire frío le chisporrotea sobre la piel. El cuerpo pesado de él se arquea sobre Roscille. Y entonces Macbeth, barón de Glammis, barón de Cawder, rey de Alba, el hombre pío, toma lo que le corresponde.

Está muy enojada consigo misma por lo siguiente: su silencio.

En la abadía de Naoned había un libro de santos en el que se relataban sus distintos martirios. Roscille recuerda haber leído sobre una mujer a quien mataron por no renunciar a su fe en Dios. La quemaron viva en una hoguera. Según el libro, no protestó, ni siquiera gritó a medida que las llamas devoraban su carne. Roscille robó el libro de la biblioteca de los monjes y se lo llevó a su padre. En esa época aún era lo bastante necia para creer que Barbatuerta tenía interés en cultivar la mente de su hija bastarda.

—¿Qué sentido tiene que te martiricen si no gritas? —preguntó Roscille—. ¿No creerán que no te importa tu vida y que por eso no protestas por que llegue a su fin?

El duque la miró con un interés tibio.

—Ningún tormento terrenal supera lo que nuestra imaginación puede concebir —contestó—. A esa muchacha no le hizo falta gritar. Todos los que la vieron arder se imaginaron su dolor. El dolor es la protesta.

II

El amanecer se desliza por las estrechas grietas en la pared. Es una luz sosegada, gris. Roscille está tumbada de lado con las mantas por encima y las manos juntas debajo de la mejilla. A su lado, el cuerpo de Macbeth sobresale de entre las sábanas. Sus hombros desnudos suben y bajan cuando respira larga y profundamente mientras duerme.

Roscille lleva horas así, horas que no ha podido ocupar con el sueño. El tiempo ha pasado por ella como el aire a través de una cáscara vacía. Sigue pasando, aún. Lo raro es que descubre que ya no tiene miedo a nada, ni siquiera al dolor de mover las extremidades. Al fin y al cabo, ya no las siente como suyas. Se mueve en pequeños impulsos rígidos. Saca los brazos de debajo del cuerpo. Se apoya en los codos. Luego en las rodillas. Las mantas caen de su cuerpo. Mira a Macbeth para asegurarse de que no se ha movido. Respira de forma constante.

Roscille examina la habitación, inundada de luz. Su vestido tirado en el suelo, con las cuidadosas puntadas de Senga rotas. Las sábanas blancas que se curvan hacia arriba y hacia abajo, con sangre en distintas etapas de envejecimiento. Sangre más vieja, seca y grumosa, como óxido. Sangre más nueva, de un rojo chillón brillante y tan húmeda que su dedo se mojará de rojo si la toca. Cuando se pasa la mano por la parte posterior de los muslos, solo extrae trozos negros y duros de sangre. La que hay entre sus piernas está más reciente, líquida todavía.

La capa está amontonada en el suelo, donde la dejó. Se arrodilla con un relámpago de dolor y se la lleva al pecho. Para su sorpresa, es suave y podría pasarse horas palpando cada nivel de suavidad, plumas versus pelaje, y el brillo del cuerno de unicornio. El resto de sus vestidos están guardados en el baúl a los pies de la cama. Teme que, si lo abre, Macbeth se despertará, así que se pone la capa por encima de los hombros, se la abrocha sobre el hueco de la clavícula y cruza los brazos sobre el pecho para tapar su cuerpo desnudo.

Agarra una cosa más de la mesita junto a la cama y luego sale en silencio por la puerta.

Recorre los pasadizos serpenteantes, con el mar que sube y baja a sus pies. Sale al aire permeado de sal del patio. Le escuecen los ojos. No hay nadie para detenerla. Ni siquiera los caballos relinchan en los establos mientras exhalan nubes pálidas por la nariz. Recuerda el frío que pasó la primera vez que estuvo en este patio. Ahora ni siquiera tiembla.

La barbacana está cerrada, como es natural, por lo que debe pasar entre los barrotes. Le resulta bastante fácil, porque nadie diseña la defensa de un castillo con el cuerpo de una mujer en mente. Pisa descalza la hierba áspera de la colina. El rocío le moja la piel expuesta. Detrás de ella oye el rumor insistente del océano, pero Roscille no busca su dureza y determinación, su marea aplastante y abrumadora. Se pone enferma con tan solo imaginárselo. Así que decide bajar por la colina; las plantas de los pies le duelen por la inclinación del suelo.

Se detiene en una pequeña arboleda. Los árboles relucen de un verde imposible, como si los hubiera alimentado una tormenta reciente, aunque lleva semanas sin llover en Glammis.

El claro sigue tal y como lo recuerda, aunque la sangre de Fléance no empapa ya la hierba. La última vez que estuvo allí era lady Roscille, aún tenía dificultades con su nuevo reino, nuevo idioma, nuevo nombre. Y ahora todo eso se desprende de ella como la piel de una serpiente.

El tupido tejido de las ramas protege el claro del viento; no se oye ningún sonido, excepto sus pasos al acercarse a la charca. El agua está clara y le muestra su reflejo ondeante. Roscille se observa desaparecer en él. Primero los tobillos, luego las piernas, las caderas y los pechos, hasta que el agua le llega por la garganta. El pelo le flota en mechones de un blanco plateado.

Siente que la sangre se disipa, pero curiosamente no mancha el agua. La charca permanece clara como una piedra preciosa que refleja la luz. Nota las piernas resbaladizas y, cuando se toca los muslos, la fea textura de las cicatrices ha desaparecido. El agua la sostiene en una suspensión perfecta. No necesita patalear para mantenerse a flote.

Ese momento también está suspendido en el tiempo. No se oye el canto de los pájaros, ni los grillos madrugadores, ni correteos por la maleza. Es un lugar de cuento, vivo gracias a una magia antinatural. O eso le parece. De repente, el sonido regresa: los pájaros gorjean en las ramas, los grillos cantan, los animales parpadean con sus ojos amarillos desde las raíces. El alivio que siente es como soltar aire contenido. Se toca. El dolor ha regresado también. Pero se aleja de ella con cada segundo que pasa, mientras se hunde más y más en el agua. Hasta que al fin se cierra sobre su cabeza.

Se ha resistido mucho a esa muerte en el agua, ha luchado y se ha retorcido contra el destino de Hawise y la primera esposa. Ahora parece que es el único poder que le queda. A lo mejor la primera esposa pensó eso mismo también.

Sumergida, oye un sonido apagado, grande y pesado, y sale a la superficie presa del pánico. Oye ramas que se apartan y palos que se rompen. Se da la vuelta y nada hacia atrás, hasta un sitio donde puede apoyar los pies. Sigue medio hundida, con tan solo la cabeza y el torso sobre la superficie, cuando la serpiente repta hasta el claro.

Parece más grande y más pequeña que la primera vez que la vio, en el lodo y la oscuridad del calabozo. Tiene el cuerpo alargado, con músculos palpitantes y escamas lustrosas. Su cabeza es enorme, más de la mitad de la envergadura de sus brazos. La cola siega la hierba al moverse. Los escudos que se alzan en su espada hacen que parezca más una criatura de agua que de fuego, aunque Roscille capta el olor a humo que tiñe el aire de un color grisáceo. Entre las piedras y el hierro oxidado del castillo, esa criatura era una abominación, una ofensa a la naturaleza, algo imposible de comprender. El tono verdoso de sus escamas era más vívido que cualquier cosa que hubiera visto.

Pero aquí es del color de las hojas alimentadas por la lluvia, de la hierba que ha estado protegida de los vientos toscos y violentos. Atrae hacia sí la luz del claro, la reúne y la acumula en el largo receptáculo de su cuerpo. La criatura encaja bien aquí, como las piedras en el lecho de un río.

Y Roscille no tiene miedo.

El dragón se acerca a ella: despacio, como la criatura viperina que es. Ladea la enorme cabeza como para examinarla desde todos los ángulos. Roscille sabe que las serpientes solo ven a través del movimiento. Quedarse quieta la volverá invisible, así que da un paso tembloroso hacia delante y sale más del agua hasta que le queda por las rodillas, con el resto del cuerpo desnudo, a la espera. Carne y músculo, ambos gruesos, una comida de leche y miel para esta criatura, si es eso lo que desea. Observa esos ojos sin párpados. Intenta encontrar a Lisander ahí dentro.

Pero entonces el dragón se lanza a por ella y corta el agua con las garras. Su cuerpo musculoso la envuelve, la constriñe. Así comen las serpientes; Roscille lo ha visto en la víbora con su desventurado ratón. Sin embargo, no ejerce tanta presión como para causarle dolor. Solo es eso, presión, y cuando con el vientre le raspa los pechos, nota una sensación palpitante y bastante alejada del torso; ambos puntos parecen conectados por una cuerda tensa.

Consúmeme, piensa. *Poséeme como desees.*

Y entonces, se desliza. Las escamas se suavizan. La musculatura del cuerpo serpentino disminuye hasta que nota la terneza de la piel y los huesos protuberantes de abajo. La metamorfosis es más rápida que el paso de ninfa a árbol, de pescado a flor. No hay garras, ni dientes, tan solo la piel desnuda de Lisander, su mano que le agarra el pelo húmedo y su aliento cálido contra la garganta. Ensancha el pecho.

Roscille lo agarra por los hombros y lo acerca a ella hasta que sus cuerpos parecen sangrar juntos.

—Tú —suelta.

—¿Por qué no has huido? —le susurra él contra el cuello.

—Elijo esta muerte por encima de cualquier otra.

La saliva baja por la garganta de Lisander al tragar.

—Creo que la criatura, mi criatura, no te hubiera hecho daño. Aún poseo cierta… conciencia. Me transformo, pero no desaparezco. —Toma aire—. Sin embargo, es una maldición más vil de lo que imaginas, Roscille. No me arrebata mis deseos, sino que transfigura mis impulsos más básicos, los torna monstruosos. Soy yo, pero más auténtico de lo que cualquier hombre mortal podría ser.

Lisander se inclina hacia delante para apoyar la cabeza en el hombro de Roscille. Es una postura de penitencia.

—Creo que yo soy similar —susurra ella—. Si hay una bruja a la que agradecerle mi maldición, no fue porque me cambiase, sino por revelar mi auténtico ser.

Con una premura repentina, él le agarra la cara con las manos. Le relucen los ojos.

—A lo mejor huirás cuando te confiese lo siguiente —declara con voz ronca y atormentada—. No te dejé sola en ese calabozo porque quisiera abandonarte en tu sufrimiento. Temía que la criatura pudiera causarte un destino peor del que ya soportabas. La criatura quería... yo te quería del mismo modo que un hombre desea a una mujer, pero camuflado en un espejismo peligroso de garras y dientes.

—Entonces la bestia es más humana que cualquier otro hombre mortal —replica ella con amargura—. Resistir ese impulso... huir en vez de devorar...

Le aparta la mano de la cara y la guía, despacio, al punto entre sus piernas. Lisander debe de notar la sangre nueva ahí, las heridas de una tortura que no tuvo la desdicha de presenciar. De repente, se torna frío como la piedra.

Pero ella lo guía más adentro e introduce los dedos de Lisander en su interior.

—Roscille...

—No —dice ella, con la voz quebrada—. Por favor. Déjame disfrutar de este placer que he elegido yo.

Lisander no habla, solo traga saliva de nuevo, con fuerza, y mueve la garganta. Y entonces, sin decir nada, se arrodilla.

Su mano se aventura con vacilación y la apoya con cuidado en la parte trasera de los muslos para palpar el paisaje irregular de cicatrices. Desaparecieron durante un momento cuando el agua peló la piel fea y la renovó. Pero ese instante fue un parpadeo y han regresado. Roscille tiene miedo de que ahora la considere una criatura rota de la que compadecerse. No lo soportaría.

Se arrodilla a su lado en el agua y acerca la frente a la de Lisander.

Y lo besa. Es un beso despiadado. Pero siente la vacilación del príncipe, la forma en que sus labios se abren con torpeza debajo de los de ella, hasta que se aparta y dice:

—No me conviertas ahora en el monstruo con este cuerpo humano.

Roscille sacude la cabeza con ferocidad.

—Me he alejado de mí. Ayúdame a regresar, por favor.

Esta vez, cuando lo besa de nuevo, él no se aparta; la obedece sin remordimientos. Sus cuerpos se unen, entrelazados por las caderas bajo la superficie del agua. Es tan fácil la forma en la que él se desliza dentro de sus muslos, la forma en la que él se introduce dentro de ella, que casi parece una posesión amorfa, espiritual. Acepta cualquier dolor que llegue. Es suyo, un dolor al que da la bienvenida; no pertenece a ninguna otra criatura, a ningún otro hombre. Y entonces llega el placer para igualar al dolor y el éxtasis fluye junto a su agonía como dos cuerdas paralelas que se entrelazan en el punto palpitante al fondo de su vientre.

Cuando el nudo se deshace, le envía temblores por todo el cuerpo, hasta las puntas de los dedos. Lisander se estremece. Por debajo de sus caderas unidas, el agua florece de rosa como una flor.

Se tumban en la hierba como una ostra abierta, cara a cara como dos mitades iguales; sus narices son el punto de unión. La luz matutina se filtra por las hojas. El castillo despertará pronto, su marido también despertará y la buscará. Roscille cierra los ojos y respira.

—¿Qué voy a hacer? —susurra cuando los abre de nuevo—. No tengo nada a lo que volver, tan solo cadenas.

Las pestañas de Lisander se mueven. Roscille capta su cansancio; el sueño se apoderará de él en cualquier momento. Quiere que le diga: *Pues quédate*. Pero no puede. La criatura es un fuego que lo lame de dentro hacia fuera. Con la voz cargada de cansancio, Lisander dice:

—Estaré aquí, mientras pueda ser yo mismo.

—No —responde ella con un relámpago de pánico—. Macbeth te busca. Ha difundido la noticia sobre el dragón desde una punta de la isla hasta la otra. Ofrece una fortuna sin igual al hombre que le traiga tu cabeza.

Al oírlo, Lisander se remueve y parpadea.

—Evander nunca negociará con él.

—Eso ya le da igual. Dice que toda Alba se arrodillará ante él y que derrotará a Æthelstan sin dificultad.

—No lo conseguirá. El ejército de Æthelstan es más grande de lo que Macbeth puede reunir aquí, eso si no muere antes de una puñalada por la espalda.

Roscille no está tan segura. Banquho ha vuelto a su lado, la mano derecha de su señor. Fléance ha escapado de los grilletes que Roscille intentó imponerle. Todos los planes que ideó con tanta astucia al final no le han servido para nada. Su padre la vendió como esclava de placer y ahora, de hecho, lo es; ha dejado de ser un sagaz armiño disfrazado con encaje matrimonial. ¿Cuánto tiempo pasará hasta que se quede embarazada y lady Macbeth pisotee a Roscille?

—No me volverás a ver. —Roscille se lleva la capa al pecho y la sujeta con fuerza, aunque no le proporciona ningún calor—. Seguiré el destino de su primera esposa. Ahora lo sé.

Lisander se endereza con el ceño arrugado.

—¿Cómo conoces el destino de su primera esposa?

—También fue una mujer marcada por una bruja. No es difícil adivinarlo.

El príncipe arruga más el ceño. Roscille adora la forma en que parece casi un niño en ese momento mientras reflexiona para sí.

—Antes, Macbeth era un lord olvidable. Su padre era barón de Glammis, sí, pero él fue el segundo hijo y nadie esperaba que heredara el título. Su hermano mayor era guerrero, uno que los escoceses respetaban por encima de los demás, con cicatrices de guerra y listo para la batalla. Era de esperar que olvidaran a Macbeth, como suele ocurrir con la mayoría de los hijos segundos.

»Como no podía exhibir un prestigio envidiable, eligió a una esposa sin consultar al rey. Esa mujer era viuda. Es extraño que una mujer quede viuda tan joven y sin niños de su primer matrimonio con otro lord de Escocia. No poseía una belleza especial ni tampoco encanto. Su casa no era grande. Cuando Macbeth la eligió, muchos se quedaron desconcertados. Incluso entonces, aunque no fuera a heredar nada, se sabía que era hábil a la hora de entablar relaciones. Los escoceses no respetan esta virtud tanto como lord Varvek, por supuesto. Aun así, a todos les pareció raro.

»Esta mujer no era demasiado apreciada, ni siquiera en la casa de Macbeth. Trataba con crueldad a los criados, no recibía visitas. Curiosamente, a Macbeth no le importó. Insistía en que su matrimonio era por amor. Una cosa ajena a los escoceses. Pero a mi padre le conmovió este sentimiento. Su matrimonio también había sido por amor.

Lisander esboza una sonrisa torcida, carente de humor.

Roscille presta atención y nota que el corazón le resuena en el pecho.

—Prosigue.

—Así pues, esta mujer, esta lady Macbeth, decidió celebrar un banquete para la familia de su marido, a quienes había mostrado poco aprecio hasta entonces. El padre de Macbeth acudió al banquete y su hermano mayor también, por supuesto. Fueron esposas e hijos. No había nada insólito en ello, hasta que sirvieron la comida. Se rumorea que el estofado sabía raro, pero quedan pocos que puedan recordarlo. Porque cualquier persona que tocó esa comida con la lengua empezó a toser con fuerza. Sus rostros se tornaron azules. Se les cerró la garganta. Lady Macbeth les había dado veneno. Todo el clan de Macbeth, asesinado. Mujeres y niños también.

A Roscille se le enfría la sangre.

—¿Cómo? —consigue decir—. ¿Cómo es que no ejecutaron a Macbeth por este crimen? Por parricidio, filicidio. Su alma está condenada para siempre. Nada la purificará.

—Porque dijo que fue cosa de su esposa, que ella ansiaba que se convirtiera en barón de Glammis. —Lisander calla un momento—. Vinieron el rey y el canciller. Encontraron bayas venenosas en los aposentos de lady Macbeth. Pudo introducirlas con mucha facilidad en la comida.

No hay nada que ansíen más los hombres que demostrar que tienen razón. La esposa de Macbeth era extraña, por lo que tuvieron razón al sospechar de ella desde el principio. ¡Qué astutos! ¡Qué perspicaces! Así se habrían considerado mientras se pavoneaban con su ropa inmaculada.

—La ejecutaron por ello, claro —dice Roscille y cierra los ojos. La oscuridad de su visión está punteada de rojo.

—No —contesta Lisander—. Organizaron un juicio. En esa época, mi padre aún imitaba las costumbres civilizadas de Inglaterra y Roma. Debían mantener a lady Macbeth en grilletes hasta que la llamaran ante un juez y un jurado. En esa misma vieja celda del calabozo. —Su mirada viaja más allá de Roscille al recordarla—. Yo era un niño por aquel entonces. Solo la vi en una ocasión, un encuentro fugaz en el pasillo. Ya llevaba los grilletes. No había nada que destacase en ella, excepto sus ojos. Eran muy pálidos, casi como el agua. —La mente de Roscille, que lleva mucho tiempo dormida, atrapada en la estrecha constricción del dolor, asfixiada, silenciada, empieza a revolverse de nuevo—. La mañana del juicio, dos hombres debían traerla desde el calabozo. Pero encontraron la celda vacía, aunque la puerta no estuviera abierta. Fue como si se hubiera deslizado entre los barrotes. Hicieron sonar las campanas del castillo del mismo modo que cuando ven un ejército en el horizonte. La búsqueda fue larga y desesperada. Al fin, un criado observador descubrió el vestido de una mujer en el agua junto a los acantilados;

se removía en la espuma como si fuera parte de una colada. Recuperaron el vestido, pero no el cuerpo de lady Macbeth.

—¿Y no hubo otros intentos de búsqueda? ¿Se contentaron con creer que se había ahogado?

—No había nada más que creer. Desapareció, como un espíritu que hubiera abandonado su receptáculo.

Roscille mira los ojos de Lisander y deja que su mirada verde le devuelva el reflejo. Por fin se contempla de verdad. Ve el rostro que acobarda y asusta a los hombres. Ve sombras de su padre en pequeñas proporciones: la elegancia de su mentón, los pómulos altos que sobresalen. Barbatuerta nunca reclamaría el parecido; a lo mejor estaría ciego por completo ante él, como una criatura nocturna poco acostumbrada a la luz.

—No has dicho nada sobre la madre de Macbeth.

—No la conocí. Murió, creo, mucho antes de mi nacimiento. Circularon algunos rumores sobre que las mujeres en Glammis eran víctimas de destinos insólitos, pero…

—Seguro que hay algún registro de ella —lo interrumpe Roscille—. Puede que de la madre no. Pero ¿de la esposa? Un nombre, al menos.

Lisander asiente despacio.

—El nombre sí lo sé.

El nombre sube desde la garganta de Lisander, flota en sus labios y cuelga en el aire entre los dos. Y luego se presiona contra Roscille, con el calor y la pesadez de un hierro candente para marcar su piel desnuda. Ese dolor, ese otro dolor que ha elegido, hace que la sangre le fluya con una vitalidad que no había sentido en mucho tiempo, como si fuera un cadáver revivido.

Roscille estira las extremidades. Se levanta y, con las dos manos, levanta a Lisander con ella.

—Debes irte —le dice—. Prométeme que te mantendrás a salvo. Lejos de aquí. Libre.

—No disfruto de la libertad sin ti.

—Por favor.

—¿Qué vas a hacer, Roscille? No me pidas de nuevo que me marche, no puedo. Este anhelo me inunda incluso cuando me convierto en la bestia. Puede que entonces sea incluso mayor.

Los sonidos naturales del claro los rodean. El canto de los pájaros, el chirrido de los grillos, el andar de los animales. La hierba, bajo sus pies, está húmeda con las huellas de sus cuerpos. Con suma facilidad Roscille podría regresar al agua y mantener la cabeza debajo de la superficie hasta convertirse ella también en parte del claro cuando sus huesos cayeran al fondo y los peces plateados nadaran por la catedral vacía de sus costillas. Lo haría con la misma facilidad con la que Lisander abandonará su piel humana cuando el cansancio le obligue a cerrar los ojos.

También se plantea huir, cómo no. Pero las lanzas de los hombres los encontrarán antes de que puedan llegar lejos. El fulgor de su capa es como un faro para las flechas; por eso el armiño solo cambia su robusto camuflaje marrón con la primera nevada.

—Tú también me atormentas —dice al fin—. Nunca estaremos separados si somos el fantasma del otro.

Lisander le agarra el rostro con las manos y la besa. No la suelta hasta que empiezan a aparecer sus escamas.

Roscille recoge la pesada capa y se tapa con ella. Arropada con astucia entre sus pliegues, justo donde la piel del conejo se une a las plumas del cisne, la llave de hierro vibra con una calidez mística.

Si no puede tener seguridad, si no puede tener amor, al menos podrá tener esto. Venganza.

Macbeth debe de seguir dormido, porque Roscille puede atravesar la barbacana y entrar en el castillo sin que la vean. La luz sigue siendo de ese mismo gris reumático, como si el sol estuviera retenido. A lo mejor el tiempo se ha ralentizado alrededor del claro, como el agua del río que se congela en invierno y el hielo que rodea las piedras. Recorre los pasillos y persigue el sonido del océano. La llave, la cerradura. La quemazón áspera de la sal sobre su piel, su crujido hostil. La oscuridad es como un muro de humo. Roscille no duda en esta ocasión. Se adentra en el agua.

La antorcha cobra vida, extiende las llamas para iluminar las extremidades blancas y torcidas de las mujeres, que rodean el aire negro. Alzan la ropa mojada del agua, luego la bajan y la levantan de nuevo con el ritmo tortuoso de la marea. Mueven los pies encima de la arena y la piedra. Arrastran las cadenas como cáscaras por el fondo marino. Toda la piel y la tela que se pega a sus huesos tirantes parece translúcida, como los vientres de los peces de piel fina.

Hasta entonces, Roscille ha ido por la vida con la ceguera de una mortal. Sin embargo, ahora se acerca a les Lavandières sin miedo. Ellas también se aproximan. La rodean hasta que pueden tocarla. Roscille no necesita la antorcha para ver. De hecho, cuando cierra los ojos, su visión se quiebra con color. Humo y verde y púrpura y miasmas. Recuerdos que no son suyos.

Abre los ojos.

—Te conozco.

La bruja del centro responde con sequedad:

—Has tardado en cortar tu visión terrenal. Roscille. Rosele. Rosalie. Roscilla. Lady Macbeth.

Roscille fija la mirada en esa bruja.

—Lady Macbeth.

La bruja parpadea despacio, como un gato. Una serpiente. Las otras dos prosiguen con la colada. Solo ahora capta las diferencias entre las tres, cuando antes parecían copias unas de otras. La bruja de la derecha es la mayor, arrugada como una pasa. La de la izquierda la sigue en edad. Aún tiene mechones jóvenes de negro en el pelo, trenzados entre el blanco.

La bruja del centro aguarda. El tiempo fluye a su alrededor. El mundo envejece, o rejuvenece, pero ellas no.

En Breizh, nombrar una cosa es reclamar su poder. Tallan runas en las paredes de sus monasterios, nombres falsos y poco cristianos que engañarán a Ankou, ataviado de negro, para que pase sin añadir más cuerpos a su carromato. Para desterrar a un hada, uno solo debe pronunciar en voz alta su auténtico nombre. Y entonces desaparecerá con un trueno en una voluta de humo.

Roscille le preguntó en una ocasión a su padre: «¿No es mejor carecer de nombre para que no puedas perder tu poder en manos de otra persona?». Y lord Alan Varvek, duque de Breizh, Barbatuerta, el que venció a los odiosos norteños en el estrecho canal, respondió: «Las mujeres no deben preocuparse por esos asuntos. Adoptarás el nombre de tu marido cuando te cases».

—Gruoch —dice Roscille—. Es un placer conocerte.

Ante el sonido de su nombre, los ojos de la bruja chisporrotean con luz. Gruoch. Es un nombre que exige mucho a la boca brezhona de Roscille, que le saca sonidos graves y ásperos de la garganta. Un nombre que Lisander le ha tenido que enseñar a su lengua; le repitió la palabra tres veces hasta que ella pudo imitarla a la perfección. Ese nombre es una mala hierba que crece en el suelo rocoso de Glammis, una planta que, al arrancarla, crecerá de nuevo y extenderá sus cepas incluso en la tierra seca.

—Conque ahora me conoces —replica Gruoch—. ¿Qué pedirás? ¿Consejo? ¿Profecías?

Roscille mira a las otras dos brujas, que han pausado la colada. Así de inmóviles puede examinarlas: una es bizca, la otra tiene un lunar en la mejilla. Ellas también fueron esposas. Otras lady Macbeth.

Toma aire.

—No, quiero ser como vosotras.

El rostro blanco de Gruoch se vuelve más blanco. Resopla con escarnio.

—No quieres serlo. No quieres lavar ropa durante muchas vidas mortales.

—¿De verdad le hacéis la colada?

Bruja izquierda: ¿Para qué otra cosa sirven las mujeres?

—Y, aun así, Macbeth os busca por vuestros consejos, por vuestras visiones. Si de verdad carecierais de poder, estaríais muertas.

Bruja derecha: ¿Qué es el poder, señora? Es una palabra que se distancia de su significado cada vez que se pronuncia. Le decimos al rey lo que quiere oír. Y, si no quiere oírlo, amolda lo que le decimos en una profecía que le complazca. Los malos augurios se convierten en buenos. El mar es un desierto infernal. El desierto es un manantial paradisíaco.

Roscille guarda silencio. Ahora ve la fragilidad de sus maquinaciones previas, las que fracasaron como flores cortadas a su alrededor. Envió a su marido en una misión letal para que luego él regresara más poderoso que nunca. Intentó enyugar a Fléance bajo su voluntad, para que luego esas mismas ataduras se tornaran en su contra.

A lo mejor su mayor error fue intentar imitar el poder de los hombres mortales. Ahora sabe que existe otro mundo que aguarda debajo del que ya conoce. Allí, en la oscuridad, puede caminar sin cubrirse los ojos.

Bruja izquierda: Veo las heridas en ti.

Bruja derecha: Veo la furia detrás de tu silencio.

Gruoch dice:

—Veo la protesta en tu dolor.

La oscuridad a su alrededor parece alargarse y ondear. Cuando Roscille baja la mirada, ve la plata de su reflejo, turbia y extraña, más color que forma discernible. El blanco emana de su cuerpo hacia el agua. A medida que se drena, se va expandiendo por doquier y adquiere formas propias. Aparecen como títeres de sombras en una pared: una daga ensangrentada y una mano ensangrentada; la silueta en forma de media luna de un rostro y, por último, una corona colocada sobre esta cabeza por un par de brazos inarticulados.

Cuando Roscille parpadea, todo desaparece y el agua oscura se traga el color.

Levanta la mirada.

—Tengo una profecía propia. ¿La diréis por mí?

12

Tiene suerte de que el tiempo haya pasado tan despacio, de un modo tan poco natural, y de que su marido no se dé cuenta de su ausencia en el lecho matrimonial. Se quita la capa y se desliza dentro de las sábanas a su lado. Cada músculo y hueso protesta. Es como regresar a un cuerpo diferente, uno que existe en un estado permanente de dolor, con las costras de los muslos aún curándose y el desgarrón entre las piernas. «Olvida las pequeñas heridas»; como si fuera posible. Por mucho que lo desee, su mente no ejerce un control total sobre su cuerpo.

Macbeth se despierta de una forma extraña, no como otros hombres. No se da la vuelta, no se acurruca en las sábanas a modo de protesta contra el amanecer. Se pone bocarriba y se endereza recto, como si una cadena invisible lo levantara hacia delante. Su torso, perfectamente erguido, parece una estatua por su rigidez. Abre los ojos sin apartar el sueño con unos parpadeos. Roscille observa esto en un silencio total a medida que su miedo por Macbeth resucita. Pero entonces aparece una arruga entre sus cejas y suelta un suspiro con los dientes apretados. Roscille recuerda la pequeña herida de su marido, la que ha manchado las sábanas con sangre nueva, negra y supurante, como dragada de las profundidades de su cuerpo. Debe de doler. Sería incomprensible que no doliera.

—Esposa —dice Macbeth, girándose hacia ella.

—Mi señor marido.

Su voz suena débil, pero es lo mejor. Él querrá saber que la ha roto. Un buen castigo, uno que mezcla placer para él con dolor para ella.

Pero la mirada de satisfacción de Macbeth es breve. Sin más preámbulos, dice:

—A partir de ahora dormirás en mis aposentos. —Roscille se ve asentir desde un lugar lejano e incorpóreo—. Banquho me ha dicho que has traído a una doncella al castillo.

—Sí. —Roscille baja la mirada—. Senga.

Se prepara para un nuevo castigo. No sabe si la golpeará, si la hará desfilar delante de sus hombres con un nuevo moratón palpitante en el rostro, una prueba de que Macbeth puede controlar a su esposa, de que ha corregido el error que él mismo cometió al encomendarle el castillo.

Pero tan solo dice:

—Puede dormir en esta habitación. Y te ayudará a bañarte y vestirte.

A Roscille le sorprende esto, pero a lo mejor no debería. Macbeth es rey ahora; se ha olvidado de las pequeñas humillaciones, ha estampado sobre el error la virtud del honor y ha apagado su noble llama. Que su mujer haya desafiado un poco una costumbre no basta para romper la enorme armadura brillante de su poder. Y Roscille no debe recalcarlo, no debe llamarlo amabilidad ni misericordia, porque esas cosas también son inferiores a él.

Así que solo responde:

—Se lo diré.

—Puede que Banquho se enfade. Puede que otros hombres se enfaden. Pero eso es inferior a mí.

Macbeth aparta las mantas y Roscille se gira para no tener que presenciar la desnudez de su cuerpo. Ya ha sentido su fuerza en la oscuridad. *Que se quede en la oscuridad*, piensa. *Que la oscuridad engulla esa fuerza por completo.*

Oye el gruñido de dolor cuando cambia el peso del cuerpo a su pierna herida. Macbeth se viste con una camisa nueva y un tartán limpio y le dice:

—Ven. El consejo de guerra nos espera.

Que la inviten al consejo de guerra también es una sorpresa, pero en esta ocasión no se sienta a la mesa. Le indican que tome asiento a varios pasos de distancia, en una silla apoyada contra la pared. ¿Con qué objetivo? Seguro que Macbeth se beneficia más si la esconde. Seguro que Escocia solo le permitirá un número limitado de esposas brujas. Sin embargo, se percata de que esto también es una muestra brusca de su nueva fuerza real. Su presencia anuncia a sus hombres lo siguiente: *Me casaré con quien yo elija. Para ti puede que sea una bruja, pero para mí es una esposa. El escaso poder que tenga se extingue entre las sábanas de nuestro lecho matrimonial.*

Sin saber cómo, Roscille siente que los demás lo saben, que Zorro Invernal, Comadreja y Cabra Montesa saben que le han ensangrentado de nuevo los muslos. A lo mejor es por cómo se sienta encogida en la silla, más vacío que forma, como una herida blanca en el mundo. Macbeth lo ha conseguido al fin, su señor marido, al abusar de ella del mismo modo que miles y miles de mujeres fueron abusadas en el pasado. La ha aplastado con el puño, le ha extraído toda la brujería valiosa para él y luego la ha abandonado como una cáscara vacía.

La capa lo demuestra. Roscille podría ser invisible entre sus pliegues. Es lady Macbeth y al fin comprende lo que esto significa: es un eslabón en el que colgar la virtud de su marido. La capa dice: *He conquistado Alba, luzco su piel con tanto orgullo como mi corona. Es mi trofeo, mi tesoro, mío, mío, mío.*

—He dejado un ejército en Moray para que sofoque cualquier posible rebelión —dice Macbeth—. Pero no creo que se rebelen. He matado a todos los aliados fieles de Duncane, como ese perro necio de Macduff, cuyo cuerpo colgué de los muros del castillo. Sus partidarios lo verán y se atragantarán con su noble traición.

Si ha matado a Macduff, entonces también ha matado a la esposa y los hijos de Macduff, con lo que no queda nadie para que se vengue algún día de él. Roscille se imagina a su marido saboreando la sangre del hombre. Se pregunta si, después de despellejar al unicornio, mató al animal y se lo comió. Descubre que esto también se lo puede imaginar con facilidad.

—Habéis demostrado vuestro poder, mi señor —dice Banquho—. Nadie en Alba os retará.

Banquho no la ha mirado en ningún momento. Es Fléance quien le echa vistazos, una y otra vez. Su rostro juvenil emana mucha vergüenza, pero esta no llena a Roscille como esperaba. Es una comida sin sabor, como agua sin vino. Es miedo lo que busca en él. Y no quedará satisfecha hasta que lo consiga.

Revuelven mapas y papeles que Roscille no puede ver, también mueven unas fichas encima de la mesa. Oye las voces graves y ásperas de hombres que tienen algo que demostrar a los demás. Macbeth susurra algo que no consigue entender. Las siguientes palabras que captan sus oídos proceden, una vez más, de Banquho.

—Ahora queda la cuestión de integrar los hogares.

—¿Por qué integrarlos? —La voz de su marido—. No quiero a los siervos de Duncane aquí. Que se arrastren y ardan en Moray.

—Será un gesto de buena voluntad. Para demostrar que seréis rey de toda Escocia, no solo rey de Glammis.

Silencio mientras Macbeth reflexiona sobre esto. Cabra Montesa reprime una tos.

—De acuerdo —accede Macbeth al fin—. Aceptaré una parte de sus criados, pero solo aquellos a quienes haya mirado a los ojos y me juren lealtad. Ya tienen suficientes motivos para que me traicionen.

—Sí —concede Banquho—. Por eso debéis demostrar que podéis hacer más por estos hombres que cualquier otro lord. Que sus vidas serán mejores bajo el reinado de Macbeth que bajo el de Duncane, el de Æthelstan o el de esos malcriados mitad sajones.

A Roscille se le para un poco el corazón.

—Hablando de malcriados —interviene Comadreja—, no hemos tenido suerte a la hora de encontrar al hijo monstruoso de Duncane.

Una especie de alivio llena a Roscille, pero es mitad placer y mitad veneno. Espera que esté bien lejos, a salvo en suelo inglés. Y, pese a ello, sabe que soñará con él cada noche y se despertará recubierta con el sudor frío de la fiebre.

—Esa no debería ser nuestra mayor preocupación ahora mismo —dice Banquho—. Se acerca la guerra. El ejército de Æthelstan atravesará pronto la frontera.

—En cuanto su ejército esté hecho pedazos y ese arrogante *rex Anglorum* se arrodille a mis pies, mataré al dragón yo mismo —afirma Macbeth—. Hasta entonces, dejemos que todos los hombres de Escocia sueñen con encontrarlo y matarlo para poder ganarse el premio de mi favor eterno.

Es como el mito de Ys, la ciudad hundida: dale a la gente algo en lo que creer, aunque sea imposible. Deja que cualquiera con una espada y una valentía necia piense que puede matar a la bestia. Con esperanza se puede mantener a un hombre subiendo por la larga cuerda de la vida.

Los hombres sueltan gruñidos de conformidad. Por bárbaros que parezcan, no carecen por completo de raciocinio.

—Regresaré a Moray pronto —añade Macbeth—. Debo asegurarme de que no perdure la deslealtad allí. Æthelstan intentará conquistar ese castillo primero. Es lo bastante sabio para saber que Glammis constituye una fortaleza que no se puede invadir. Planeará derrotarme para que regrese a mi hogar y luego sitiarme aquí, para que nos muramos de hambre hasta rendirnos. No le daré esa oportunidad. Lo derrotaré en Moray.

Más asentimientos de sus hombres. Banquho habla:

—Estaré a vuestro lado, mi señor.

—No. Tú te quedarás aquí. Confío en ti para que este castillo no sucumba ante la traición ni la mala administración. De todos modos, lo prepararás para un posible asedio. No llegará a ese extremo, pero es prudente estar preparados.

En esta ocasión, Banquho acepta la tarea con ganas, porque lo importante es lo que Macbeth no ha dicho con palabras: *Mi mujer fracasó cuando le encomendé esta tarea. Ahora te la confío de nuevo a ti, mi mano derecha.* Debería haberlo sabido. Es la mujer astuta que al final resulta no ser tan astuta y por eso la ha borrado de sus planes. Y al hombre al que destituyó quizá con demasiada premura, el hombre que sirvió a su señor con lealtad durante tantos años, lo ha ascendido de nuevo.

—Sí, mi señor —murmura Banquho.

—Pues adelante.

Los hombres se dispersan, arrastran las sillas sobre el suelo de piedra, enrollan los mapas, salen encorvados del salón principal. Sus miradas no se detienen en Roscille ni siquiera un segundo. Ahora es la esposa, solo la esposa. Es inferior a ellos.

Fléance hace amago de quedarse, pero una mirada rápida de su padre lo despacha. Él tampoco mira a Roscille al salir. Irá al patio a practicar con la espada. O encontrará otro sitio vacío donde enfadarse porque lo han despachado, porque nunca ha mojado la espada ni saboreado la sangre enemiga. Bien. Ojalá esas injusticias duelan como un latigazo.

Tras quedarse los tres solos, Macbeth dice:

—Acompáñame.

—¿A dónde? —pregunta Banquho.

Roscille ya lo sabe.

Siguen el rumor del océano a través de los pasillos sinuosos. La llave de hierro ha regresado a su cordón de cuero, que rodea la garganta de Macbeth y palpita contra el hueco de la clavícula con cada paso renqueante que da. Roscille y Banquho llevan cuidado de reducir el ritmo para no adelantarlo nunca. Aun así, Roscille capta la mancha de sangre en los calcetines, como una extraña flor oscura, como una silueta bajo el hielo. Se detienen delante de la puerta de madera podrida.

—Si vas a mantener el castillo en mi ausencia —dice Macbeth—, entonces hay cosas que debes saber.

La mirada de Banquho se posa en Roscille. Ahí hay una pregunta sin formular: *¿Ella ya lo sabe?*

A modo de respuesta, Macbeth añade:

—Un marido y una mujer no deberían tener secretos entre ellos.

Banquho no dice nada. Macbeth gira la llave en la cerradura y la puerta se abre.

El aire frío les aguarda, junto con la pagana oscuridad. Todo eso es nuevo para Banquho, que ahoga un grito. Macbeth no presta atención a su sorpresa. Se adentra en la negrura, su cuerpo rompe el aire, claro y recto y despiadado. Desaparece y, durante un instante, no se oye nada, ni siquiera el chapoteo en el agua. Hasta que la antorcha se enciende y la luz se refleja en la cresta de cada onda que otorga al agua la textura familiar de las escamas.

Banquho mira a Roscille y suelta un sonido estrangulado de desconcierto. Pero ella pasa sin más a su lado y sigue a Macbeth hacia la oscuridad. El corazón le late en la garganta. Está cerca ya. Espera que las brujas no la abandonen.

Roscille se queda en los peldaños, pero el agua chapotea hacia arriba y le moja el borde de la capa, tan larga que la arrastra como la cola de un vestido de novia. Banquho avanza con dificultad hasta situarse a su lado. Le reluce la cara por el sudor, por la humedad del miedo.

Las brujas se anuncian con el traqueteo de las cadenas. Su piel es de un blanco obsceno contra la imparable oscuridad. Su torpeza ciega, sus huesos visibles, la ropa que les cuelga en harapos: Banquho tropieza en los escalones resbaladizos mientras intenta alejarse de ellas. Rodean a Macbeth y el agua ondea a su alrededor en círculos que se solapan.

Sus voces son como las rocas que arañan el casco de un navío.

Bruja izquierda: Macbeth, barón de Glammis.

Bruja derecha: Macbeth, barón de Cawder.

Gruoch dice:

—Macbeth, futuro rey.

Banquho, apretado contra la pared, se santigua, igual que Roscille hizo la primera vez.

—Dios mío…

—No —dice Macbeth—. Escucha. No son meros epítetos, sino profecías. Cuando las pronunciaron por primera vez, yo tan solo era el barón de Glammis. Vine aquí y me llamaron «barón de Cawder». Conquisté Cawder en menos de una semana. Luego vine y me llamaron «futuro rey». Ya sabes lo que pasó después.

Poco a poco, la comprensión se apodera del rostro de Banquho en una amalgama de asco y asombro. Sabía, claro está, que Duncane murió gracias a las maquinaciones de Macbeth, pero saber que su propósito estaba motivado por la brujería y la hechicería es algo completamente distinto. Macbeth ha revelado una verdad que amenaza con transformar el mundo de Banquho en algo extraño, antinatural, insólito. El proceso ya ha empezado. Ha alterado su visión, le ha hecho ver la oscuridad, la fría aberración que fluye por debajo de todo.

—Ven —dice Macbeth con una seña—. Oigamos su siguiente profecía. Veamos qué guiará nuestros actos cuando nos enfrentemos a Æthelstan.

Banquho exhala. Mira de nuevo a Roscille. Ella permanece tan inmóvil y callada como una ninfa convertida en piedra. Pero, bajo la superficie, está viva con una ira febril.

Banquho da un paso, dos. El pie en el agua crea círculos que se extienden a su alrededor; sus movimientos torpes, demasiado humanos, resaltan en la quietud de la cueva. Al fin alcanza a Macbeth. Apoya una mano en el hombro de su señor, sin acordarse de la herida que aún palpita bajo la rodilla como un segundo corazón vivo.

En voz baja, dice:

—Habladme de mi destino.

Las tres mujeres escurren la ropa. Luego se la colocan sobre el hombro para tener las manos libres. Con los brazos estirados y las palmas abiertas hacia el cielo obstruido, hablan a la vez, como un coro:

—Banquho. Banquho. Banquho. Barón de Lochquhaber.

—Eso no es una profecía —dice Banquho con inquietud.

Bruja izquierda: Banquho, barón de Lochquhaber. Inferior a Macbeth, pero también superior.

Bruja derecha: No tan dichoso, pero también más dichoso.

Gruoch dice:

—Reyes engendrarás, pero en uno no te convertirás.

Juntan las manos y las mojan en el agua. Cuando la piel la toca, aparecen formas en plateado: Banquho reflejado una vez, y otra, y otra; rostros que se amontonan sobre rostros y cada uno de ellos lleva una corona.

Banquho exclama y se estira de nuevo hacia Macbeth, pero su señor no está a su lado. Su cuerpo sí, pero la mente y el espíritu han echado a volar. Son como animales que mastican las palabras de las brujas y las despedazan con furia.

Las tres brujas a la vez entonan:

—¡Salve, Banquho! ¡Salve, Banquho! ¡Salve, Banquho!

Sus voces chisporrotean en el aire y el agua arde de color verde como un caldero con sus aceites. Macbeth se aparta de les Lavandières, se aparta de su primera esposa para mirar a la segunda. Luce una máscara de una ira incandescente.

Banquho ya avanza por el agua, entre jadeos, a duras penas. Sube los peldaños. Es un guerrero y puede oler la sangre antes de que se derrame.

Pasa junto a Roscille y se precipita de la oscuridad hacia la luz. Macbeth ruge en una rabia sin palabras y asciende los escalones cojeando en pos de Banquho. Las brujas no cesan en su cántico y, detrás del velo, Roscille sonríe.

La persecución no dura demasiado. Banquho avanza con torpeza por culpa del miedo y Macbeth sigue cojeando; incluso se detiene de vez en cuando para descansar con el hombro apoyado contra la pared. Roscille ve cómo el humo emana de él a partir de la hoguera encendida detrás de sus ojos.

Macbeth ni siquiera cierra la puerta, por lo que las voces de las brujas se filtran por ella y llenan los corredores e inundan el castillo con el olor a agua salada. Roscille los sigue en silencio; sus pasos suenan apagados contra el suelo.

Su marido sale corriendo al patio con la espada desenvainada. Mueve la cabeza a un lado y a otro, buscando a Banquho, que ha alcanzado la barbacana. No se abre para él. Tira de los barrotes como un prisionero en su celda. Con el rostro pálido, grita:

—Mi señor, por favor...

—Inferior a Macbeth, ¡pero también superior! —ruge su señor—. No tan dichoso, pero también más dichoso. ¡Reyes engendrarás! ¡Todo este tiempo, el traidor en Glammis ha llevado el rostro del amigo en el que más confío!

«Amigo» no es la mejor traducción. Macbeth emplea una palabra que no tiene equivalente en brezhoneg. Significa «aliado, compañero, hermano en sangre». Es una palabra prohibida para las mujeres, una palabra solo para guerreros. Existe un término más cercano en griego: *hetairos*.

Los gritos han llamado la atención de los otros habitantes del castillo. Los criados se asoman por las puertas y las ventanas. Zorro Invernal, Cabra Montesa y Comadreja salen con las manos en los pomos de sus espadas, listos como siempre para desenvainarlas. Hasta el frío druida se arrastra fuera, el druida de Macbeth, el que unió la mano de Roscille a la de su marido en su noche de bodas.

Y allí está Fléance. El placer recorre a Roscille cuando percibe el miedo inexpresivo en su semblante. *El daño que me causaste, ahora te lo devolveré por mil.*

—¿Acaso preferís creer en la palabra de esas criaturas antes que en las promesas que os he hecho en múltiples ocasiones? —pregunta Banquho con desesperación—. ¡Estáis loco, Macbeth, por haber aceptado su consejo!

Zorro Invernal parpadea.

—Mi señor, ¿a qué criaturas se refiere?

Macbeth se gira hacia él. La sangre se ha extendido por todo el calcetín, espesa, fea y negra, y le gotea sobre la bota.

—La locura ha poseído al barón de Lochquhaber.

Las palabras acallan todos los sonidos del patio, incluso aplanan el viento como un hierro golpeado sobre un yunque. Banquho hasta deja de agitar los barrotes y se queda inmóvil a medida que la brisa atraviesa el patio y remueve barbas, cabellos y le pega a Roscille el velo en los labios.

—No —dice Banquho al fin—. Vos sois el loco. ¡Escuchad! Mantiene a unas mujeres encadenadas bajo el suelo de este castillo. No, ¡ni siquiera las puedo llamar «mujeres»! No habitan esta tierra. Son criaturas salvajes, antiguas. ¡Brujas! ¡Y acude a ellas para que pronuncien falsas profecías en su favor!

—¿Veis? —Macbeth lo señala con un gesto—. ¿Veis los humores demoníacos que han corrompido la mente de nuestro querido amigo? ¡Dice que Macbeth esconde brujas! Sus ojos tienen visiones sobrenaturales.

—¡Mentís! —aúlla Banquho—. No soy ningún traidor, ¡digo la verdad! Bajad por el pasillo más largo y bajo del castillo y veréis con vuestros propios ojos a esas criaturas malignas.

Zorro Invernal, Cabra Montesa y Comadreja intercambian una mirada, mueven las mandíbulas y los labios como si masticaran, pero no producen ninguna palabra. Roscille nunca dejará de maravillarse por la estupidez de los hombres cuando les alteran el orden natural del mundo.

Ahora habla el druida.

—Quizá podamos liberar esos humores de su cuerpo. Desterrar los demonios para que nuestro amigo recupere su mente razonable.

Un segundo de silencio.

—¿No se referirá a…? —pregunta Banquho.

Dos antorchas arden en los ojos de Macbeth. El pecho le sube y baja con el cansancio de la persecución, pero también por la violencia que se imagina. No es un gastrónomo como el duque, sino un glotón. Le han presentado un banquete grotesco del que comerá y comerá y comerá.

—Sí —dice con la voz ronca—. Sí, creo que eso es lo que haremos.

La pelea para contener a Banquho y arrastrarlo al gran salón es más torpe que cruel. Macbeth permite que Zorro Invernal, Cabra Montesa y Comadreja hagan ese trabajo por él y los sigue cojeando, con el rostro empapado de sudor. Fléance va tras ellos suplicando con lágrimas en los ojos.

A Roscille le sorprende que nadie intente aprehenderlo también. Al fin y al cabo, se aseguró de incluirlo en su profecía: «Reyes engendrarás». Condenaba al padre y al hijo en la misma frase.

Pero es mejor así, un último insulto al orgullo de Fléance: nadie cree que pueda detenerlos ni defenderse cuando alcen las espadas contra él. Es un niño que no tendrá la oportunidad de convertirse en hombre.

Roscille se acuerda de repente de otro hombre, Macduff, el perro necio y honorable cuyo linaje su marido borró de la Tierra. Es la misma visión que le ha dado a Macbeth, de los hijos e hijos e hijos de Banquho, su rostro multiplicado a lo largo de generaciones, ondulando como la marea. Ese es el primer, último y mayor miedo de un hombre: un mundo vacío de él. Un mundo en el que su nombre nunca se pronuncie. Su sangre seca, su cuerpo disuelto en la tierra, su tumba cubierta de malas hierbas. Una cáscara vacía, sin semilla.

¿Acaso ella ha adoptado la justicia de estos escoceses bárbaros? No, no se engaña pensando en que es justicia. Es venganza, una hoja más dura, afilada y ardiente que se clava y retuerce entre los hombros.

Fuerzan a Banquho a sentarse en una silla. Traen cuerda. Lo atan y, mientras tanto, no deja de gritar: «No, no, nuestro señor miente», como si no viera que, a cada segundo que pasa, parece más loco y las acusaciones en su contra suenan más razonables.

—¡Por favor! —dice Fléance—. Mi padre no es un traidor. Ha sido vuestro compañero leal durante muchos años…

—Años —resopla Macbeth— en los que la traición en Glammis ha crecido como los anillos de un árbol.

—Lo liberaré de esos sentimientos de traición y de la locura que la ha generado —interviene el druida—. Inclinadle la cabeza hacia atrás.

Roscille nunca ha presenciado una trepanación, el proceso de extraer los malos humores. Solo ha oído los gritos distantes de hombres y mujeres a quienes se la han hecho. Como los llantos horribles y extasiados de Adelaide.

Los gritos de Banquho son entrecortados y rotos. Se ahoga en su propia bilis temerosa. El druida ha sacado el trépano, una herramienta pequeña de lo más curiosa. Roscille siempre se había imaginado que tenía una hoja, pero parece más bien un taladro, algo que perfora, no que corta. Comprende por qué deja esa cicatriz circular que ardía luminosa en la frente de Adelaide. Ahora el taladro de metal oxidado desciende sobre Banquho.

Se oye un sonido rápido y húmedo de succión cuando la piel se separa del hueso. Un chorro de sangre, que sorprende a Roscille por la poca que sale. El druida trabaja con precisión y tiene muchos años de práctica. Banquho aúlla.

Roscille no puede imaginarse ese dolor, así que a lo mejor no es una venganza con una equivalencia perfecta. Y Banquho, a cambio, nunca conocerá la agonía de que algo se rasgue entre sus piernas, de que la fuercen con brusquedad y la degraden hasta guardar silencio. Pero se parece bastante.

El siguiente sonido es terrible: el hueso al partirse. Roscille lo ha oído en muchas ocasiones, como cuando golpearon a un criado demasiado lento en la cara y le torcieron de un modo espantoso la nariz hacia la izquierda, pero la singularidad de este sonido en concreto, en la sala vacía, le da ganas de taparse los oídos con las manos y cerrar los ojos con fuerza.

De repente, siente que ha errado, no en su intelecto o en sus maniobras, sino como cristiana, como alma que ha sido prometida, aunque fuera indirectamente, al cielo. Como si no hubiera perdido ya su lugar celestial por el asesinato de Duncane. Como si los hombres no cometieran actos peores cada día y se creyeran, pese a todo, virtuosos. Como si el duque no hubiera matado a ese mozo de cuadra tembloroso, desprotegido, mientras Roscille se acobardaba y no acudía a su defensa. Seguro que ese fue el primero de sus pecados y, desde entonces, su vida se ha deformado y estrechado en una negrura inescapable y maldita.

—Parad —suplica Fléance—. Tened piedad.

Roscille no debería vestir de blanco nunca más. Al menos el lino negro ocultará mejor la sangre que le chorrea de las manos, le empapa el bajo del vestido y se acumula en el suelo alrededor de sus pies.

—Esto es piedad —dice Macbeth—. Lo estoy liberando de su locura y su traición.

Pero no sale pus amarillo de la herida, ni tampoco un acre humo negro. No sale nada, excepto ese primer chorro de sangre, porque no hay traición, ni locura, salvo la demencia que vivirá en Banquho a partir de ahora y para siempre, cuando se toque la cicatriz en la frente y piense en esta injusticia que le han impuesto. Estará tan loco como Adelaide y confundirá el placer con el dolor.

Roscille había pensado que la muerte de Banquho sería cruel pero rápida. Una espada en la garganta que abriera una segunda boca con gritos de sangre. Una hoja a través del corazón, con cierto honor, al menos, por parte de su asesino. No se había imaginado esto jamás. Pero seguro que esa excusa no basta para salvar su alma.

Banquho tose y se resiste contra sus ataduras; sus sacudidas son salvajes, como las de un hombre poseído. Es posible que… que el druida haya liberado de verdad un espíritu de locura adormecido, uno que habita en todos los hombres y se enrosca en la estructura de los huesos para calentarse junto a sus corazones. A lo mejor Macbeth lo verá y dirá: *Basta*.

Pero solo se oye el trépano horadando más hondo y Banquho resistiéndose con más furia. Su marido lo mira con ojos negros e implacables.

Y al fin: Banquho se ahoga en su propia sangre y la escupe sobre su jubón y se queda inmóvil en la silla. El druida saca el trépano y retrocede un paso. La herramienta cae al suelo con un estrépito. Dice:

—Lo siento muchísimo, mi señor, no pensé que… Nunca en mi vida…

Pero esas palabras suenan tan distantes como ecos para Roscille, como si se hallara bajo el agua y oyera el mundo superior, separado de ella por una membrana infranqueable.

Cabra Montesa, Zorro Invernal y Comadreja guardan una distancia silenciosa, a la espera de que los hagan moverse.

Fléance trastabilla hacia delante y se aferra al cuerpo de su padre. Aúlla. Hay vergüenza en esa clase de llanto y en seguir llorando así, pero ese es el menor de sus problemas. «Reyes engendrarás». Es difícil imaginar que alguien pueda creer que ese muchacho triste y tembloroso lucirá algún día una corona.

Los brazos de Macbeth cuelgan a los costados; aprieta los puños. No se ha movido ni parpadeado en lo que parece una eternidad. Roscille sabe que está repasando mentalmente la profecía.

«Inferior a Macbeth, pero también superior». Lo ha hecho inferior a él, lo ha reducido a un cadáver.

«No tan dichoso, pero también más dichoso». No hay una sonrisa roja en el rostro de Banquho ni en su garganta. Su boca es una cavidad abierta donde se acumula espuma manchada de sangre.

«Reyes engendrarás, pero en uno no te convertirás». Ahora ya no es nada. Un cadáver frío. Y ningún túmulo señalará su tumba.

ACTO V

¿SEÑORA?

13

¿Qué la trae aquí, mi señora?

Eso es lo que le pregunta el hombre que vigila la puerta del calabozo. Roscille no esperaba tener que enfrentarse a alguien en lo alto de las escaleras, no esperaba que le cuestionaran sus motivos. En su interior resurge cierta incertidumbre que hubiera preferido que hirviera y permaneciera allí sin ningún desafío. Guarda silencio. Cada vez que intenta hablar, nota la lengua resbaladiza en la boca.

Al fin, levanta la cabeza. Mira al guardia a los ojos, a través del velo, y dice:

—Me gustaría ver al prisionero.

—El señor lo prohíbe.

—El señor no se enterará. ¿O prefieres que le diga que me pusiste las manos encima en el pasillo cuando no había nadie para presenciarlo?

El guardia empalidece. Es vulgar manipularlo de ese modo. No siente placer ni triunfo por ello. Si Roscille fuera una guerrera, sería como si le hubiera asestado el golpe más letal y torpe posible.

En el espacio entre su amenaza y la respuesta del hombre, el sonido del océano suena con fuerza e insistencia bajo sus pies.

Al fin, con una mueca, el guardia dice:

—No tardéis.

—No será ni un minuto.

El guarda se aparta a un lado y Roscille desciende las escaleras.

El calabozo es un lugar que le llena la mente de fuego. Solo ha bajado medio tramo de escaleras cuando una luz cegadora le atraviesa la visión y lo oscurece todo. En ese lugar vacío, los recuerdos florecen: su cara apretada con dureza contra la mesa, el encaje del velo irritándole los labios y las mejillas. La gelidez del ambiente contra sus muslos desnudos. Y el dolor, siempre el dolor, la víbora enroscada bajo la piedra calentada por el sol que ataca cuando la provocan.

Le arden las piernas al recordarlo. Debe contener el fuego dentro de su piel; debe sentir el dolor en silencio o los hombres gruñirán «loca» y la atarán para perforarle el cráneo con un trépano.

Pero se yergue y alcanza la parte inferior de la escalera. La capa se arrastra sobre los charcos sucios. Mantiene la mirada al frente para no ver las herramientas oxidadas en la pared y, sobre todo, el látigo, manchado todavía con su sangre. Así no ve los barrotes de hierro retorcidos de la celda que una vez contuvo a Lisander.

Se detiene delante de la segunda celda. Fléance está sentado contra la pared izquierda, cerca de la antorcha; no se esconde en la oscuridad. Cuando la ve, se pone en pie y se lleva la mano a la cadera, como si buscase un arma. Una espada tampoco le serviría de mucho. Lleva un collar alrededor del cuello y una cadena conecta el collar a la pared. Lo han atado como a un perro.

Con el collar tenso, Fléance se gira para mirarla.

—¿Por qué estáis aquí?

La misma pregunta imposible de responder, igual que antes.

—¿Crees que podrías pegarme como lo hiciste y no enfrentarte a las consecuencias?

Vacilación en su mirada.

—¿Ha valido la pena vuestra venganza?

Si Roscille fuera un hombre, Fléance no se lo preguntaría. Para los hombres no hay deuda de sangre que no se pague. Si el mundo se tuerce a favor de otro, entonces deben torcerlo de nuevo a su lugar original. Pero el mundo nunca favorece a una mujer. Ella no puede inclinar la balanza. Su única opción es: vivir la misma vida muda e injusta que siempre ha vivido o destrozar el mundo.

—No estaré satisfecha mientras respires —dice Roscille y es verdad, en cierto sentido.

Un largo silencio. Los ojos grises de Fléance arden.

—¿Acaso vuestra boca ha pronunciado alguna vez una palabra veraz? —pregunta con voz ronca—. Cuando dijisteis que vuestro marido se equivocaba al ignorarme, que mi padre me trataba de un modo injusto... ¿Lo creíais? ¿O solo me estabais incluyendo en vuestro enorme tapiz de engaños?

Roscille cierra las manos en puños. Las palabras fluyen de ella antes de que pueda detenerlas.

—Creo que mi marido se equivoca de muchas formas. Y que tu padre... te trataba con crueldad, sin consideración. A lo mejor necesitaba tu ayuda, pero nunca hice que te pusieras bocarriba para enseñarme tu vientre vulnerable. Podríamos haber sido aliados. Amigos, incluso. Me llamaste «bruja, malvada seductora», un millar de insultos, pero tú fuiste el primero en abandonarme.

Se produce otro momento de largo silencio. El tono gris de los ojos de Fléance, que había brillado a la luz de la antorcha, se torna mate y agitado como el océano.

—No habléis de mi padre. —Su voz es casi un susurro—. Era un buen hombre. Un hombre justo, leal. No era como vuestro padre, esa comadreja falsa de Breizh que os vendió a Macbeth como una yegua de cría. Él solo apreciaba la carne de vuestro rostro hermoso.

Una tempestad crece en el interior de Roscille. Una furia retorcida que gruñe y mana en espiral desde el ojo oculto de la tormenta. Un dolor antiguo, que a veces olvida aunque nunca desaparece, cobra vida de nuevo.

—Este rostro podría ser la causa de tu muerte. —Se aproxima a la celda, hasta que sus manos tocan los barrotes de hierro—. Solo necesitaría un momento. Evita mi mirada como el cobarde que eres o mírame a los ojos y te hechizaré para que te abras la garganta con tus propias manos. Para que te golpees la cabeza contra la pared hasta que tu cerebro sea papilla. Podría darte muchas muertes dolorosas. Puede que mi marido te ofrezca una sin dolor. Pero no creo que merezcas tanta misericordia.

Antes de que pueda reaccionar, la mano de Fléance atraviesa volando los barrotes y la agarra por la parte delantera del vestido. Roscille intenta apartarse el velo, pero incluso encarcelado él es más fuerte y rápido. La aferra por las muñecas y le sujeta los brazos contra el pecho. El collar y la cadena traquetean.

—Repetidlo —gruñe Fléance—. Decidme que seréis la causa de mi muerte.

Es la primera vez que parece un hombre, al agarrarla tan fuerte. Roscille se levanta el velo lo suficiente para escupirle en la cara.

—Mátame si quieres, pero seguiré siendo la causa de tu muerte, porque Macbeth te ejecutará con más brutalidad.

—Me va a matar de todos modos. —Fléance parpadea para apartarse la saliva de las pestañas. La acerca más, hasta que todo el cuerpo de Roscille está apretado contra los barrotes fríos y cubiertos de óxido. Nota el calor de Fléance, el odio y la rabia y el deseo perverso que palpitan en él—. Debería haberos violado.

Esas palabras tan directas y feas le revuelven el estómago. Le da igual si se pulveriza los huesos en el proceso, si le atraviesan la piel con un estallido de sangre: Roscille libera las manos. Empuja a Fléance con fuerza y él choca contra la pared. Con satisfacción, ve que, gracias a sus vanos esfuerzos, el collar le ha dejado un gran moratón en la garganta.

—Los hombres carecéis de imaginación.

Para su sorpresa, un frío desprecio aparece en el rostro de Fléance. A lo mejor es por el collar y la cadena, que han apagado las llamas de la ira, pero nunca lo ha visto así antes, compuesto y socarrón.

—A lo mejor no habríais protestado. Os abrís de piernas con facilidad. No olvidaré cómo aceptasteis los latigazos para que no torturásemos al príncipe. No haríais algo así por un desconocido. ¿Acaso Macbeth sabe que lo habéis deshonrado en su propio castillo? —Roscille se queda inmóvil. La sangre le fluye fría—. Adúltera —añade Fléance, como si Roscille fuera demasiado necia para entenderlo—. Puta.

Pero sí que es necia, sí, por no haberlo pensado. No es una mártir desinteresada ni lo bastante pía para protestar por la tortura. Nunca ha fingido ser una santa. Nunca se ha arrodillado en este castillo, no desde esa primera noche cuando el druida le ató la muñeca a Macbeth. De repente, la sangre le fluye cálida de nuevo y le sonroja las mejillas de un rojo furioso.

—Insúltame como quieras, pero mi marido no te creerá. —Roscille ni siquiera sabe si esto es cierto. Carraspea y prosigue—. Y, de todos modos, pronto estarás muerto.

—Y puede que me sigáis a la tumba poco después. Uno no se deshonra por degollar a una puta.

Por muy astuta que siempre se haya imaginado ser, Roscille descubre que su mente no puede aceptarlo. No debe atormentarse pensando en ello. El miedo matará la razón, la sabiduría. Y así caerá en el oscuro pozo de la locura, junto con Adelaide y todas las otras mujeres que han mirado hacia arriba, como peces atravesando la superficie del agua que, por mucho que se agiten, no pueden impedir que la lanza les atraviese el vientre.

Rechaza este miedo. Huye de él.

—Disfruta de tu existencia póstuma —le escupe a Fléance. Y sube a trompicones las escaleras, aunque casi se cae en los charcos sucios, y se aferra con desesperación a la pared húmeda, pese a que sus dedos no encuentran dónde agarrarse.

Cuando alcanza la parte superior, Macbeth la está esperando.

El miedo que Roscille acaba de despachar resurge con la fuerza de un río tras el deshielo. La avalancha repentina casi hace que le fallen las piernas.

—Lo siento, mi señor… —empieza a decir, pero Macbeth levanta una mano.

—Ahora no hablarás —dice y su voz es tan amable que la deja petrificada. Así es como le habla uno a un caballo cojo para calmarlo antes del matadero—. Ahora escucharás. —Roscille agacha la cabeza hacia el suelo—. No, mírame. —El velo es una barrera muy fina entre ellos, tan frágil como la piel de un bebé. Roscille levanta los ojos—. Ahora veo que la traición en Glammis me seguía muy de cerca, como una sombra. Mi propia mano derecha planeaba mi caída en secreto. Apunté la espada hacia un objetivo, solo para verlo desaparecer como humo, y todo mientras las confabulaciones de mi enemigo proseguían a mi espalda.

—Mi señor…

Pero él levanta la mano para tocarle el rostro y la dureza de su palma, su calidez, la enmudece. Macbeth aprieta el pulgar contra su sien.

—Esta herida vieja. No la olvido. ¿Acaso los hombres enmascarados fueron reales?

No puede pensar. Podría fingir ser la mujer inocente que se dejó llevar por confabulaciones que superaban su comprensión y a la que obligaron, a punta de espada, a obedecer y guardar silencio.

Pero su marido la conoce o, al menos, conoce a lady Macbeth. No puede ocultarse tras esa capa blanca de inocencia. Él ha visto su corazón oscuro. Ha acariciado esa oscuridad, la ha moldeado y usado para su propio beneficio.

—Ocurrió tal y como lo relaté —susurra Roscille—. Vinieron unos hombres. Fléance peleó contra ellos. En ese momento no sabía que debían ser sus cómplices disfrazados. Empecé a recelar cuando os marchasteis. Fue Banquho quien se negó a torturar al príncipe. Pensé que estarían conspirando en vuestra contra. Cuando me encaré a ellos, me flagelaron.

Es la mejor historia que se le ocurre dadas las circunstancias. Le permite fingir inocencia (*no lo sabía, no me imaginé que os traicionaría*) y astucia (*empecé a recelar, conspiraban en vuestra contra*). Ocupa el espacio que Macbeth quiere que ocupe. Astuta, pero no demasiado. Siempre trabajando para él, para su ascenso, para su orgullo. Y a lo mejor, cuando Fléance la acuse de adulterio, Macbeth ya tendrá esta historia en mente y rechazará el relato que intente contarle el chico encadenado.

El semblante de Macbeth se oscurece.

—Deberías habérmelo dicho de inmediato. Un marido y una mujer no deberían tener secretos entre ellos.

Roscille se estremece.

—Lo siento. Temía su represalia en privado.

Transcurre un minuto hasta que Macbeth le rodea el rostro con las manos y lo gira, como si fuera una cáscara en la marea, tan desgastada que se ha vuelto translúcida.

—No tienes nada que temer de ellos. Eres mi esposa y eres reina. Mataremos a Fléance y su traición morirá con él. Puedes alimentar a un perro de la mano durante toda tu vida y, pese a todo, quizá llegue un día en el que decida morderte. —Los perros no muerden sin motivo. Son criaturas que piensan, sienten. Pero Roscille no se atreve a decirlo—. Bueno —murmura Macbeth—, las brujas hablaron de hijos y esta profecía no era solo para los oídos de Banquho. Este asunto no había requerido mi atención hasta ahora, pero… no permitiré que mi linaje llegue a su fin. Te acostarás conmigo cada noche hasta que un niño crezca en tu interior. Si es niña, su vida se extinguirá antes de que pueda salir al mundo. Solo traerás niños, ¿lo entiendes?

No hay ninguna mujer viva que lo ignore. Roscille no sabe cuántas veces ha presenciado algo así. Una mujer se queda embarazada. Su marido se pavonea por la corte con el pecho hinchado, orgulloso por esa muestra de virilidad. Y, aun así, hay que esperar, como el buitre que observa de lejos, al que todos ven pero deciden no hablar sobre él. El hombre también puede elegir apartar la mirada, disfrutar de su orgullo hasta el nacimiento de la criatura, cuando su honor se incremente o se lo arrebaten por completo. Porque, al fin y al cabo, no hay honor alguno en una semilla que produce hijas.

O puede que haga lo siguiente: siempre hay una mujer en el castillo que ve cosas que superan la capacidad de los ojos mortales. Esa mujer puede palpar un vientre hinchado y saber por su forma si la criatura de dentro será un niño o una niña. El futuro padre se queda con el rostro en blanco durante unos largos segundos antes de que su cuerpo pueda demostrar el alivio o la furia de su mente, antes de que abrace a su esposa o la saque a rastras de la habitación. Ella llorará y a él le dará igual. Si es amable, simplemente la obligará a tragar una mezcla apestosa de hierbas, hasta que la niña le gotee por entre las piernas como la sangre menstrual. Si no es amable, la empujará panza abajo por las escaleras, una caída fácil, un descenso amortiguado por el millar de mujeres que ha caído del mismo modo. Si se le rompen los dientes o la nariz, se considerarán heridas aceptables. Las lucirá con vergüenza y su marido mantendrá la cabeza gacha hasta que el recuerdo del episodio desaparezca, hasta que haya otro vientre hinchado que contenga la esperanza de un hijo.

—Lo entiendo —dice Roscille.

Su marido no es un hombre amable.

—Bien.

Enrosca la enorme mano alrededor de su nuca. La acerca a él y le planta un beso en la frente. Roscille aguarda allí, su piel se convierte en corteza, sus brazos en ramas, su pelo en hojas. *Por favor, déjame en paz, por favor, suéltame, solo soy una criatura muerta, viva pero muerta, y no puedo albergar nueva vida en mi interior.* El dolor ya no parece una protesta. Solo es dolor. Se siente tan viva como un árbol y tan muerta como una piedra.

Su mente huye de ella.

Macbeth la suelta al fin. Roscille lo observa alejarse cojeando por el pasillo; la mancha negro azulada detrás de la rodilla se va extendiendo, creciendo, floreciendo.

Roscille acude a su dormitorio… Bueno. Ya no es su dormitorio. Ahora comparte cama con su marido. La alfombra de oso ya no es su alfombra de oso. La cama estrecha ahora es donde duerme Senga, sola. Encuentra allí a su doncella, sentada en la única silla de la habitación, mientras borda una tela gris.

Cuando ve a Roscille, se levanta, agacha la cabeza y dice:

—Mi señora.

Qué rápido ha aprendido a mostrar deferencia, a ser una esclava. Roscille siente que la bilis le sube desde el estómago vacío hasta la garganta.

—Llámame Roscille, por favor.

Senga arruga el ceño mientras su boca escocesa forma los sonidos del brezhoneg.

—Roscille. —Guarda silencio—. Pero seguís siendo mi señora.

—Esperaba ser tu amiga.

Qué esperanza más estúpida. Roscille nunca ha tenido una amiga que no estuviera atada a ella por el deber. Las otras mujeres en la corte de Barbatuerta la temían, como si pudieran contagiarse de su brujería. Los hombres, por supuesto, no entablan amistad con las mujeres. Las convierten en esposas o prostitutas o criadas, y como Roscille era una dama noble, la hija del duque, no podía ser nada de esto. Y después de lo que le pasó al mozo de cuadra, los chicos tuvieron la prudencia de mantenerse alejados. Hawise, su única amiga, estaba vinculada a ella con una larga cadena de miedo que comenzó con Hastein y fluyó a través del duque.

Senga la observa con curiosidad. Se levanta, dobla el bordado sin terminar sobre los brazos de la silla y luego se sienta en la cama. Da unas palmaditas en el colchón a su lado.

—Pues siéntate, amiga.

Roscille se acerca. Se sienta en la cama que antes era suya, un consuelo minúsculo. Siente la suavidad contra su piel como un castigo; una piel indigna, todavía espantosa por las cicatrices, con pozos negros de sangre seca que parecen sanguijuelas. Toma aire y mueve la mano para levantarse el velo.

—No tengas miedo —dice—. Mi mirada no hace perder el juicio a las mujeres.

—No lo tengo.

El aire frío en las mejillas. Alivio, como una boca seca que bebe agua dulce. Sabe que sigue atrapada, pero incluso los caballos corren en círculos enérgicos por sus rediles mientras se imaginan la libertad.

Senga la observa con ojos entornados y Roscille también lo hace. Es mayor; no sabe cuántos años se llevan. Sus caderas tienen la anchura y la laxitud de haber parido. *¿Hace cuánto?*, se pregunta Roscille. *¿Y cuántos niños?* Es lo bastante mayor para haber tenido cinco, seis o incluso siete. Roscille, con diecisiete años, va con retraso. A estas alturas ya podría haber llenado el castillo de un señor con hijos.

Sin embargo, esto le resulta tan ajeno como la lengua norteña. Su madre murió cuando Roscille salió deslizándose, cubierta de sangre, de entre sus piernas. Tuvo a una partera ciega que la amamantó, cuyo nombre ya ha olvidado. Hawise era joven y virginal.

Recuerda los rumores que circularon sobre Senga, el motivo por el que la echaron de la aldea y la amenazaron con raparle la cabeza, encasquetarle una cofia y un escapulario y hacer que se arrepintiera sin cesar ante Dios. ¿Qué buscaba en esos encuentros, placer? ¿Acaso han castigado alguna vez a un hombre por eso? ¿O buscaba amor? ¿Eso es un pecado? Roscille aprieta las manos contra los muslos. Oye un murmullo en su interior, el recuerdo de la fuerza y el músculo de un dragón sobre su cuerpo. Eso es todo lo que le queda: el recuerdo.

—¿Es posible en Alba... casarse por amor? —suelta—. ¿Que nazca un niño no por simple obligación?

La mirada de Senga se ablanda, luego se endurece y se ablanda de nuevo.

—Tienes diecisiete años, ¿verdad? Aún sigues siendo una niña. Tu vida... Bueno, eres una dama noble, así que lo sabrás. Los deseos de tu marido darán forma a los próximos años de tu vida. Esto es así. No creo que en tu país sea tan diferente. Pero puedes elegir. Puedes fingir que el amor es el motivo por el que te sometes a él, por el que llevarás a su hijo y, aunque eso no sea cierto al principio, lo será en algún momento. Tienes una fuerza de voluntad capaz de imaginarlo así.

—¿Era amor lo que buscabas cuando te acostaste con esos hombres? —Roscille se sonroja por la osadía de su pregunta.

Senga arquea las cejas. Pasa un minuto y, entonces, percibe su rabia.

—¿Alguna vez has conocido a una mujer con tres hijos o más?

Conocer, nunca. Pero las ha visto, de lejos. Mujeres campesinas, con los ojos fijos en el suelo fangoso, mientras guían a sus hijos con las caras sucias. Si hay un padre, está un poco apartado, observándolos con hosquedad, hasta que se gira para encorvarse en los campos de cultivo. A veces Roscille no encuentra al padre y ve que los niños suben por la madre, se aferran a sus caderas como vides. Y siempre está la mueca de desprecio, las burlas, sobre por qué no mantuvo las piernas cerradas, sobre que tiene más hijos de los que puede permitirse y bien podría venderse a sí misma.

—No —admite Roscille.

—Bueno, pues ahora sí. Tengo cuatro y, gracias a Dios, son lo bastante mayores para trabajar, por lo que no me echan mucho de menos. Tal vez estén mejor así, sin su madre, la puerca de la aldea. Me quieren, pero les avergüenzo. Y ellos también me avergüenzan a mí. Quieres saber el motivo, pero nada me absolverá. Pensé que me enviarías al convento.

—Un hombre no tendría que justificarse. —Roscille calla un momento—. Ni se plantearía que alguien le preguntase el motivo.

—Entonces, ¿qué más da? El amor, la avaricia, la necesidad, el deseo…, no están solo al alcance de los hombres.

—El amor no es tan fácil como para ahogar todo lo demás.

Roscille mira en silencio a lo lejos durante un rato largo. Se imagina tumbada de nuevo sobre esa hierba suave, cara a cara con Lisander, como un amuleto abierto cuyas dos mitades se miran.

—Lo siento —consigue decir—. No quiero esto para mí, no quiero tener estas estúpidas esperanzas infantiles.

Senga la sorprende al agarrarle la mano y apartarle el pelo de la cara. Lo hace con mucha ternura; ha practicado ese gesto en múltiples ocasiones con sus propios hijos.

—¿Acaso los hombres no tienen esperanza? —dice con suavidad—. Se imaginan fuertes y astutos y viriles y poderosos. Esta esperanza tuya es bastante pequeña en comparación.

Pequeña, sí. Pero solo se necesita una grieta en los cimientos del mundo para que la cuidada arquitectura, fuerte con el paso de los siglos, se desmorone. Una hoja pequeña atraviesa el agua y crea ondas como un eco. Y, en el proceso, revela el mundo que existe debajo, primero como brotes verdes en la tierra. Hasta que llega una mujer, una bruja, que arranca la materia verde con los dientes.

Macbeth entra en la habitación y Roscille se seca enseguida las lágrimas y se pone el velo. El rostro de su marido es nada. La mancha fantasmal de una huella en un cristal. Lleva un trozo de tela blanca en las manos.

—Ven, Roscilla —dice, con esa voz hueca llena de nada—. El consejo va a reunirse.

Roscille se levanta y se acerca a él sin mediar palabra. El colchón se deforma cuando Senga se mueve, como para agarrarla e impedir que se marche. Pero la presencia de Macbeth las aplasta a las dos en el silencio. Roscille baja la mirada y aguarda a que su marido abra la puerta y salga al pasillo para poder seguirlo.

En cambio, dice:

—Espera.

Su mente es un canal suave por el que las órdenes bruscas fluyen con facilidad. Debe mantenerlo vacío para no pensar en lo que le aguarda esa noche, y la siguiente, y la siguiente. Macbeth le aparta el pelo de la nuca.

Antes de poder hablar, o de pensar, Macbeth le ata la tela blanca sobre los ojos. La ciega por completo. Cuando parpadea y mueve las pestañas aplastadas, solo ve una oscuridad borrosa.

El pánico se apodera de ella. Las palabras se le cortan en la garganta. Cuando al fin puede calmar su corazón desbocado, acallar el pulso de la sangre en sus oídos, consigue pronunciar dos palabras:

—¿Por qué?

—Debería haberlo hecho antes —responde Macbeth, aunque su tono carece de crueldad y solo transmite la uniformidad de la razón—. Mis hombres no te temerán tanto ni cuestionarán si el control que tengo sobre mi esposa es total. Y no necesitas ver. Cuando tengas que salir de esta habitación, yo te guiaré.

Y entonces, fiel a su palabra, saca a Roscille por la puerta, incluso cuando Senga profiere un sonido inarticulado de protesta. Luego las ásperas manos de su marido la llevan por el pasillo.

Nota el suelo frío a través de la suela de los zapatos. Debajo está el océano, que sube como siempre para chocar contra la barrera de piedra que a cada segundo que pasa parece más fina. Siente lo lejos que han ido por cómo resuenan sus pasos. Están en un pasillo largo y vacío. El sonido del cojeo de Macbeth llena el corredor silencioso.

Roscille lo sabe. *Ahora vamos a doblar una esquina, ahora otra, siete pasos y luego una más, y entonces bajamos por el pasillo más largo y estrecho. ¿Ves? No he perdido la cabeza por completo*, piensa con cierto alivio. El aire salado, al acercarse, le eriza la piel de la nuca. La llave se desliza en la cerradura. Inhala con fuerza.

Es la primera vez que está allí sin ver. Bueno… a lo mejor tan solo es lo más ciega que ha estado nunca. Al principio solo fue con su insignificante visión mortal. Empieza a sospechar, mientras Macbeth la guía a través de la puerta, que no la ha cegado por el bien de sus hombres. Cree que él posee cierto sentido sobrenatural, que puede oler la afinidad que crece entre su esposa y las brujas. A lo mejor solo piensa que las ha visitado en su ausencia. A lo mejor basta con eso para que tome precauciones, para asegurarse de que Roscille está atada a él, de que nunca podrá mirar a los ojos lechosos de les Lavandières y verse reflejada en ellos.

La poca luz que captaba debajo de la tela ha desaparecido por completo. La oscuridad es sólida y fría. Es como si pudiera apoyar una mano en ella y dejar la huella.

Macbeth chapotea en el agua. Capta un gruñido de dolor; la herida en la pierna. ¿Ha permitido que se la examine un médico o un druida? No confía en nadie ni en nada ya. Un emplasto de hierbas podría contener veneno. Roscille se percata de que es ella quien le ha arrebatado esa seguridad. O a lo mejor se podría decir que lo ha transformado. Una metamorfosis lenta, que se despliega por etapas, como una flor que se abre de noche. Macbeth, el hombre pío. Ahora es Macbeth, el rey de Alba, pero desprovisto de su mano derecha y de la firmeza de su pierna izquierda.

—Æthelstan y su ejército vienen a por mi cabeza —dice Macbeth a la oscuridad—. Decidme… ¿debo temer mi muerte?

Pasos lentos, que se arrastran. El traqueteo de la cadena. El agua forzada y removida. Antes Roscille no habría podido distinguir sus voces, pero ahora sabe quién habla y cuándo.

Bruja izquierda: Macbeth, barón de Glammis. Barón de Cawder. Futuro rey. Ningún hombre nacido de mujer hará daño a Macbeth.

Bruja derecha: Macbeth, barón de Glammis. Barón de Cawder. Futuro rey. No morirá hasta que el bosque suba por la colina.

Gruoch: Nada.

Macbeth se gira en el agua y Roscille puede verlo, pese a no tener visión: la luz de la antorcha que motea el techo de la cueva, el pecho de su marido que sube y baja, la sonrisa resplandeciente que se abre en su rostro, el triunfo que arde en sus ojos.

—Nunca fracasaré —dice su marido con asombro, casi como un niño—. Estas profecías me lo aseguran. «Futuro rey», y así es.

Suelta una carcajada estridente que suena demasiado fuerte, que estalla como las olas contra las rocas.

Roscille ve tres pares de manos estiradas, las palmas hacia el cielo. Y entonces se alzan tres voces que se mezclan en el aire oscuro, que se enroscan perversas como el humo:

—¡Salve, Macbeth! ¡Salve, Macbeth! ¡Salve, Macbeth!

14

En sus diecisiete cortos y bastante protegidos años de vida, la guerra nunca había llegado a Naoned. Roscille siempre había pensado que se debía a la inteligencia del duque, a que el armiño sabe cómo esconderse de las zarpas y solo caza conejos y ratones con los dientes flojos. La guerra es para los hombres arrogantes como el príncipe parisino o para los hombres débiles que no pueden disuadir a sus enemigos. En este caso, a Roscille no se le ocurre ningún ejemplo porque los nombres de los hombres débiles son como el carbón que te limpias de la bota.

Ahora cree que la guerra es tan inevitable como el clima. Tiene temporadas, algunas más rojas que otras. La guerra llegó a otros condados y ducados de Francia con el color desenfrenado del cambio de hojas. Grandes guerras cubrieron Blois y Chartres en una escarcha de cadáveres. El papa y la Casa de los Capeto prometieron verde y un verano eterno: la paz, siempre y cuando ellos reinasen sobre ese territorio díscolo.

Barbatuerta y otros duques y condes resoplaron mientras bebían. Sin embargo, el armiño es una criatura que hiberna. Le sale pelaje blanco para el invierno y se mantendrá gordo en su guarida hasta que el aire se caliente de nuevo y la caza vuelva a ser fácil. Naoned era como un matorral de seguridad, aislado gracias a las artimañas de su padre.

Aquí, en Glammis, donde Roscille es la señora, incluso la reina, el paisaje sombrío y yermo es lo que ofrece seguridad. Verán a los soldados desde las almenas del castillo y luego morirán a flechazos antes de que sus gritos de guerra alcancen los oídos de Roscille. La colina rocosa acabará cubierta de cráneos abiertos, la hierba amarillenta terminará manchada de sesos. Y ella estará a salvo con su capa y con su collar del color de la sangre y con su venda, que ahora debe llevar siempre que haya hombres presentes.

Está en el parapeto que da a la colina mientras se imagina esto, con Senga a su lado. La pendiente es pronunciada, peligrosa. Más allá se halla la arboleda de árboles mágicos, que protege la charca plateada en su interior. Es minúscula en comparación con el vasto paisaje vacío. Una arboleda. Ni se le ocurriría llamarla «bosque».

«Hasta que el bosque suba por la colina».

Roscille mira a Senga.

—¿Tu aldea está ahí abajo?

Su aldea, donde todavía viven sus hijos, donde su amor se entremezcla con la vergüenza. Si son lo bastante mayores para trabajar significa que también lo son para luchar.

Senga asiente.

—Es la última aldea que el ejército de Æthelstan saqueará y quemará. Luego alcanzarán el castillo.

No alcanzarán el castillo. Porque no hay bosque y los árboles no se pueden desarraigar y caminar en fila como soldados. Roscille parpadea para apartar la humedad de sus pestañas. Empieza a llover.

—¿Qué hacen las damas nobles en la guerra?

—Dímelo tú, que eres una.

—Pero nunca he estado en una guerra.

Ve una pequeña arruga entre las cejas de Senga que Roscille ha comenzado a reconocer. Le resulta familiar, del primer día que vino al castillo. Todo lo demás ha cambiado: sus círculos y líneas han desaparecido con las noches que ha pasado en un colchón de plumas en vez de paja, lleva zapatos en vez de zuecos y se ha peinado el pelo para recogérselo en una trenza. Levanta una mano que ahora está suave y toca la mejilla de Roscille.

—Aprenderemos juntas —dice.

La lluvia cae en pesadas gotas que tornan jaspeadas y lechosas las ventanas. La tierra del patio se convierte en lodo. Los tartanes se mojan tanto que los colores y los estampados no se distinguen unos de otros. Cuando los hombres entran en el castillo, se sacuden el agua del pelo y de la barba como perros. Ahora hay muchos hombres, rostros que Roscille no tiene permitido ver, nombres que no puede relacionar con esos rostros. En el pasado, o si aún fuera Roscille de Breizh, los habría memorizado en una hora, junto con un dato sobre cada uno, un pedazo de su alma que reluce en ellos como un haz de luz a través de una pared ruinosa.

Pero ahora. Ahora se sienta en las reuniones del consejo de su marido con los ojos vendados. Las voces pasan sobre ella como agua. El ejército de Æthelstan ha tomado doce aldeas fronterizas y las ha reducido a cenizas. Han saqueado los graneros y matado a las vacas. Han violado a las mujeres y esclavizado a los hombres. Los soldados se hacen fuertes con la comida robada y el vino robado y, con cada día que pasa, el ejército crece y se acerca más.

Sorprendentemente, muchos escoceses han desertado para unirse a Æthelstan, *rex Anglorum*, rey de los ingleses. A lo mejor se debe a que el ejército está liderado por uno de los suyos, Evander, el hijo del difunto Duncane, y conocían a Duncane como un rey justo y honesto. Aunque fuera enfermizo, sus cosechas fueron buenas bajo su reinado y la tierra prosperó. No se puede decir lo mismo sobre Macbeth.

Macbeth, que se encierra en este castillo remoto. Macbeth, que se casó con un hada de Breizh, y ¿para qué le sirvió esa alianza? El duque ha visto la grandeza del ejército inglés y ha enviado cartas a Glammis que decían: «Es peligroso cruzar el canal ahora. Pero mis navíos irán pronto en vuestra ayuda».

Cuando Roscille oye la carta que leen en voz alta, curva los dedos en las palmas hasta que se le forman pequeños cortes. Intenta imaginarse en el lugar de su padre. El armiño sabe cuándo llega el momento de que crezca el pelaje de invierno y esconderse mientras los animales flacos y hambrientos arrasan con el bosque. Pero Barbatuerta también sabe que no se puede romper así como así una alianza. Aunque no cuente la pérdida del ejército de Macbeth, aunque no tema la venganza de este, el mundo aún debe ver que el duque de Breizh es, sobre todo, un hombre honesto y honrado. Si no, nunca conseguirá ganarse la fe de otro señor.

Roscille no sabe qué sería peor: morir por la espada de Æthelstan o que su padre la rescatara. Se imagina a Barbatuerta bajando del carruaje y ella corriendo a saludarlo al patio con su llamativa capa y su endeble collar.

Ahora soy reina, se imagina diciendo con el mentón bien alto en señal de desafío.

Su padre la miraría con un odio indulgente en su semblante. *Tú serás la criatura que yo decida.*

Y, pese a todo, algunas noches Roscille reza para que venga. Reza para que la saque de ese lugar gris y malvado, donde las brujas viven encadenadas debajo del suelo. Quiere cabalgar por los húmedos bosques verdes de Breizh y refrescarse los pies en las aguas blancas como hielo del Loira. Pero cuando se levanta y se limpia las rodillas, se enfada consigo misma por añorar una casa de la que la echaron, por llorar al padre que la despachó. No es nada más que un rostro bonito.

Un rostro bonito y un cuerpo que se encoge sobre el colchón mientras su marido le abre las piernas y gruñe en su oído: *Este será un niño, un heredero.* Le convendría engendrar un hijo con Senga, porque al menos entonces su linaje no estaría mancillado por su sangre brezhona. Pero Roscille no le desea ese destino a nadie, y mucho menos a Senga, a quien ha jurado proteger cueste lo que cueste, a quien no le pasará lo mismo que a Hawise... *Lo prometo.* Senga acude a ella por las mañanas con pan duro y leche fría.

—Se acabará pronto —dice mientras le acaricia la frente—. Tu marido no tiene los mismos vicios que otros hombres. En cuanto le des un hijo, parará.

Nunca se acabará, piensa. Incluso cuando termina, se queda en su interior y el cerebro de Roscille se mancha de vapores púrpura y negros, el color de la sangre en la rodilla de Macbeth. La herida que no se cierra. La herida que ensucia tanto las sábanas que Senga debe lavarlas todos los días. Roscille quiere decirle que las lleve al sótano. Las lavanderas se encargarán de ellas. No sirven para nada más.

La única forma de exorcizar el espíritu inmundo de su marido es la siguiente: cada día, cuando se sienta en la sala con el consejo de guerra, presta atención por si hay noticias sobre la bestia. Casi no puede respirar durante toda la reunión, por miedo de que se abran las puertas y alguien traiga a rastras su enorme cabeza mientras deja un reguero de sangre y entrañas. Pero no hay noticias del dragón y le da las gracias a Dios... eso si Dios estuviera dispuesto a proteger a una criatura tan espantosa. Y cuando de noche el cuerpo de su marido se arquea sobre el suyo, cuando el sudor de su frente chorrea sobre el rostro impasible de Roscille, se imagina a Lisander, fiero en su pasión, pero menos monstruoso que este hombre que es Macbeth.

La guerra aún parece difusa e irreal hasta una mañana en que Roscille se despierta con el sonido de metal entrechocando. Su marido dejó la cama hace rato. Roscille se levanta y se acerca a la ventana. El sonido procede del patio, donde hay reunidos unos cien hombres, más de los que se había pensado que cabían ahí.

Están apretados hombro contra hombro, la mayoría a pie, con tan solo los líderes a caballo: Zorro Invernal, Cabra Montesa y Comadreja. Macbeth también está; grita y agita los brazos. Da instrucciones, pero si Roscille no entendiera sus palabras, lo tomaría por lunático, de esos que se quedan en la puerta de las tabernas mientras se acarician la vieja herida en la cabeza que los dejó simples. No ayuda que cojee. Ha rechazado a todos los druidas dos veces y hasta tres.

Está casi demasiado lejos para discernir el semblante de los hombres... casi. Pero arrugan y retuercen sus duros rostros escoceses en muecas de infelicidad. Ve las arrugas de desconcierto en sus ceños. Todos se han arrodillado y jurado lealtad a Macbeth, Macbethad, Macbheatha, barón de Glammis, barón de Cawder, futuro rey, pero ahora muchos parecen arrepentirse. El viejo rey tenía el cuerpo enfermo. Este nuevo rey parece tener la mente enferma. Roscille piensa que la locura no es un lugar, sino un trayecto muy largo por un sinuoso pasillo.

Un hombre se aparta de la línea. Lleva un tartán azul grisáceo, no el del clan Findlaích. Es el hijo o el nieto de un hombre que le prometió lealtad a Macbeth, pero esta promesa se ha desgastado con las generaciones. Roscille se aproxima a la ventana y enrosca los dedos alrededor de los barrotes.

Hombre: Perderemos nuestros hogares y familias ante el ejército de Æthelstan si no intentamos ni siquiera buscar la paz. Una reunión. Debemos hacer algún esfuerzo, ya han muerto centenares de hombres. ¿Cuántos escoceses queréis que mueran antes de que os reunáis con Æthelstan en la mesa? Estos no son los actos de un rey.

Macbeth se detiene y baja los brazos a los costados. Se le contrae la comisura de la boca. Roscille solo lo sabe porque ha visto esa expresión en su rostro muchas veces; ahora se halla muy lejos de él y, de no ser por eso, no la habría reconocido.

Su marido se acerca al hombre y le pregunta:

—¿Cómo te llamas? —El hombre se lo dice. Roscille no lo capta—. ¿Y qué te prometió ese muerto y desleal de Banquho para que causaras descontento aquí?

Hombre: Nada. No hablé con Banquho en mi vida. Protesto por el bien de mis hijos y mi esposa. Mi aldea es la siguiente que arrasarán.

Un segundo de silencio. Hasta el viento se calma.

—No te mereces llevar ese tartán de batalla —dice Macbeth— ni tampoco esa espada. Márchate. Huye como el cobarde traidor que eres. No sabes nada sobre Macbeth. Soy el futuro rey. La derrota es imposible, tan imposible como que el bosque se levante y suba por la colina. Ningún hombre nacido de mujer puede matarme.

Hombre: La locura habla por vos. No me extraña que vuestra mano derecha os traicionara.

Roscille sabe lo que ocurrirá a continuación. Casi no quiere mirar, pero descubre que no puede apartar la cabeza, no puede cerrar los ojos. Macbeth desenvaina la espada y, a pesar de su herida, a pesar de la locura que convierte su contorno en algo borroso y extraño, sus movimientos son rápidos. Hábiles. No le otorgaron el epíteto de novio de Belona sin motivo. El golpe letal que asesta es tan practicado e inevitable como la aguja de un bordado. La hoja entra. La hoja sale. La sangre borbotea de la herida y de la boca del hombre.

Se ahoga y cae al suelo, donde se retuerce durante un momento hasta quedarse quieto. Los otros hombres no se mueven mientras el viento les alborota los cabellos y las barbas, las banderas hechas jirones, los tartanes dispares. Macbeth levanta la espada y lame la punta de la hoja. La sangre reluce en sus labios.

—Este es el destino que aguarda a cualquier hombre que cuestione mi poder. Agarrad el cuerpo y tiradlo al mar. Que los peces se deleiten con su carne.

—Debemos celebrar una ejecución.

Al oír la voz de su marido, Roscille levanta la vista de la costura. Ha estado bordando un diseño de damas de noche en un rollo de tela que algún día será un vestido. Es difícil imitar los pétalos minúsculos y alargados. Borda unas enredaderas que se retuercen y enroscan por el borde de la tela como si fueran serpientes. Lleva horas dedicándose a esa tarea mecánica. Cuando Macbeth entra, Senga se levanta enseguida y se marcha, aunque dirige una mirada de preocupación hacia Roscille.

Baja la aguja y el bastidor.

—¿Por qué una ejecución?

—El hijo traidor de un traidor lleva semanas pudriéndose en el calabozo. Sería prudente dar ejemplo con él. Los otros hombres cuestionan mis estrategias y dudan de mi poder.

Roscille no sabe por qué se lo está contando a ella. Aunque ha asistido a los consejos de guerra, en silencio y por obligación, Macbeth no le ha pedido asesoramiento en mucho tiempo. A lo mejor solo cree que la hará feliz saber cómo y cuándo morirá Fléance. En eso, al menos, tiene razón.

—He pensado que podrías ayudar a idear un castigo —añade Macbeth—. Tu padre es famoso por su violencia prudente.

Va a castigarla a ella por la pasividad de Barbatuerta. A lo mejor eso mete prisa a los navíos del duque: un ojo amoratado en el hermoso rostro de su hija, un cardenal palpitante en su pómulo, una herida que no se pueda esconder bajo la falda, que hará que todos los hombres la miren sin reparos. O puede que Macbeth ya se haya dado por vencido con la alianza y simplemente quiera saciar su rabia en Roscille en vez de en su lejano padre. Se acuerda de Agasia, esa mujer a la que forzaron con rudeza y que los hombres de su marido se pasaron como si fuera un quaich, un sorbo para cada uno. Deja de respirar por el pánico.

—Y ahora, ¿por qué me temes? —pregunta Macbeth—. ¿No quieres tomar parte en la muerte de este hombre, el que es tu enemigo? A lo mejor tienes alguna idea astuta sobre cómo profanar su cuerpo.

El corazón se le ralentiza, pero solo un poco. No quiere castigarla, al menos por el momento. Ya ha saciado su sed de violencia en alguna parte.

—No tengo ideas, mi señor —consigue decir.

Macbeth la observa de un modo extraño. Su semblante muestra tanto satisfacción como asco.

—¿Acaso no eres hija de tu padre?

Roscille no sabe qué decir ante eso, así que responde con cuidado:

—Deberíais preguntárselo a Fléance. Fingid que seguís siendo su amigo. Decidle que vais a castigar a otra persona en vez de a él. Preguntadle cuál debería ser ese castigo. Él ideará un método de ejecución que le resulte abominable. Y esa será vuestra mejor venganza.

Macbeth apoya una mano para mantener el equilibrio y quitar el peso de la pierna izquierda. Al cabo de un minuto largo, dice:

—Mi astuta esposa.

—Una esposa solo posee la astucia que su marido le permite.

Se odia por decirlo. Pero cada segundo que pasa sentada allí, en una silla, con el bordado sobre el regazo, es un segundo que no pasa recibiendo latigazos, ni siendo violada ni postrada de rodillas. Su vida se divide en dos mitades muy sencillas: los ratos de dolor y los ratos sin dolor.

Macbeth alza una comisura de la boca en una sonrisa. Se aproxima y Roscille se queda rígida en la silla. Le agarra el rostro con una mano y se inclina para besarle la frente. Se le escapa un leve resoplido de dolor al hacerlo. Suena igual que cuando está encima de ella. Roscille se queda sentada, convertida en piedra, hasta que Macbeth se endereza y se marcha.

Al día siguiente, Roscille huele humo procedente de los pies de la colina. Aún está lejos, pero cuando sube al parapeto ve unas nubes grises y sucias sobre la línea del horizonte. Hay muchas cosas que podrían estar ardiendo: graneros, casas, establos. Ovejas, vacas, caballos, mujeres, hombres. Niños convertidos en huérfanos con el destello de una espada. El ejército de Æthelstan se acerca.

Desde el parapeto, también observa las conversaciones en el patio. Los hombres se reúnen, pero cada día hay menos y cada día están más cansados. Llevan las barbas pegajosas de sangre y los tartanes hechos jirones. Encorvan los hombros. Ha llegado la lluvia y se ha ido, con lo que los caballos están irritados y agotados. Macbeth no baja de su montura cuando arenga a los hombres. Así no parece que cojee tanto.

Cabra Montesa ha muerto en la lucha. Sus hombres se zarandean de rabia. Macbeth dice:

—¿Sois todos unos gallinas? ¿No podéis sobrevivir sin una cabeza?

Lo que dice no acaba de tener sentido. Olas de descontento atraviesan la multitud. Pero ningún hombre individual osa hablar en su contra, no después de la primera vez. Macbeth propina una patada a su caballo para que se sitúe junto a Zorro Invernal. Intercambian unas palabras inaudibles. Zorro Invernal agacha la cabeza y Macbeth se aleja al trote.

Zorro Invernal: Hoy lideraré la carga contra Æthelstan. Nuestro rey tiene cosas que hacer en el castillo.

Los hombres no pueden disimular los murmullos de protesta. Profieren gruñidos cáusticos desde el fondo de la garganta. Ese no es el comportamiento de un rey. Ni el comportamiento de un hombre pío. ¿El novio de Belona se esconderá entre los muros del castillo mientras sus hombres mueren por él? ¿*Reith* mantendrá la espada y la barba impolutas de sangre?

Macbeth dice:

—Os prometo que todos los que luchéis hoy seréis honrados para siempre en la historia. Vuestros hijos y vuestros nietos y bisnietos recordarán la nobleza de esta batalla y cómo desterrasteis al león insaciable de la tierra del unicornio. Y quien me traiga la cabeza de ese príncipe verde de Iomhar tendrá un lugar de honor en mi mesa, a mi lado, para siempre. Busco una nueva mano derecha.

El viento aúlla por el patio y dispersa a los hombres como pájaros.

Roscille está sentada mientras Senga le trenza el pelo. Las dos se hallan en el suelo, arrodilladas, con la alfombra de oso a modo de cojín. Su pelaje sigue siendo espeso y vital, incluso muerto. Los dientes amarillentos no muestran ninguna grieta.

Senga dice:

—Te trenzaré el cabello al estilo de Alba, ¿te parece?

—Como quieras —responde Roscille con desgana.

—Así tendrás el aspecto de una reina.

«Futura reina. Futuro rey». Todas esas profecías se han hecho realidad, excepto las falsas que metió ella en boca de las brujas. Ahora piensa en esos últimos augurios: «Ningún hombre nacido de mujer. Hasta que el bosque suba por la colina». Desgrana las palabras. A lo mejor hay símbolos o pictogramas que esconden un código en su interior. El duque tenía espías que inventaban esos códigos para él, para poder esconder traiciones debajo de cumplidos. Esos hombres siempre eran ligeros como ratones y hablaban entre susurros. Hombres delgados que iban con los hombros tensos y encorvados. Roscille los admiraba. Veían lo que había debajo del mundo que todos conocían.

De niña, incluso había contemplado convertirse en espía, pero no había espías mujeres, por supuesto. Roscille mira el cubo de agua que usa como espejo, ve cómo Senga le trenza el pelo. La piel se le enfría cuando levanta los mechones de la nuca. Con ese color pálido, es como si llevara una corona de hueso.

«Eres hermosa». Las palabras de Lisander regresan a su mente.

«Extraña», había protestado ella. «Antinatural».

«No. Te han educado para encajar en la forma que te contiene».

Roscille aparta el cubo de agua hasta que ya no puede verse. La última persona que la peinó fue Hawise.

De repente, alza la mirada y empuja las manos de Senga.

—No permitiré que te hagan ningún daño —dice. La mujer frunce el ceño.

—¿A qué te refieres?

—Aquí no estamos a salvo. No mientras Macbeth viva y respire. Y siempre vivirá y respirará.

—¿Cómo lo sabes?

Porque el bosque nunca subirá por la colina. Porque no hay ningún hombre que no haya nacido de mujer. Pero Roscille no dice esto, sino que añade:

—Te daré todo el dinero que pueda reunir y te disfrazaré bien. Por la noche saldrás a hurtadillas del castillo. Tendrás la ropa y las provisiones necesarias. Debes encontrar a tus hijos antes de que el ejército de Æthelstan alcance tu aldea. Llévatelos contigo. Con el dinero podréis ir lejos.

Senga aparta las manos y el cabello de Roscille cae de nuevo sobre sus hombros. Guarda silencio durante un largo rato.

—¿Y tú?

Roscille toma aire.

—Una reina no abandona a su pueblo —responde con tono lúgubre.

Transcurre otro largo instante. Con mucho cuidado, Senga le alza la barbilla a Roscille para que la mire. Con media sonrisa, dice:

—Y una doncella no abandona a su señora.

Roscille se libera de la mano de Senga y se gira de nuevo. Si la mira demasiado tiempo, llorará. Y no puede arriesgarse a que su marido vea las lágrimas en sus mejillas. No quiere que Roscille sienta ninguna emoción que él no le haya suscitado.

Como si al pensar en él lo hubiera invocado, la puerta se abre con brusquedad. Senga coloca con rapidez el velo de nuevo sobre el rostro de Roscille. Macbeth se halla en el umbral, tan ancho que bloquea la antorcha del pasillo.

—Mi señor —dice Roscille y agacha la cabeza.

—Lady Macbeth. —Hay algo en su voz. No sabría decir el qué, pero el vello de los brazos se le pone de punta, como si hiciera frío—. He terminado con Fléance.

—Ah. —Se le calientan las mejillas—. ¿Y os ha dicho lo que ansiabais saber?

Senga apoya la mano sobre su hombro. La doncella curva los dedos y los clava ligeramente en su piel. Se mueve, un movimiento infinitesimal que apenas se detecta; los músculos ondulan sobre sus hombros, casi como si Senga planeara interponerse entre Macbeth y su señora. Pero la mirada de Macbeth las mantiene a las dos fijas en el sitio.

—Me ha contado cosas muy interesantes. Ven conmigo, esposa. Salgamos de aquí.

La conduce por el laberinto retorcido de pasillos que Roscille conoce incluso ciega. Pero no la obliga a llevar la tela sobre los ojos. ¿Por qué? Si en algún momento le pareció que entendía a su marido y sus artimañas, ahora se siente a la deriva, como el primer día que pasó en Glammis temblando en el frío salvaje.

Macbeth cojea por delante de ella. Roscille lo sigue. Desde esa posición, ve bien la herida: la forma con que se pega a la lana de los calcetines y cómo acerca la tela al corte abierto y mojado. Parece imposible que aún soporte su enorme cuerpo. A veces los chicos de la cocina en Naoned ataban con crueldad la pata delantera de un perro y se reían mientras cojeaba y lloriqueaba confuso por esa funcionalidad ausente. Cuando Roscille lo vio, se enfadó tanto que deseó ser un hombre para poder tratarlos con violencia.

El pasillo se estrecha y las antorchas en la pared se vuelven tenues y solo muestran las marcas negras de las quemaduras en vez de emitir luz. Al fondo se halla la puerta de madera podrida con su rejilla de hierro oxidado y los dientes rechinantes del océano. ¿La última profecía no satisfizo a Macbeth? ¿Qué más puede querer aparte de la garantía total que le ofrecieron las brujas?

Roscille se atreve a plantear la pregunta:

—¿Ha ocurrido algo que os desagrade?

Podrían ser muchas cosas. Los hombres enfadados del patio. La proximidad del ejército de Æthelstan. El dolor persistente de la traición de Banquho. Pero Macbeth apenas la mira cuando responde:

—Sí. Pero enseguida lo solucionaré.

Luego gira la llave en la cerradura y la frialdad los captura a ambos como si la cruel diosa del invierno los hubiera atrapado entre sus garras. *Beira*, ese es su nombre en Alba. También la llaman *caillech*, «bruja divina». Mitad mujer, mitad bestia cornuda.

Les Lavandières avanzan arrastrando los pies y las cadenas por el agua. Gruoch está en el centro; sostiene la colada, que se extiende entre sus manos como una telaraña. El cabello blanco y mojado de las tres se les pega a los cuellos flacos. Roscille no se imagina qué nueva profecía quiere suplicarles su marido. ¿Qué miedo quiere que le disipen?

Macbeth se queda en los peldaños; no baja al agua, no se acerca a la antorcha. Y, más raro aún, no dice ni una palabra. Tan solo aguarda a que las brujas lo alcancen, hasta situarse más cerca de la puerta de lo que Roscille las ha visto nunca. La luz que se filtra del pasillo reluce en sus rostros, en sus dedos nudosos. Si vivieran en el mundo de arriba, serían comadronas, nodrizas, viudas que bañan los pies de las novias.

Se quedan allí, a la espera, balanceándose adelante y atrás como movidas por el viento. No hay viento, por supuesto, y sin la colada la cueva permanece inmóvil y en silencio. Roscille intenta captar la mirada de Gruoch, pero no puede atravesar la mortal ceguera lechosa.

—*Buidseach* —dice Macbeth. La palabra se curva fría en el ambiente negro. Gruoch abre la boca, pero Macbeth levanta una mano—. No, no hables. No he venido en busca de consejo ni de profecía.

Gruoch cierra la boca. Como un perro al que le dan una orden: *¡Quieto!*

Roscille observa a su marido. Un miedo paulatino se despliega en su interior.

Macbeth la agarra muy despacio. Sus manos encuentran primero los hombros y luego bajan por el torso, le rozan los pechos y se quedan en la cintura. Lleva un cinturón de tela, pero eso no lo tendrá. ¿De verdad la tomará allí, en la húmeda oscuridad, con les Lavandières como testigos? ¿Es ese su castigo por la apatía de Barbatuerta? No necesita demostrar su poder delante de las brujas; ya están esposadas y encadenadas. Y seguro que ya tomó a Gruoch de esa forma, como la Primera Esposa. Roscille odia su cobardía, pero no puede evitar inhalar aire con fuerza.

—Ah —dice Macbeth—. ¿No me consideras digno de tu afecto?

—No, mi señor. No es eso… Hace frío aquí.

Un razonamiento lamentable. A su espalda, el agua negra se agita y luego se aplana como si fuera tela.

—He hablado con el hijo traicionero del traidor. Le he preguntado lo que propusiste, por supuesto. Dije que buscaba castigar a otra persona. ¿Qué clase de tortura debía emplear? No te mencioné a ti, lady Macbeth… No, Roscilla, no. Ni a Roscille de Breizh. Aun así, tu nombre apareció en su boca. Creía que te quería castigar a ti. «¿Por qué?», le pregunté. Me miró casi con lástima, como si fuera un imbécil necio. Un hombre encadenado, con una espada colgando sobre su cabeza, sentía lástima por mí. ¿Por qué te mencionó, Roscilla? ¿Por qué me miró así?

La pregunta no es una pregunta. Es una trampa debajo de una cubierta falsa de hojas. Un paso incauto y acabará atrapada.

—No… no lo sé, mi señor.

—Eres una mentirosa —dice Macbeth. Pero su lengua es ligera, cada sílaba es como el agua que roza una piedra—. Reveló tu tapiz de mentiras, primero sobre cómo ideaste el ataque de los hombres enmascarados, luego cómo te ofreciste cuando alzaron el látigo contra Lisander. Tu cuerpo le robó el dolor al suyo. No entendía el razonamiento. Pero ahora sí.

—No —dice Roscille. El corazón le late tan fuerte que cree que se agrietará—. Es él quien miente, busca absolverse culpándome a mí…

—Silencio. Eres la hija del duque. Has aprendido estas artimañas a sus pies.

—No he aprendido nada —susurra—. Solo soy una dama.

—Nunca has sido solo una dama. Aun así, me costó creer en la palabra de Fléance. Él tiene sus propios motivos, aunque los emplee con torpeza. Pensé que a lo mejor solo quería evitar su ejecución. Un último esfuerzo delirante y salvaje. Pero estaba muy tranquilo mientras me lo relataba todo. Y me dijo: «Os han engañado en vuestra propia casa, mi señor. Vuestra esposa leal no es tan leal. Esconde su auténtico rostro y sus sórdidos secretos debajo del velo. Se acostó con el príncipe de Cumberland cuando le disteis la espalda».

Cada gota de sangre en su cuerpo se enciende. El fuego acude a su rostro, le cubre las mejillas.

—No —consigue decir—. Fléance quería desviar la atención de su propia traición.

—Eso es lo que pensé yo también al principio. —Las manos se le tensan sobre las caderas de Roscille, hasta que aprieta tanto los dedos a través del vestido que dejará moratones con total seguridad—. Pero entonces pensé… Llevo semanas acostándome con ella, cada noche, y no ha arraigado nada en su útero. Hace tiempo que sangró por primera vez y la culpa no puede tenerla mi simiente. Lo único que puede haber pasado es que otro haya plantado la simiente antes. Llevas en tu interior la semilla monstruosa del príncipe.

A Roscille le han robado las palabras de la boca. Se ahoga en la bilis que le sube por la garganta.

—Por favor —dice cuando puede hablar—. No podéis creerlo. No es cierto.

Macbeth le golpea el vientre con la palma abierta, con tanta dureza que Roscille se queda sin aliento.

—No me mientas.

Trastabilla y consigue a duras penas agarrarse antes de caer de espaldas en el agua. Hay algo que suena como viento, que corta el aire salado, pero en realidad es un susurro que recorre a las brujas, que las atraviesa como si estuvieran huecas. Su nombre, convertido en una advertencia.

Las tres juntas: Lady Macbeth.

—No —gruñe su marido—. Nunca más será lady Macbeth. Y no regresarás con tu padre después de que te haya profanado un príncipe cuyo cuerpo solo es el cascarón de un monstruo. Ahora no eres nada. Una puta sin nombre. Amamanta a tu hijo demonio en la oscuridad.

La empuja de nuevo y se percata de que antes Macbeth se había contenido. Cuando le abría las piernas o cuando se movía contra sus caderas, no mostraba su fuerza al completo. Su crueldad incontenida resulta arrolladora. Pese a cojear por esa herida fea e incesante, su poder parece superar el de un hombre mortal; es una brutalidad sin fondo. Sus ojos se encienden con rabia y odio.

Roscille cae. Se retuerce sobre sí misma, pero el vestido se le enreda en las piernas. Lo primero que golpea el agua es su rostro, que le pega el velo a las mejillas, la nariz y la boca. Durante un momento, la ropa empapada impide que salga a la superficie y nota un fogonazo plateado de pánico, un relámpago que le blanquea la visión como un rayo, hasta que puede alzarse y ponerse de rodillas para quitarse el velo.

Pero no capta la mirada de Macbeth. Ya se está dando la vuelta. Atraviesa cojeando la puerta y la cierra a su espalda. Y con ello le roba la luz de los ojos.

15

Oscuridad y oscuridad y oscuridad. Al principio se hunde en ella, como en unas arenas movedizas. El aire y el agua parecen estar hechos de lo mismo, dos miasmas de negrura donde una es más densa que la otra. Chapotea en el agua y nada en el aire. Se estira, tropieza. Al fin, se encuentra con dos manos duras y huesudas que la agarran por las axilas. Con una fuerza sorprendente, la levantan para ponerla de pie.

Bruja izquierda: Conque aquí estás.

Roscille: No, por favor, no puedo estar aquí.

Bruja derecha: Eso es lo que todas dijimos al principio. Tus ojos se adaptarán.

Roscille: Pero ¿qué haré?

Bruja izquierda: La colada, por supuesto.

Roscille: ¿Qué comeré?

Bruja derecha: Con los dientes puedes romper las espinas de las anguilas. Son más blandas de lo que una espera. Y cuando lleves el tiempo suficiente en la oscuridad, perderás la visión mortal y solo verás lo que va a ocurrir, no lo que es o ha sido. Tu boca perderá la forma y se moldeará para pronunciar profecías. ¿Te has fijado en que ya no tenemos labios? Bueno, ¿para qué los necesitamos? No hay nadie a quien besar. ¡Ja! ¿Te lo imaginas?

Roscille: Por favor. Yo no soy como vosotras.

Gruoch: Ahora no. Aún no. Pero lo serás, si te quedas. Por eso debes marcharte.

Bruja izquierda: ¿Marcharse? ¡No tiene a dónde ir! No te ha encadenado, pero estás atrapada aquí igual que nosotras.

Bruja derecha: Niña tonta. Si pudiéramos marcharnos, ¿no crees que lo habríamos hecho?

Gruoch: Callaos las dos. ¿Acaso no fuimos esta muchacha hace tiempo, una lady Macbeth? Miradnos ahora, sin nombre. Atrapadas. Llevamos demasiado tiempo pudriéndonos en la oscuridad. Y al fin tenemos una oportunidad y podremos redimirnos en ella.

Bruja izquierda: No hay redención. No recuerdo ni mi nombre.

Bruja derecha: Solo puedo ver en la oscuridad. Mis manos están hechas para lavar y nada más.

Gruoch: De acuerdo, puede que estemos perdidas. Pero ella no. Aún hay una oportunidad. Si reclama este nombre, lady Macbeth, lo hará por todas nosotras. Nuestras visiones serán sus visiones. Nuestros poderes, sus poderes. Nuestras cargas, sus cargas. No es algo que se pueda aceptar con facilidad. ¿Lo entendéis?

Bruja derecha: ¿Se merece esta oportunidad? Llevo aquí un cuarto de siglo. Y tú la mitad y tú el doble.

Transcurre un instante.

Roscille: No me la merezco. Debería quedarme aquí.

Gruoch: Eso es lo que nos hacen creer a todas. Mantén los ojos mortales abiertos. Recuerda. Piensa.

Roscille cierra los ojos con fuerza, aunque no hay mucha diferencia en la oscuridad. Pero, cuando lo hace, su visión estalla en una explosión de colores. Recuerdos que pensaba borrados, abandonados como lastre para mantener la solidez del barco. Todo regresa a ella con un rugido: las mañanas que pasó bordando con Hawise, leyendo poesía obscena y susurrando; las tardes que se volvían amplias y azules, cuando les permitían salir del castillo a caballo y Hawise señalaba los animales que veían. Los estorninos con los picos amarillos que se camuflaban muy bien con las cortezas de los árboles, las ocupadas ardillas rojas con las orejas peludas, el cormorán encaramado en la copa de un árbol, alejado del mar. Hawise conocía sus nombres en escandinavo y Roscille en brezhoneg, angevino y sajón. Se manchaban los dedos con jugo de bayas para atraer a los conejos y que salieran de sus madrigueras.

Todas esas cosas parecen muy alejadas de ella en este momento. Hubo un día en que uno de los hombres del duque abofeteó a Hawise sin ningún motivo, por cualquier motivo, y luego le agarró los pechos. Roscille se llenó de una rabia incorregible, pero aguardó. Observó al hombre ir y venir del castillo; siempre regresaba con un paquete de leche de cabra, uno que no podía conseguir en Naoned porque el duque no tenía cabras. Roscille se lo comentó a su padre y descubrieron que este hombre coqueteaba con una bastarda de la Casa de los Capeto. Y en la corte de Barbatuerta no hay sitio para hombres a los que se puede disuadir de irse con el enemigo por asuntos del corazón. Desapareció al día siguiente. Roscille nunca supo a dónde fue. Esperaba que al infierno.

Incluso ve los recuerdos de aquí, de Glammis: en los primeros días, cuando se sentó en la mesa del consejo de su marido y habló, cuando lo envió corriendo a Cawder a mancharse las manos de sangre, cuando enredó a Fléance en su mentira al leer sus deseos infantiles como un código secreto. Cuando acudió a los aposentos de Lisander con un cuchillo y se marchó con la boca hinchada por los besos dulces. Cuando se interpuso entre su celda y el látigo de Banquho. Cuando acogió a Senga, le enseñó latín, dejó que le trenzara su sabiduría femenina en el cabello. Todas esas cosas las hizo como niña, como dama, como novia extranjera asustada, como bruja con ojos tocados por la muerte, como Roscille de Breizh. Se ha creído un animal, una criatura sencilla, resbaladiza y con los dientes afilados como una anguila. Pero es culpable e inocente a la vez, infantil y sabia a la vez, bruja y mujer a la vez. Incluso las criaturas más torpes encerradas en jaulas sueñan con la libertad. Sus deseos se expanden y florecen como un árbol que hace crecer sus astutas ramas alrededor de los barrotes de un cerco.

Se levanta en la oscuridad, furiosa, temerosa, pensativa, radiante.

Roscille dice:

—Lo aceptaré. Cargaré con todo.

Gruoch dice:

—Buena chica.

Cargará con todo menos con tres cosas. Roscille levanta los brazos y se quita la capa, que se desliza sobre sus hombros y se amontona en el agua. Las pequeñas olas chocan contra las pieles, la hunden. Luego se desabrocha el collar, que cae al agua en un pequeño chapoteo, pero las olas también se arrastran tras él. Y por último el velo. Se lo arranca. Rompe el encaje con las uñas. Se pierde en el aire húmedo y en la oscuridad. Las mejillas le arden por el frío, pero es libre.

Las brujas avanzan. Con cuidado, guían a Roscille hacia los peldaños, hasta que puede encontrar el camino. Sube y el agua le chorrea de la ropa. Toca el picaporte, sacude la cerradura. La fuerza de una mujer no basta para romperla. Ni la de dos ni la de tres. Pero la fuerza de cuatro es suficiente.

Las brujas aguardan en su propio silencio furioso. Los sueños plateados brotan de sus ojos lechosos y sus bocas sin labios.

Roscille rompe el metal oxidado con una mano. La puerta se abre. La luz entra. Mira una vez hacia les Lavandières, para al fin ver sus rostros sin el velo de por medio. Luego sale al pasillo caldeado por las antorchas hacia el resplandeciente mundo diurno.

Lo oye enseguida, el entrechocar de las espadas. Las flechas al deslizarse en sus ranuras. Músculos en vibración cuando las cuerdas se

tensan y luego se sueltan. Lo oye con cuatro pares de oídos, tan perceptivos como los de una liebre. Cuando las flechas aciertan en su objetivo, se oye un sonido carnoso, como el de la fruta al ser cortada; ese es el sonido de cuando se le arrebata la vida a un hombre. Roscille echa a correr.

Para cuando llega al parapeto, respira con dificultad, pero no le duelen las piernas. Ahora tiene la fuerza de cuatro. Los arqueros situados en las almenas no le prestan atención, aunque es peligroso que una mujer esté allí, que cualquiera esté allí. Descubre una rendija vacía y se agacha detrás de ella.

Desde allí observa al ejército de Æthelstan avanzar por la colina. Están más harapientos de lo que esperaba: la ropa les cuelga en jirones, el lodo les alcanza las rodillas. La lluvia ha hecho que la escalada sea más traicionera, con cada paso se arriesgan a sufrir una caída letal por el borde del precipicio. Son muy distintos a los guerreros escoceses que Roscille ha conocido: no se pintan la mitad del rostro de azul, no llevan tartanes donde muestran el intrincado bordado de la lealtad de sus clanes, pero el cuero de las botas parece más duro y las empuñaduras de las espadas no están oxidadas.

Detrás de ellos, los árboles del bosque son árboles. Los arbustos son arbustos. Los animales huelen la sangre y el fuego y se esconden en sus madrigueras y agujeros. La impotencia se apodera de Roscille, una impotencia que le hace temblar las rodillas. El bosque no puede ascender por la colina. Los soldados apenas pueden ascender por la colina. La mayoría de las flechas, al aterrizar, producen un golpe sordo e inútil en la hierba, pero cuando una acierta, acierta de pleno. Atraviesa el corazón del hombre, que cae como un ciervo cazado y se retuerce hasta quedarse inmóvil.

«Ningún hombre nacido de mujer». Da la sensación de que ningún hombre alcanzará el castillo. El pánico atraviesa a Roscille, lento; cada pulsación pasa como sangre detrás de un moratón. ¿A dónde irá, qué hará, si Glammis no cae ante el enemigo? ¿La obligarán a regresar a la oscuridad o a la cama de su marido? Su destino será el de todas las mujeres, reducidas a meros animales que quieren escapar…

No. Ahora carga con el peso de cuatro, todos sus sueños contenidos y sus deseos suprimidos, y no debe fracasar.

Cinco mujeres. *Senga.* El miedo le sube por la columna. Roscille no permitirá que sufra el mismo destino que Hawise; romperá los muros del castillo con las manos si hace falta. Eso es lo que la hace correr por el parapeto, con el pelo liberado de las trenzas volando tras ella. El vestido húmedo se le enreda en las piernas, pero no tropieza. El mar presiona el castillo desde abajo, se tensa hacia la superficie, y Roscille parece rodar hacia delante como si la llevara la invisible marea subterránea.

Sus piernas, nuevas y fuertes, la llevan a la habitación de Senga. Gira el picaporte, pero traquetea y no cede. Algo bloquea la puerta desde el otro lado. Aprieta la cara contra la madera y dice el nombre de su doncella.

Pasa un segundo, hasta que se oye el crujido de la madera contra la piedra y la puerta se abre un resquicio. Senga asoma la cara por el hueco. Las arrugas en su frente son profundas, tiene los ojos húmedos y la voz espesa cuando dice:

—Mi señora… Pensaba que estabas muerta.

—No, estoy aquí.

Senga abre la puerta lo suficiente para que ella pase.

Cuando entra, ve que Senga ha bloqueado la puerta con una silla debajo del picaporte; astuto, como si ya lo hubiera hecho antes. También ha agarrado el atizador del fuego y lo sostiene con una mano de nudillos blancos.

Ve que Roscille la está mirando y dice:

—Los soldados vendrán, pero no se lo pondré fácil.

—No te harán nada. Aunque tu aldea haya desaparecido... Tu hogar ahora es a mi lado y siempre lo será. Seremos libres.

Senga arruga más el ceño.

—¿Cómo lo conseguiremos?

Roscille la agarra de la mano. Está cálida, endurecida en algunas partes y suave en otras; a través de la piel, Roscille nota el pulso de Senga, palpitante y vivo.

No hay tiempo ni para preparar un petate. Saca a Senga de la habitación y la lleva por los pasillos mientras presta atención a las flechas que vuelan y las espadas que entrechocan y los hombres que mueren como malas hierbas. Su esperanza es que estén tan distraídos por los vapores de la sangre que no se fijen en las dos mujeres que se están escapando.

Sus pasos rápidos las llevan al patio abandonado porque todos los soldados están agazapados detrás de una rendija o segando a los enemigos en la colina. La mente de Roscille da vueltas y vueltas mientras se acercan a los establos: «Agarra un caballo, así no llamaremos tanto la atención; pero no, mejor llevar un segundo, porque uno se cansará rápido de cargar con dos cuerpos; hay que llenar las cantimploras en las alforjas, no sabemos cuándo encontraremos agua limpia, pero entonces golpearán los flancos del caballo y harán ruido».

Suelta un suspiro. Senga jadea. Cuando Roscille parpadea, el rostro de Hawise reemplaza al de Senga, aunque es el rostro blanco y horrible que ha imaginado en sueños, el que grita en silencio mientras la empujan hacia el agua negra.

No. No. No volverá a pasar lo mismo. Roscille ya no se encoge bajo el velo. Puede encantar y hechizar a cualquier hombre para estar a salvo y ser libre. Su libertad y la de Senga y la de las tres mujeres encadenadas en la oscuridad.

Han recorrido la mitad del patio cuando una silueta sale de las sombras. Levanta una mano para protegerse los ojos, del sol o del viento mordaz, pero Roscille sabe que es para evitar su mirada. Cree presenciar algo imposible, como en un sueño lúcido, hasta que ve la cicatriz que sobresale por debajo del jubón y alcanza la garganta de la silueta.

Roscille se atraganta.

—No estás muerto.

—Ni vos tampoco. —Fléance se acerca—. Macbeth me ha liberado con la condición de que luche por él. Sabía que necesitaría a todos los hombres a su lado. Y, aun así, me juró que había enviado a su esposa ramera, la que lleva un demonio en el vientre, al infierno.

—A lo mejor el infierno no ha podido contenerme.

Le arde la sangre. Le arden las heridas en la parte posterior de los muslos; es como si fueran recientes, como la víbora que enseña sus colmillos plateados.

Pero ahora no es la misma que antes. Tiene la piel más gruesa. Puede parecer una flor frágil, con los pétalos blancos, pero eso solo la esconde, no la ciega.

—Una vez más, me concedéis la oportunidad de demostrar mi honor —dice Fléance—. ¿Qué títulos y favores me ofrecerá Macbeth cuando le entregue el cadáver de esta bruja indigna, de esta prostituta con magia?

A su lado, Senga se estremece al oír las palabras. Roscille la agarra por el brazo.

—Pues acércate —lo tienta—. ¿O eres tan cobarde que no me mirarás a la cara sin velo?

—No soy cobarde —gruñe Fléance. Incluso ahora resulta fácil sacar de quicio a este niño que juega a ser un hombre.

Desenvaina entonces la espada, que corta el aire, y Roscille se adelanta para captar su mirada, pero Fléance es medio segundo más rápido que ella. Le estampa el borde de la mano en la sien y ve destellos. Cuando recupera la vista, Fléance le ha rodeado el cuello con un brazo y le aprieta la espada plana contra el vientre.

Roscille se retuerce y escupe su furia. Senga cae de rodillas.

—Por favor —suplica—. Por favor, mi señor, no lo hagáis.

—Vuestra doncella sabe suplicar muy bien —dice Fléance con la voz ronca y el aliento en el oído de Roscille—. Cuando acabe con vos...

Ahí es cuando Roscille grita: un grito tan alto que contiene cuatro voces. Tan alto que el sonido parece ondear a su alrededor como agua. Incluso Senga se tapa los oídos con las manos. Y cuando Fléance se estremece, le da la oportunidad a Roscille de morder, con fuerza, la mano que la retiene. El chico chilla. La sangre borbotea.

La espada se clava un poco en el costado de Roscille y el dolor la atraviesa entera. Todo está borroso y distante, como oculto por un velo translúcido. *Esta no será mi muerte*, piensa con furia. *Pero, si lo es, lucharé hasta mi último aliento y me llevaré todos los pedazos de Fléance que pueda.*

Y entonces Senga grita, no con miedo, sino con una sorpresa plena; su boca forma una «o» perfecta de asombro. Mira hacia el cielo.

El largo cuerpo verde del dragón se desenrosca como una cinta, luego se enreda y se estira de nuevo. El cielo es áspero, está cargado con nubes de tormenta, pero la poca luz que hay se acumula sobre sus escamas y las vuelve iridiscentes. Su repentina aparición, su imposibilidad y la fuerza obvia de la enorme criatura hacen que Fléance profiera un sonido balbuceante de miedo.

La criatura tiene el mismo aspecto; Roscille recuerda la fuerza aplastante de su cuerpo alrededor del suyo, pero distinta, de un modo que no es obvio hasta que se aproxima más.

La gruesa cola está cubierta de espinas. Entre las garras hay hierbas que ha arrancado de la tierra. La parte inferior del cuerpo gigantesco está mojada de lodo, nenúfares y pétalos aplastados. En varios escudos y apéndices cuelgan enredaderas, agujas de pino pegajosas y frágiles helechos, como si acabara de liberarse de un enorme matorral. Cae musgo de la punta de sus alas.

Esa criatura ha pasado semanas retorcida en un bosque distante, oculta entre las sombras aceitosas y las hojas oscuras. Ha traído consigo la materia oscura y, cuando el dragón desciende al patio, las palabras de la profecía encajan en su lugar como una llave en la cerradura: el bosque ha subido a la colina.

Roscille se aleja de Fléance cuando el dragón cae sobre él. Resbala en la tierra, le arden las manos. Pero se recupera lo bastante rápido para darse la vuelta. Y por eso tiene el privilegio y el placer de presenciar lo siguiente: a un hombre joven morir sufriendo.

Después de rasgar la carne con sus garras y de romper los huesos con sus dientes, el dragón desaparece. Ocurre en cuestión de segundos; si Roscille hubiera parpadeado, se lo habría perdido. La criatura estiraba el cuerpo fibroso sobre el patio polvoriento y de repente solo quedó un hombre, hecho un ovillo, desnudo y vulnerable. La sangre de Fléance le mancha los costados; tiene los brazos rojos hasta los codos. Aún quedan hierbas y espinas enredadas en su cabello; también le rodean las muñecas y los tobillos. Respira con dificultad.

Roscille corre a su lado y se deja caer allí, con la cabeza apoyada en su hombro y las manos aferradas a su rostro hermoso y familiar. El aire se le escapa y lo mismo ocurre con las palabras. Se aprieta contra él e intenta no llorar.

Poco a poco, Lisander levanta la cabeza para mirarla. Los ojos verdes le tiemblan y brillan de un modo inhumano. Al principio tiene miedo de que no la reconozca. A lo mejor el dragón ha consumido al fin al hombre, a lo mejor ahora solo es la cáscara que contiene al monstruo. Pero entonces Lisander suelta aire, levanta ligeramente las comisuras de la boca y, con una voz grave, cansada y cariñosa, dice:

—Roscille.

—Lisander —susurra ella—. Pensaba que te habías ido.

Él niega con la cabeza.

—Me he pasado todo este tiempo retorciéndome dentro del cuerpo de la criatura, en el bosque. Pero incluso el dragón conoce tu rostro. Tu voz. Si esta criatura desea algo más que la sangre, es protegerte a ti.

Un dragón no posee muchas cualidades dignas de admiración, pero no se puede decir que no desee y que no vigile con celo sus tesoros. Roscille agarra la mano de Lisander. La sangre se le ha coagulado debajo de las uñas. No sabe qué aspecto tendrán así, arrodillados en ese caos de carne despedazada, esas dos criaturas antinaturales que son muy naturales en brazos de la otra.

Senga los observa pálida y ojiplática. Roscille se levanta y arrastra a Lisander con ella. Sigue débil, poco acostumbrado a ese cuerpo humano. Ha pasado mucho tiempo desde que sus pies tocaran la tierra.

—No tengas miedo —le dice a Senga.

Pero cuando la alcanzan, Senga simplemente la rodea con los brazos y acerca el rostro al suyo. La abraza durante un rato largo, incluso cuando los sonidos de la guerra suenan junto a ellas como rocas cayendo por la ladera de una montaña, e incluso mientras las nubes de tormenta se acumulan en el cielo. Al fin, la suelta y dice:

—Nunca te tendré miedo. Jamás.

Lisander, que aún le sostiene la mano, interviene:

—Debemos irnos. Si los otros hombres de Macbeth nos ven, nos matarán o encadenarán.

—No —dice Roscille—. Esta lucha termina con Macbeth. No hay otro modo.

—Los hombres lo consideran como una lucha por Alba, no solo como una lucha por su señor o por Glammis. Son los ingleses quienes han venido a reprimirlos, otra vez, para diluir sus linajes escoceses. Aunque Macbeth muera, no pararán.

—No pararán ante Æthelstan, cierto, pero sí ante el heredero elegido por Duncane, el hijo con sangre de Alba. Si ven que estás vivo, sabrán que Æthelstan no ha venido solo a pisotearlos, sino a derrotar al traidor y a recuperar el linaje de Duncane.

Lisander aparta la cara. Unas sombras le cruzan el rostro.

—Les pedirás que se arrodillen delante de un monstruo y le pongan una corona en la cabeza —murmura.

Roscille le levanta el mentón para que la mire a los ojos.

—Eres mucho más que la criatura que tu padre decidió que fueras. A lo mejor no eres mortal, o no del todo... Pero he sentido tu carne tierna, tu naturaleza noble. He presenciado tu espíritu abnegado. Sigues siendo un hombre.

—Pues bésame y demuéstralo.

Le agarra el rostro sin dudar, sin remordimientos, tal y como hizo la primera vez. Lisander enreda la mano en su pelo, aprieta las caderas contra las de Roscille. Abre la boca para recibir la de ella, la pregunta y la respuesta. Le muerde el labio, un resurgimiento leve del monstruo, pero su lengua es amable, suave y llena de mortalidad, y sus brazos muestran una ternura infinita. Cuando Roscille se separa del beso, sus corazones laten furiosos al unísono.

Sin bajar los brazos de su cintura y con las frentes unidas, Lisander susurra:

—Se lo demostraré yo mismo. Espero que vean lo mismo que tú. Espero que sea suficiente.

El viento sopla por el patio desde la tormenta que se cuece en el mar, donde los rayos ya han empezado a partir el cielo y las olas se elevan bien altas. Al otro lado del muro, los hombres caen como troncos partidos. A regañadientes, Roscille se aleja del abrazo de Lisander.

—Si vais a mostraros ante los hombres —interviene Senga con sequedad—, a lo mejor no deberíais mostraros *entero*.

Lisander se sonroja como si acabara de percatarse de su desnudez.

Roscille le dice a Senga:

—Búscale ropa. Yo iré a por Macbeth.

—No —dice Lisander de inmediato y la agarra de nuevo por el brazo—. No le queda ni una pizca de honor, solo ambición y rabia. No le importará acabar contigo. Al menos déjame…

—No puedes. Hay una profecía. Ningún hombre nacido de mujer puede matarlo.

No hace falta que diga el resto. Sus pensamientos flotan a la deriva como las visiones plateadas, como espíritus escapando de sus receptáculos. *No soy un hombre. Ni tampoco una mujer por completo. Roscille de Breizh, hermosa, besada por una bruja, bruja por derecho propio.*

Al otro lado del muro, los hombres rugen y se ahogan con la sangre de sus bocas. Evander está entre ellos. A lo mejor ya ha muerto. Por cada hombre que caiga de rodillas cuando vea a Lisander vivo, habrá otro más que siga a su señor, cojo y menoscabado.

Aquello no acabará de verdad hasta que Macbeth muera. Roscille suelta la mano de Lisander y se adentra en las profundidades del castillo.

Roscille sabe dónde esperarlo. Cuando los hombres de Æthelstan aporreen la barbacana, cuando la cabeza de Evander luzca en una pica, cuando la batalla se pierda o se gane, Macbeth vendrá aquí. Se sitúa con la puerta de hierro a la espalda, el aire frío se desliza por las grietas de la madera. Las antorchas se consumen en las paredes. A sus pies, el océano fluye con un ritmo infinito.

Lo oye venir antes de verlo: arrastra el paso y suelta el aire caliente por la nariz. Al acercarse, antes de doblar el último recodo del pasillo, Roscille ve que extiende una mano para agarrarse a la pared. Está manchada de sangre, tanto vieja como nueva, de un rojo intenso y de un rojo oxidado, que anuncia todas las muertes que ha perpetrado. Y entonces llega, su enorme cuerpo penetra el pasillo estrecho, con los hombros tan anchos que apenas cabe por él.

Es como un gigante. Esa fue la primera impresión atemorizada de Roscille, su tamaño sobrenatural. Y, aun así, no tiene el mismo miedo que antes, cuando se arrodilló ante el druida y dejó que los uniera con una cuerda hirsuta. Ha roto todas sus cadenas y todas sus promesas.

Cuando la ve, Macbeth arquea las cejas en un breve instante de sorpresa. Luego arruga los labios en una mueca.

—No deberías estar aquí. Deberías estar haciéndote vieja y ciega en la oscuridad.

—¿Y qué profecía esperabas que pronunciara? —Roscille se yergue. Macbeth no está tan cerca como para mirarla a los ojos—. Vuestra perdición ya está escrita y se acerca. El bosque ha ascendido por la colina.

—Mentira. Es imposible.

—Vos mismo habéis presenciado hechos imposibles que se han vuelto realidad.

—Imposible para hombres ordinarios. Yo no me ciño a esos límites. Ningún mortal puede acabar conmigo. Lo único imposible es mi muerte.

—Si estáis tan seguro, entonces miradme a los ojos.

Macbeth esboza una sonrisa cruel. La sangre está tan húmeda que aún reluce en su rostro.

—Siempre te has creído muy astuta. Roscille de Breizh. Nunca te has mantenido en tu lugar. Debería haberte atado a mi cama en cuanto pisaste suelo escocés. Has trabajado en las sombras, engañándonos a todos con tu rostro inocente, mientras ocultabas tus secretos debajo del velo. Bien, ya te lo has quitado y puedo verte de verdad. Tu padre ha dejado su huella en ti. Ha ideado una historia según la cual fuiste maldita y por eso posees ese poder de coacción. Y a lo mejor a quienes creen en supersticiones les parece real. Pero si no hubiera propagado esa historia por Breizh y más allá, no tendrías poder alguno. El único poder real que posees es la daga que te coloqué en la mano.

Roscille permanece inmóvil como el mármol. En efecto, su padre fue el primero en pronunciar las palabras en voz alta: «A lo mejor sí que te maldijo una bruja». Antes de eso solo había susurros y rumores. Su belleza era lo bastante extraña para que los hombres temblaran, pero nunca coaccionó, encantó ni hechizó. Solo lo hizo con el mozo de cuadra, y ¿acaso no podría haber sido culpa de su propia lujuria? Luego estaban los guardias de Duncane, pero ahí había actuado bajo las órdenes de Macbeth. Su magia, que solo florecía si la cultivaban los hombres. ¿Era cierto, pues?

El frío se le mete en los huesos. Las dudas la perforan como un trépano.

Macbeth las percibe y su sonrisa se afianza.

—Ven aquí, Roscille. Roscilla. Mi querida esposa. Lady Macbeth. Otros hombres se acobardarán ante ti, pero yo nunca lo he hecho. Mírame a los ojos. Yo te devolveré la mirada y no temblaré.

Se encorva hacia ella, se cierne como una criatura pesada casi convertida en piedra. Roscille retrocede un paso tembloroso. El miedo animal regresa. Su propio fantasma habita su cuerpo; esa chica, muerta de miedo y vestida con encaje nupcial, es la que está allí en este momento. Y Macbeth, el novio de Belona, barón de

Glammis, barón de Cawder, futuro rey, va a agarrarla con sus manos manchadas de sangre.

Su espalda choca contra la puerta y el aire salado le rodea los tobillos. *Cadenas,* piensa. *Siempre hay más cadenas.* Pero entonces se acuerda de las tres mujeres al otro lado, rabiando en la oscuridad. Las cuatro juntas rompieron el candado.

Infla el pecho. Y luego alza la cabeza para encontrarse con los ojos de Macbeth.

Nunca los ha mirado directamente. Qué ironía, nunca se había atrevido. Son azules y tan claros que se ve reflejada en ellos, como un pez que sale de una charca pequeña. Al principio, no se remueve nada en la superficie. Es la misma fiereza y furia y victoria engreída, la certeza de que Roscille fracasará. Pero sigue mirando dentro de ellos.

Poco a poco, se van volviendo turbios. El blanco de los ojos se funde con el iris, luego con las pupilas, hasta que su mirada es lechosa y mate y Roscille no ve nada reflejado en ella. Macbeth profiere un grito gutural e intenta apartarse, pero Roscille le agarra el rostro con ambas manos y lo obliga a mirarla.

Cae de rodillas. Roscille se cierne sobre él. Las venas le palpitan y su color cambia a un negro denso como la brea. La piel, por otra parte, se torna más y más pálida; es el hueso que comienza a mostrarse, la piel que desaparece hasta que solo queda carne y músculo y un cráneo desnudo. El grito que suelta muere en su garganta.

Y no se oye ningún sonido, solo el del cráneo al caer sobre el suelo de piedra. Roscille se aparta y baja las manos.

Voces a su espalda que atraviesan la puerta. Tres voces que se trenzan juntas como hierbas enredadas que empiezan a mostrar las hojas tímidas en el suelo, que rompen la fría tierra dura y luchan por salir hacia la luz.

CODA

¡Salve, rey, pues eso es lo que sois! El usurpador ha muerto. En la tierra manchada de sangre de Glammis, permitid que coloquen la corona sobre vuestra cabeza. Un rey de origen escocés, un rey para toda Alba, el heredero al trono de su padre enfermo. ¿Y qué pasa con la criatura diabólica de su interior? Un hombre que reconozca a su monstruo siempre es más sabio, bueno y noble que el hombre que no lo quiera ver. Esos hombres se pudren con heridas macabras. Salve, rey, que mostráis vuestros demonios abiertamente y no os dejáis consumir por ellos.

Salve, reina, la de los múltiples nombres. El señor cruel ha muerto. Mostrad vuestros ojos y comunicad vuestra voluntad. Que se oiga por las colinas verdes y los valles bajos de Alba, por los lagos y ríos y el canal estrecho donde se halla vuestro padre. A partir de ahora seréis conocida en todas las tierras por vuestra astucia y justicia. ¿Y qué pasa con vuestra mirada antinatural? «Bruja», os llamarán, como hacen con toda mujer que posee poder. Salve, reina, porque mostráis los hilos oscuros bajo el mundo, hilos que nuestras miradas mortales no pueden percibir.

Y quedamos nosotras, las brujas secretas y negras de la medianoche: nuestra penuria ha terminado. Nuestras cadenas traquetean, pero no nos atan. Por fin dormimos. Y soñamos.

AGRADECIMIENTOS

Gracias a mi agente, Sarah Landis, porque nunca ha fracasado a la hora de hacer magia cuando más la necesitaba. Gracias a mis editoras, Tricia Narwani y Sam Bradbury, que han dado forma a este libro mediante sus comentarios y pasión hasta convertirlo en la mejor versión posible. Gracias a los equipos de Del Rey y Del Rey UK, con quienes he tenido la tremenda suerte de trabajar. Mi gratitud es infinita.

Gracias al Bardo por sus versos, cómo no, y a María de Francia por sus *lais*.

¿Te ha gustado esta historia?

■ ● ● **Escríbenos a...**

umbriel@uranoworld.com

Y cuéntanos tu opinión.

Conoce más
sobre nuestros libros en...

UmbrielEditores

UmbrielEditores